海外ミステリーBOX

# 危険ないとこ

The Killer's Cousin

ナンシー・ワーリン 作
越智道雄 訳

評論社

# 危険ないとこ——目次

# 危険ないとこ

〈主な登場人物〉

デイヴィッド……主人公。もうすぐ十八歳《さい》。
リリー……十一歳の少女。デイヴィッドのいとこ。
キャシー……四年前に亡《な》くなったデイヴィッドのいとこ。リリーの姉。
ステュアートとアイリーン……デイヴィッドの両親。
ヴィックとジュリア……デイヴィッドの伯父《おじ》・伯母《おば》。リリーの両親。
フランク・デルガード……デイヴィッドの友人。スキンヘッド。
レイナ……美術専攻の大学生。
エミリー……デイヴィッドの元ガールフレンド。
グレッグ……エミリーの兄。

# プロローグ

ぼくの名は、デイヴィッド・バーナード・ヤッフェ。……と言うと、どっかで聞いたような気がしない？　でも、なぜそんな気がするのかはわからないはず――少なくとも最初のうちはね。たいていの人がそうなんだ。ぼくは助かるけどね。つかの間にもせよ、ほっとひと息つける。結局そんな気持ちは確実に消し飛んでしまうとわかってはいても。

仮《かり》にぼくの名を覚えていても、顔は思い出せないだろう。新聞にあまり写真がのらなかったからっていうわけじゃなくて、ぼくの両親の写真のほうが有名だったから。じっくり考えてみたら、その写真が思《おも》い浮《う》かんでくるんじゃないかな。

両親は、五十を出たばかりのごくふつうのカップルだ。おやじは髪《かみ》がたっぷりあって、目はブルー。身だしなみがいい。おふくろは黒いめがねをかけているから、表情はわからない。でも、おやじの袖口《そでぐち》をしっかとつかんでいる手に、気持ちがむきだしだ。袖の中のおやじの腕《うで》の肉にまで爪《つめ》を立てそうなつかみ方。おやじの片手はおふくろの手をおさえている。落ち着けって感じでね。でも、おやじが意識してるのがおふくろじゃないことは、はっきりしている。気にしてるのは前のほうなんだ。両親のうしろには、ボルティモア（メリーランド州の港湾都市）の裁判所の殺風景な正面が写っている。おやじはもろにカメラをにらんでる。ぼくならおやじの表情はわかるよ。でもほかの人にはどうかな。腹の中をかくす名人だからね――うちのおやじは弁護士なんだ。それも刑法専門。ここまで言えば、きみたちも思い出すかも。スキャンダル専門の新聞のいくつかには、だからぼくが無罪になれたんだって書いてあった。「法廷《ほうてい》で裏取り引きがあったのか？」なんてね。「裁判に強い弁護士のえこひいき？」っていう思わせぶりなのもあったっけ。

きみたちもきっと、ほんとのところが知りたいだろ。だれだってそうさ。でも、これはその話じゃない。これは――これからやむなく話すことは――ぼくや、ぼくをめぐる事件のことじゃないんだ。目下のところ、ぼくとしては、エミリーのこと、高校三年生で起きたことは話す気がない。ぼくの〝最初の〟高三時代のことはね。これまでのどの時期よりか、話す気になれないんだ。

だから、これから話すことは、ぼくの二度目の高三時代のことだ。

リリーについての話。人殺しのいとこ、リリー。マサチューセッツに住むぼくのいとこの話だよ。
リリー。リリーのことを、どうしても話さなくっちゃ。

# 1　招かれざる客

ぼくはケンブリッジ（ハーヴァード大学がある ボストンの西隣《にしどなり》の都市）の北のはずれにある、ヴィック伯父《おじ》とジュリア伯母《おば》が住む三階建ての家の三階に引《ひ》っ越《こ》した。そのとき、いとこのリリーは十一歳《さい》だった。ぼくは、ボルティモアから一日がかりで――気は滅入《めい》っているもののやけくそにはならずに――車を駆《か》ってケンブリッジへやってきた。八月の終わりの暑い日でね、汗《あせ》でからだがべとついた……例の事件があったあとの夏のことだ。車にはエアコンがついていたけど、窓をあけ放して、州間道路95を突《つ》っ走《ぱし》る間、もうれつな熱風が顔や胸《むね》に吹《ふ》きつけるにまかせていた。CDを入れかえる気にもなれなくて、R.E.M（一九八〇年結成のアメ リカのロックグループ）のファイアハウスの曲（アルバム『ドキュ メント』収録の曲）をくり返し聞いていた。アルバムの中では、これだけがズンと胸にひびく曲だった。

ぼくは、あと少しで十八になるところだ。でも、これは大学へ行く旅ではなくて、私立の進学校を目ざしていた。そこで高三をやりなおすってわけさ。そうするしかなかった。それもいい成績で卒業しないと、おやじの言う「まっとうなカレッジ」に入れるチャンスはなかったんだ。「おまえの人生を〝レールにもどす〟」にはそれしかないってわけさ。

「まるで、電車になったみたいな言い方だね」って、ぼくは両親に言ったよ。

「あとからよかったって思うわ」とおふくろが言った。

「デイヴィ……」ついぼくを子ども時代の呼び方で呼んでから、口ごもって続けた。「デイヴィッド、ほんとよ。まちがいないんだから」

こちらとしては、どう返事をすればいい？　頭ん中が真っ白。ただむかついた。かたっぱしから、何に対してもしょっちゅうむかついていたんだけどね。

ヴィック伯父とジュリア伯母がぼくに部屋を貸してくれることになって、ありがたいと思わなくてはいけないのはわかっていた。ボルティモアとワシントンDCのメディアから遠く離《はな》れた場所を提供《ていきょう》してくれたんだから。ありがたい話さ。もとの友だちとも離れていられるし、両親からもね。この自分にも未来があるっていうことがありがたかった。ありがたや、ありがたや……そう感じるべきだってのは承知《しょうち》の上さ。

「ヴィック伯父さんとジュリア伯母さん、それにリリーは、あなたの家族なんだからね」

おふくろがやっきになって言いきかせようとしていた。

「家族って結束するものよ……」ここでいつものように口ごもった。「つらいときにはね、伯父さんたちが助けの手をさしのべてくれるんだから。デイヴィッド、あなたにも、わたしたちにもね。どうかあちらで暮らして」

ある意味でこれはケッサクだった。おふくろが兄のヴィック・ショネシーをさんざんほめあげるなんてね。おまけに彼《かれ》の奥《おく》さんのジュリアまで。だって実のところ、うちの家族と伯父《おじ》の一家とはほとんど行き来がなかったんだから。メリーランドからマサチューセッツまでが遠すぎたわけじゃない。もともとおふくろの実家とは疎遠《そえん》だったんだ。ぼくが子ども時代、おふくろとジュリア伯母《おば》とは、おたがい、ゲリラ戦をくり広げていたものだ。

「まあまあ……」

十二月なかば、分厚いクリーム色の封筒《ふうとう》をさいて開きながら、おふくろが言い出した。

「ジュリアの今年のクリスマス・カードは気合が入ってるわ。ボッティチェリのマドンナ！信仰心《しんこうしん》と美学の一致《いっち》ってわけ！」

おふくろも反撃《はんげき》する。おふくろは用意した封筒に、切りぬき細工のメノラー（ぼくのお手製）（ユダヤ教の七本燭台《しょくだい》。この場合、ユダヤ教のクリスマスに当たるハヌカー用の九本燭台）、それに、筒入りの銀色のキラキラの半量をつめこんだ。

「目に浮《う》かぶじゃないの、ステュアート」と、おふくろはおやじに勝《か》ち誇《ほこ》った笑顔を向ける。

「ジュリアのきれいにはき清められた床《ゆか》に、これがぱあっと散らばる光景」

「アイリーン、そんなことまでしなくても……」おやじもおもしろがる目つきでこう言う。

「しますとも」

ジュリアがぼくの両親の結婚《けっこん》、そしてわが家のユダヤ教信仰に反対なのは、かくれもないことだった。おふくろが実家に反して堂々とカトリックを捨てたことにも腹を立てていた。そして、ぼくの事件が起きる前の時期でも、おふくろはジュリアをきらうことが楽しくて仕方なかったんだ。

「お行儀《ぎょうぎ》よくしてないと」と、おふくろはよくぼくをおどした。「あなたをケンブリッジのジュリア伯母さんちに送りつけますよ。それだけじゃないわ。いとこのキャシーといっしょにカトリック校へ通わせちゃうんだから！」

当時、リリーは、キャシーとは十二も年がひらいていたから、まだ学校へ行っていなかった。あれから何年もたって、おふくろがほんとにぼくをマサチューセッツへ送り出し、ヴィック伯父やジュリア伯母のうちに同居させるばかりか、キャシーが通っていたのと同じカトリックの進学校に入れるんだから、どうかしてるよね。

キャシーのことは、はっきり覚えてる。もっとも、リリーが生まれたとき一度会ったきりだけど。ぼくは七つだったはずだ。きれいな年上のいとこに見とれてしまった。キャシーの赤毛が好きだった。笑い声も。彼女《かのじょ》がうちに泊《と》まっていた週、ぼくは彼女の行くところならどこでもついてまわり、彼女もぼくの好きにさせてくれた。角《かど》の店では、自分のおこづかいで、ぼくにアイスクリームをおごってくれた。

死んでしまってから、もう四年になる――キャシーがね。

「ステュアート、あの人たちは、わたしたちの気持ちをいくらかはわかってくれているのよ」

と、おふくろがおやじに言った。ヴィック伯父《おじ》が電話をよこして、ぼくを住まわせてもいいと切り出したときだ。立ち聞きしていたわけじゃなかったけど、聞こえた。

「キャシーのことがあったからよ。だから、兄はわかってくれるんだわ」


「レールにもどす、レールにもどす」

おやじの言葉が、セントラル広場を走りぬけ、ヴィック伯父の指示どおりマサチューセッツ・アヴェニューに入って北に向かう間も、頭の中でゆっくりとひびき続けた。何番目かの信号でウォルデン・ストリートの表示が目に入ってきた。左折ランプをつけ、信号が黄色に変わるのを待っているとき、あやうく、対向車と衝突《しょうとつ》しかけた。相手ののしり声が聞こえた。あの胃《い》がぎゅっとちぢんだ。ショックのあまり、ののしり返す呼吸さえとりもどせなかった。あのケンブリッジの運転者が交通法規を無視《むし》して、ぼくのほうに優先権がある場所へ猛《もう》スピードで突《つ》っこんできた、そのわずかな数秒間、激《はげ》しい怒《いか》りの中で、ふいにわかった。ぼくは死にたくないってことが。

ほかの車がもうれつにクラクションを鳴らした。ぼくは目を開き、おだやかにアクセルを踏《ふ》むと、ウォルデン・ストリートへ左折した。それから何本かの交差点をすぎて、伯父の家がある街路《がいろ》へ入っていった。

北ケンブリッジのハバドストン・ストリートは、近隣《きんりん》の道路と同じく、一方通行でせまかった。木造の背の高い家々がびっしり建ち並び、ローラースケートをはいて街頭ホッケーに興じる子どもたちの叫《さけ》び声《ごえ》がひびいていた。子どもたちと、どの家の番地も複数だったことに気をとられて、うっかり87番地を通り過ぎてしまい、その街区をひとまわりしてもどらなければならなかった。今度は伯父の家への車道が見えた。ぼくはそこへバックで苦労して車を入れると、エンジンを切って家をながめた。

玄関前の踏み段にむきだしの両ひざをかかえてすわりこんでいる、思春期前の女の子の緑の目と視線がぶつかった。リリーだ。

ぼくは深呼吸をした。目があった以上どうしようもない。車からおりて肩《かた》と脚《あし》をのばすと、骨がポキポキ音を立てた。

「やあ、リリー」

声がかすれた。正午にニュージャージーのドライヴスルーのマクドナルドで注文して以来、声を出していなかったのだ。咳《せき》ばらいしてから言った。

「元気かい？」

彼女《かのじょ》は身動きしなかった。チビで青白い顔、少しまるぽちゃ。量の多い茶色の髪《かみ》の毛《け》で、目がほとんどかくれている。あごをぐっと突《つ》き出《だ》し、両ひじで身を守るかまえになっている。ふいに、最後に見たときの彼女の姿がよみがえってきた。葬儀屋《そうぎや》で椅子《いす》にすわって、両足をぶらんぶらんさせていた。部屋にいるのは老人や中年ばかりで、彼《かれ》らは蓋《ふた》を閉じた柩《ひつぎ》とヴィック伯《お》父《じ》、ジュリア伯母《おば》のまわりに集まっていた。キャシーの友だちは一人もいなかった。子どもといえば、リリーただ一人だった。それから、このぼくと。

ぼくは、風通しの悪い葬儀の会場で息苦しさを味わっていた。よく磨《みが》かれた柩の蓋に目をこらしては、その中のキャシーを思い描いた。柩に閉じこめられた人間が、生きたまま埋《う》められるホラー映画を思い出していた。

ぼくはなんとしても葬儀の場から逃《に》げ出《だ》したかった。リリーと少しでもいっしょにいたくなかったのだ。リリーは椅子の上から、あらゆるものに目をこらしていた。葬儀が進む間、目に見えて青ざめていったくせに、キャシーをたたえる言葉が口にされる段階になっても泣かなかったのだ。

でも、あれは過去のことだ。ぼくはまた息を吸いこんだ。ぎこちなくリリーに歩みよると、踏《ふ》み段《だん》に並んで腰《こし》をおろした。そして言った。

「運転が長くてさ」

リリーの腕《うで》が、ひざをかかえたままかたくなった。じっとこちらを見ている。その目を見返すのはつらかった。が、こちらも人の視線《しせん》から目をそらさないコツは身につけている。見返した。

「ハーイ」

しぶしぶという口調でリリーが答えた。そのまま長い間こちらをにらんでいたが、立ち上がると、「着いたって言ってくる」と言った。ぼくが身動きする間もなく、網扉《あみとびら》（本扉の内側にある網戸の扉）がバタンと閉まると、二階へ上がっていく足音が聞こえた。

ぼくは立ち上がりはしたものの、リリーのあとを追っていいものかどうかわからなかったので待つことにした――片足から片足へと重心をうつしながら。街頭《がいとう》ホッケーの叫《さけ》び声《ごえ》がほんの一瞬《いっしゅん》静まると、次の瞬間、大歓声《だいかんせい》があがった。一人の子どもが見事なゴールを決めたのだ。あの子どもたちと自分の間には、ものすごい年のひらきがある気がした。その静まり返った一瞬、頭上のどこかで女の声がした。

「お父さんに言いなさい、わたしじゃなくて」

ジュリア伯母？

考える間もなく、ヴィック伯父が玄関《げんかん》から飛び出してきて、いきなりもうれつな勢いでこちらを抱《だ》きしめたんだ。

「デイヴィッド！　そろそろ心配になりかけてたんだ。さあ、入って！」

伯父《おじ》はぼくを離《はな》してくれたが、からだには相手の両腕《りょううで》でしめつけられた感じがまだ残っていた。思わずあとずさる。おやじに最後に触《ふ》れられたのはいつのことだったろう？

ぼくらは階段を上がっていった。伯父はまるでこのひと月、だれとも口をきかなかった人間のように、しゃべりまくっていた。

「一階は大学生の娘《むすめ》さんに貸しているんだ。絵描《えか》きのたまごだけど、家賃はきちんとはらってくれる。われわれは二階に住んでるんだ」「何か飲みたかないか？」「アイリーンとステュアートに無事着いたって電話しなさい」「ほんとに腹はすいてないのか？」「きみは三階を使うんだ。ひと休みしてから案内するよ」「まあ、すわれ、すわれ」。むりやりぼくをキッチンの椅子《いす》にすわらせると、伯父はあたふたと、ぼくにはコーク、リリーにはレモネードを取り出した。リリーはカウンターのはじっこにすわって、ぼくの動きをじっと目で追っていた。

四年間見ないうちに、ヴィック伯父は太っていた。以前は不健康なほどやせていたのだが、肉がついた今も健康そうではなかった。バセット・ハウンド（猟犬《りょうけん》の一種）みたいに、ほおの肉がたれさがっている。目は落ち着きがなく、疲《つか》れていた。ぼくはコークを受け取った。そしてジュリア伯母《おば》を目で探した。

「住み心地はいいはずだよ、デイヴィッド」と、伯父がしゃべり続けた。「小さなアパートメントで、予備の寝室《しんしつ》なんかじゃない。人に貸せないのは、入り口が一つしかないためさ。消防法では二つ必要なんだ。それと、われわれの住んでいる二階からしか出入りできない。となると、他人に出入りされるのは落ち着かないだろ。しかし、きみは家族だからな、当たり前だけどさ」

伯父の口調には落ち着きがなかった。ぼくが予測していたよりずっと落ち着きがなかった。それともリリーのせいでそう思うのか？　いかにも人をこばかにしたようにこちらを見た瞬《しゅん》間《かん》を見とどけたからだ。むろん、ジュリア伯母の姿がなかったせいもある。それでも、ぼくは伯父に調子をあわせた。

「大助かりですよ。ここに住まわせてもらえるなんて」ちょっと間をおいてからこう言った。

「ありがとう」ぼくは、伯父の目をもろに見つめて言った。まさにおふくろが息子にそうさせたがったように。「ありがとう、ヴィック伯父さん」

「そんなこと……」ヴィック伯父が言いかけた。両肩《りょうかた》がぎこちなく動いたが、それでもこちらの目をまっすぐ見返して言った。「そんなことは……」

間がもたなくなって、ぼくはコークを飲みほし、缶《かん》をおくときいた。

「ぼくの部屋を見せてもらえませんか。三階の部屋を？」

「いいとも」

ヴィック伯父《おじ》は案内に立った。リリーがあとをついてきた。

あとでわかったことだが、伯父と伯母《おば》が住んでいる二階は、ケンブリッジの複数の家族が住むタイプの家ではお決まりの形式だった。一階から上がってくる階段が、建物いっぱいに続く廊下《ろうか》でつきていて、その一方の側にはバスルームと二つの寝室《しんしつ》、別の側にはキッチン、食堂があり、正面に居間があった。その居間で、伯父は戸棚《とだな》の扉《とびら》らしいものをキーであけると、「ここを上がるんだ」と言った。伯父の背後には、戸棚ではなく、せまい階段があったのだ。その階段は急で、ほつれて黒ずんだ黄色の壁紙《かべがみ》の間をせりあがり、最上端《さいじょうたん》にドアがあった。

屋根裏じゃないか。こんなとこへぼくを入れようっていうのか？

「いつかこの階段をやりかえないと」

上がっていきながら、伯父が言った。ぼくは返事をしなかったが、同感だった。階段はきしみ、古くなった板が靴《くつ》の下でたわんだ。リリーは、ぼくにくっつくようにしてついてきた。しばし、暗くせまい階段を三人がいっしょに上がっていった。やがて伯父が屋根裏のドアのキーをあけ、日の光がさっとまわりに射しこんできた。

ななめになった天井《てんじょう》の下に、こぢんまりとした居間と寝室があって、居間のはしにあるカウンターのむこうに、炊事《すいじ》のできるしゃれたキチネットがついていた。家具はわずかだったが、ぼくにはじゅうぶんだった。ベッドとナイトテーブル、小さなソファ、テーブル、椅子《いす》が二つ。壁は白ペンキが塗《ぬ》りたてで、床板《ゆかいた》はよく磨《みが》かれていた。バスルームも小さかったが申し分ない。ただバスタブが小さすぎる。しかし、それがどうだっていうんだ。シャワーをあびるには不自由しない。

「わあ」ぼくは伯父に向かって言った。「すごいじゃないですか」

「キチネットを入れたばかりなんだ。二、三年前にね」と伯父が言った。「それと、屋根に天窓をつけて、部屋を区切った」

伯父は、ためらうような笑みを浮《う》かべた。

「以前はぶちぬきの大きな部屋だったんだ。バスルームはつけたんだが、そこで……」

急に言葉がつかえ、伯父はくちびるを嚙《か》んだ。

「すごいですよ」ぼくはまた言った。本気だった。「気に入り……」

「あたしが住むはずだったのに」と、リリーが言った。居間のどまんなかにあぐらをかいていたが、顔には表情がなかった。

「なんであたしがここへ上がってきちゃいけないの？　なんでこの人に使わせなきゃいけないの？」そう言いながら、ぼくには目を向けない。

「まだ小さすぎるんだよ、リリー」伯父が言った。「二階でわたしたちといっしょに暮らすのがいちばんいいのさ」

「彼女《かのじょ》はここに住んでいたのに」リリーが言った。

伯父《おじ》はふいに顔をそむけた。キャシーのことだ、とぼくは思った。

「ここに上がってきたときのあの人は、今のあたしといくらもちがわなかったじゃないの」むずかる口調が歌でもうたうような感じで、これまで何度もくり返されてきたとわかる。「どうしてここを使っちゃいけないのよ……」

伯父がさえぎった。

「いいかげんにしなさい、リリー」

シーンとなった。やがて、ほとんど聞こえない声で「何もかも変なの」と、リリーがつぶやいた。

「あのう――」ぼくは言いかけて、自分の心の葛藤《かっとう》に気がついた。リリーにいつでも遊びにおいでと言ってやりたい一方で、今後この家で確保できるとたった今わかった自分のプライヴァシーを守りとおすために何も言いたくない気持ちのせめぎあいだった。どちらも同じ強さ、いや、後者のほうが強かった。初めて、伯父と伯母《おば》に対するほんとうの感謝の気持ちがこみあげてきて、伯父にむきなおって言った。

「ジュリア伯母さんにもあいさつしたいんだけど。さっき声が聞こえたので」

伯父の口もとがこわばった。

「あとであいさつすると思うよ」

〝思うよ〟だって？

「ああ、そう」ぼくはそう言うしかなかった。

リリーが甲高《かんだか》く笑った。それから、あっと言うように片手で口をおおった。いやな感じだ。

ぼくはあらためて、言うことなしのこぢんまりした部屋をながめた。次いでヴィック伯父を。

伯父は、キチネットのカウンターの上に見つけたゴミをこそげとっていた。リリーに目をやると、ぱっと床《ゆか》からはねるように立ち上がり、何となく恩着せがましい様子で父親にからだをおしつけた。伯父は上《うわ》の空《そら》といった様子でわが子を抱《だ》いた。次の瞬《しゅんかん》間、目のすみで、何かがほんの一瞬ぴくりと動いた。たよりないほっそりした影《かげ》が見えた。

ぼくはくたくただったが、ジュリア伯母がぼくを歓迎《かんげい》していないことくらいは見当がついた。それを言うならリリーも。高卒の資格なんかなくてもそれくらいピンとくる。だからといってどうすりゃいいんだ？　ボルティモアでも歓迎されちゃいない。エミリーが死んだとき、〝デイヴィ〟も死んだんだ。

今のぼくは〝デイヴィッド〟。ケンブリッジでよく知らない人たちと暮らすことになる。それと、目のすみでかいま見たあの影《かげ》とも。

## 2　屋根裏にひびく声

一つには住む場所が伯父《おじ》一家と離《はな》れていたのと、もう一つはジュリア伯母《おば》はぼくを気に入っていないのは疑《うたが》いようがないのとで、まる二日間、伯母と顔をあわせることはなかった。初日は夕食にすら姿を見せなかった。ヴィック伯父が、リリーとぼくを連れて、ハーヴァード・スクエア（ハーヴァード大学前の繁華街《はんかがい》）へハンバーガーを食べに行ったのだが。

その二日間は、伯父までほとんど姿がなかった。電気工事請負《うけおい》の仕事をしていたからだ。荷物をほどいて新しい場所になじもうとしていて気になったのは、伯母の不在だった。ぼくの聞いているかぎりでは、伯母は勤《つと》めていなかった。着いた日の夕方、大型ラジカセとCDをかかえてのろのろ階段を上がっていると、伯母の声が聞こえた気がした。しかし、ぼくが踊《おど》り場《ば》にたどりついたときには、彼女《かのじょ》は奥《おく》の部屋へと消えていたのだ。その後も、伯父に手伝ってもらって、コンピューター、テレビ、ビデオデッキ、衣類、ビデオテープなどを運ぶ間も耳をそば立てていたのだが、二度と彼女の声はしなかった。むろん、こちらも伯母を探しまわるようなことはしなかった。

次の夜、ヴィック伯父は弁解ともとれることを口にした。ぼくのドアをノックして入ってくると、荷物は片づいたかときいた。それから、こう言ったのだ。

「うちは、だれもが好き勝手にやってるんだ。リリーすらね。きみんとこにもキッチンがあるから、それでだいじょうぶだろうって、ジュリアはたぶんそう思ったんだよ。……いそがしいんだ、彼女は。きちんと家族そろって食事したりもしていないんだよ、うちは。それに、きみはもう大人みたいなもんだしな。きみも好きにしたいだろうと、ジュリアに言っておいたんだよ。あれこれかまいつけないほうがいいだろうって」

相手がほんとは何を言おうとしているのか、すぐにはピンとこなかった。やっとこう答えた。

「そりゃあもう。……気をつかってもらってどうも」

伯父はぼくから目をそらし、おずおずと手をのばして肩《かた》に触《ふ》れた。母が自分の兄の家へわが子をよこしたときの腹づもりとはちがうな、とぼくは思った。たぶん、伯父もそう思っているんだろう。

そもそも、ぼくをここへよぶのは、ヴィック伯父自身のアイデアだったのか？　それが心配になってきた。母は、この件でぼくにうそをついたのだろうか？　父にも？　それともぼくにだけ？

「食費のことだけどね」と、伯父《おじ》が切り出した。ぼくはすぐに相手をさえぎって言った。

「問題ないですよ。クレジットカードを持ってるから。銀行口座もあるんです。おやじもおふくろも、ぼくが伯父さんたちの迷惑《めいわく》になっちゃいけないと思ってるから」

「でも、いっしょに食べられれば――」

「ご心配なく」ぼくは相手の目を見ながら言った。「ありがとう。心配しないで。こうして住まわせてもらっているだけでじゅうぶんですから」

そして、せわしげに片づけを始めた。数分後、伯父はそっとドアを閉めて出ていった。「じゃあ、また」くらいは言って出ていったと思ったけど、耳にとどきはしなかった。逆《ぎゃく》に耳鳴りがしだした。

エミリーか？と思った。エミリーなのかい？

ジュリア伯母《おば》は、タブロイド新聞に出たことを鵜呑《うの》みにしているんだろうか。ぼくを無罪にした陪審員《ばいしんいん》がまちがっていたとでも？　両親がむりやり伯父たちにぼくを引きとらせたんだろうか。だとしたら、どうやって？――でも、そんなことを考えること自体にげんなりしてしまった。それがどうしたっていうんだ？　もうすんだことじゃないか。あと一年だ。一学年。せんじつめれば九か月。それから先は考えることはない。

その夜、なんとも変な音がした。言ってみれば、小声のハミングか——かすかに聞きとれる程度の音だ。ぐっと切迫感《せっぱくかん》のある、いや、あせっている感じかな。どちらにせよ、耳に心地よいひびきではない。最初はどうにか聞きとれるくらいだった。ところが一瞬《いっしゅん》のうちに、ぐーっと音が盛《も》り上《あ》がってきて、耳の中いっぱいに広がった、そんな感じだった。ベッドに半身を起こしてあかりをつけながら、なぜか、ホラー映画に出てきたでっかいハエが入ってきたのかと思った。とにかくばかげた何か、悪夢のような何か。しかし、こうこうと輝《かがや》く電灯《でんとう》の光の中には何も見えなかった。音もふいに消えてしまった。逆に耳の中では、静寂《せいじゃく》が鳴りひびくようだった。しばらくしてから肩《かた》をすくめた。この一年、かなりおかしなことがよく頭に浮《う》かんできたものだ。それがもう一つふえただけじゃないか。ここまで考えたところで、ここ最近〝眠《ねむ》り〟と呼んできた茫然自失《ぼうぜんじしつ》の状態へと落ちこんでいった。

ジュリア伯母の姿はなかったが、リリーはぼくにつきまとった。翌日《よくじつ》はぼくのソファにすわりこんで、ふきげんそうに荷ほどきをながめていた。ティーシャツを何枚も寝室《しんしつ》の戸棚《とだな》にしまった。もどってみると、リリーはぼくの本や書類の入った箱を勝手にひっかきまわしていた。

「リリー」と、ぼくは言った。

彼女《かのじょ》はちらとこちらを見上げただけで、また箱にかがみこんだ。

「他人の品物をひっかきまわすのは失礼だよ」

それでもリリーは箱から離《はな》れるどころか、今度は顔も上げなかった。そして、箱に手をつっこむと、分厚いペーパーバックを一冊引っ張り出した。

「どうして失礼なのよ？」

そのままその本をひっくり返して、裏表紙を読み出した。その本が何かわかると、少しぞっとした。荷づくりのとき、もっと注意すべきだった。しかし、こんな具合に他人が持ち物を調べるなんて思いもしなかった。それに、自分の本は全部持ってきたかったんだ。あの孤独《こどく》な日々、これらの本に助けられたからね。その本は特別で、エミリーがくれた本だった。

「だれにもプライヴァシーが必要なんだ」と言うと、ぼくはその本を取り上げた。「それと、一人だけになることもね。わかるかい？」

「わかんない」

リリーはぼくの顔を見すえて、一寸《すん》きざみにこちらをさぐりたてる目つきになった。ぼくはビビった。やっとのことで、

「いいかい。出ていってくれないか。一人で荷ほどきがしたいんだ」と、告げた。それでも動こうとしないので、ぼくは戸口へ行って、そこに立った。

こりゃ効《き》き目《め》がないわ、とあきらめかけた瞬間《しゅんかん》、リリーは立ち上がって、たんねんにひざについたゴミをはらった。そして、

「言ってくれない？」と、なにげない口調で言ったのだ。「彼女《かのじょ》が倒《たお》れたとき、どんな気がした？」

部屋じゅうの酸素《さんそ》がなくなった。

リリーは身を乗り出し、こちらの目を露骨《ろこつ》な好奇心《こうきしん》むきだしで見つめていたのだ。

「話して。どう？……パ、ワ、ー、を、感、じ、た？　うれしかった？　たとえ、ほんのちょっとの間でも？」

自分の中のどこかで言葉がうごめいていたが、長い間、それは外へ出てこなかった。この子はほんの子どもなんだ、ほんの……そう思おうとした。しかし、むだだった。グレッグもエミリーもぼくも、子どもだった。十八歳《さい》未満だからといって、無邪気《むじゃき》でも無害でもないのだ。

「出ていけ」ぼくは命じた。

またしても、彼女はすぐには動かなかった。挑戦的《ちょうせんてき》な目つきで見すえている。襟首《えりくび》をひっつかんでたたき出すしかないな、と思い、いざそうしようとすると、彼女はつんとあごを上げて、まるでプリマドンナみたいな足どりで横をすりぬけて出ていった。そして、ドスドス足音を立てて階段をおりていった。ぼくはすぐにドアを閉めたが、思わずそこによりかかった。

呼吸がもどってくるのがわかった。また肺《はい》に空気が出入りしだした。まるで、ランニングでもしてきたみたいだった。

# 3　美術学生

手にエミリーがくれた本の重みを感じた。すると、それをもらったときの記憶《きおく》がよみがえってきた。もらったというより、エミリーがその本をほしがったんだ。いっしょに寝《ね》てから、それほど時がたっていなかった。その本をほしがる自分を、彼女《かのじょ》は気に入っていた。書店で本を買うとき、困っちゃった、とおかしそうに言った。——女性の係がいるレジに行けるように、行列の中でわざとぐずぐずしていたのよ。男性店員だとはずかしかったから。おまけに、その本がお目当てじゃないわよと言わんばかりに、読みたくもないミステリーを二冊ほど買いこんだりもしたんだから……。

ぼくらは大笑いした。それから、彼女はぼくにキスした。からだをくっつけてきてふざけてみせた。ぼくはもうぼうっとして、なんてツイてるんだろうと思ったけど、同時に当然これでいいんだっていう気もしていた。

一人よがりだった。それはまちがいない。自分のことしか考えてないなんて、ほんとどうかしてたんだと思う。でも、エミリーが好きだった。いっしょだと楽しかったし、彼女もぼくをこわがってはいなかった。ぼくには度はずれたところもなかったし、嫉妬《しっと》深くもなかったからね。彼女にひどいことをするなんて、ありえなかった。あれは、ぼくじゃなかったんだ。あれはぼくじゃなかった。あのときも。今も。いつだって。ぼくじゃなかった。

しかし、それでも……それでも……。

そのうち、もう一方の手に痛みを感じてきた。長い間にぎりしめたまま、開くことができずにいた。そうっと開くと、手のひらが血だらけだ。目をむいた。胃《い》がけいれんした。深呼吸をする。さらにもう一回深呼吸。

エミリーのことは考えまい。グレッグの、思わず「マジかよ」と思わせられたうそも。そして、ぼく自身の疑《うたが》いも考えまい。そんな余裕《よゆう》はないんだ。

同じく、リリーにふりまわされる余裕もないし、ジュリア伯母《おば》にふりまわされる余裕もない。せっかくケンブリッジに引《ひ》っ越《こ》してきたんだ。やることがある。初めての土地で高三過程を終えることだ。あわよくば、ぼくをうろんな目で見る程度ですませてくれるはずの初めての人々の間で。そして最悪でも――いや、そのことは考えまい。

本箱に歩みよると、せかせか働いて、アシモフ、ベア、ビジョルド、カード、ハインライン

（いずれもアメリカのSF作家）その他の古いサイエンス・フィクションを、いちばん下の段につめこんだ。エミリーの本はまるで中身がちがっていたのだが、それを引きよせると、サイエンス・フィクションのうしろへかくした。サイエンス・フィクションにしたって、捨てる気にはならなかったものの、二度と読むことはないとわかっていた。そのあとでシンクに行き、痛む手のひらに冷たい水を流した。

ぼくが通うはずの私立進学校《プレップスクール》（主として全寮制《ぜんりょうせい》。授業料《じゅぎょうりょう》・寮費で年間三万数千ドルを越《こ》える）はセント・ジョウンズといって、以前は一流の女子校だった。

「でも、十年前に」と、校長のイーディス・ウォルポウル博士《はかせ》が言った。「男子も入れることにしたんです」

女性校長は、レンズが下半分にしかついていない読書用めがねをかけたまま、上目づかいにじっとぼくを見つめた。

ぼくはうなずいた。ほんとは学校の歴史なんてどうでもよかったんだ。それくらいわかってくれよ、校長さん。

「規模《きぼ》は小さいんですよ」ウォルポウル博士が続けた。「小さくて静かです。各学年が百人足らずですからね。だから教師数と生徒数の比率は低いし、教師の質には誇《ほこ》りを持っています。授業の質の高さにもね。わたし自身は三年生の歴史のゼミを受け持っています。ここで働いている人たちはみんな、教壇《きょうだん》にも立つんですよ」

へーえ、マジ？　ぼくはシニカルな気分だった。守衛《しゅえい》も教壇に立つのか？

でも、見かけだけはうなずいてみせた。校長室の外で待っているおやじをもうれつに意識していたからだ。おやじは、たぶん心配で、廊下《ろうか》を行ったり来たりしているはずだった。その日の朝、ボルティモアから飛び立ってケンブリッジで面接、そそくさと二、三時間後にはボルティモアへとんぼ帰りの予定だったんだ。

「すばらしいお話ですね」と、ぼくは校長に言った。

両親はいったいどれだけ金を使うつもりなんだろ？　ふつうの授業料の倍？　いや、倍以上？　新聞には、うちが金持ちみたいに書き立てられたけど、そんなことないんだ。この年、両親にどれだけ金を使わせたのか。それも弁護費用に上乗せして。

校長から言葉が返ってこないので顔を上げると、相手はたんねんに、ぼくに関する書類をめくって目を通しているところだった。何が書かれているかは察しがつく。Aの数。知能指数。SAT（大学進学適正試験。日本の共通一次試験に相当）の得点。たぶん、クロスカントリー・レースのタイムまで。デイヴィはほぼ完璧《かんぺき》な生徒だったからね。

ぼくは黙《だま》っていた。校長がやっと目を上げて、ぼくを――昔のデイヴィではないデイヴィッドのぼくを――見た。そして「わかりました」と言った。

「結果を待ちましょう」

ぼくは「ありがとうございます」と答えた。もっと何か言いたかった。いや、何か言うのを相手は待っている……そういうちょっとした間があったんだけど、そのひとことが出てこなかった。

今、屋根裏部屋にいて、そのときの記憶《きおく》にあらためてひるむ思いだった。明日からあの学校へ通うんだ（寮《りょう》に入らず、通学する生徒はデイ・ステューデントと呼ばれる）。ああいう他人とのかかわりが無数にあることになる。何週間も、いや何か月もかけて、そういう人間たちの壁《かべ》の中へこの身をおしこんでいかなきゃならない。だれとでも折り合わないと。そうするしか手がないんだ。これ以後の人生、ひたすらそれのくり返し。だれに対しても、いや、自分自身に対してすら、こちらが無害な人間だってことを納得《なっとく》させないといけないんだ。

荷ほどきはほぼ終わった。気分を変えるために散歩に出ることにした。地元の店なども見ておかないと。デスクライトがいる。しばらくこの家から出ていたい。特にジョギングがしたくてならなかった。よし、ジョギング・シューズが見つかり次第、走るぞ。

階段をおりて伯父《おじ》・伯母《おば》の住まいをぬけ、また階段をおりた。玄関《げんかん》のポーチで、あやうく背の高いほっそりした娘《むすめ》と、どえらい勢いでぶつかりそうになった。相手はキャンバスをかかえていた。あ、ヴィック伯父が言ってた、一階を貸している美術学生だな。「すみません」とあやまった。ちょうど、おたがいのまわりを踊《おど》るようなかっこうになった。その間、相手は、かさばるキャンバスをどうにか落とさずにつかんでいた。

キャンバスの向こうに、娘の横顔がちらと見えた。浅黒い肌《はだ》、高いほお骨、うしろに束ねた茶色の髪《かみ》のわきから、形のいいきれいな耳が見えている。一瞬《いっしゅん》、きみょうな突《つ》き刺《さ》すような目で見られ、ぼくはかっと顔が熱くなった。美人だった。この娘がぼくのことを――もしタブロイド新聞を読んでいたら、グレッグが言ったことを聞いていたら、ぼくのことをいったい……。

ぼくは身をかがめて顔をかくした。娘は何か言ったかもしれないが、はっきりしなかった。彼女《かのじょ》がキーを動かす音が聞こえた。やっと彼女はドアをあけ、キャンバスを中へおしこんだ。表側の部屋がちらと見えた。居間だ。びっくりして、しばしこのぶざまな状況《じょうきょう》に対する自意識すら吹っ飛《と》んだ。部屋は完全にからっぽだったのだ。

ドアが静かに閉じられた。

次の一瞬、彼女の郵便《ゆうびん》受けの氏名に目をやった。変わった氏名だった。レイナ。レイナ・ドゥメング（フランス系の姓《せい》）。

# 4　リリーが取りもつ家族

驚《おどろ》いた。夕食に正式に招待されたんだ。ヴィック伯父《おじ》がドアをノックして、こう切り出した。

「ジュリアが今夜、シチューをつくるんでね。六時におりてこないか？」

「いいですよ」

答えながらも、ジュリア伯母《おば》は料理はしても、相変わらず姿は見せないのでは？　って気がしてた。しかし夕方おりていくと、キッチンにジュリア伯母がいた。背筋をしゃきっとのばして。前に見たときより短髪《たんぱつ》、おまけに完全に白髪だった。ふだん着にエプロンをつけている。

ぼくはおずおずと歩みよると、晩夏《ばんか》に咲《さ》く野の花を束ねた花束を差し出した。果物と野菜をあつかう小さな屋外マーケットで買っておいたのだ。伯母は驚いた様子だったが、うれしげでもなく、かといってけんか腰《ごし》でもなかった。

「まあ、ありがとう、デイヴィッド」と、ぼくの名前をはっきりと、そしてゆっくりと発音した。こちらを吟味《ぎんみ》する目つきで長髪を見てから、さりげなく目をそらした。裁判のときにはイーグル・スカウト（アメリカのボーイ・スカウト）風の髪型だった。あれに比べれば、今は生意気に見えるくらい長くのばしている。伯母はリリーに、手ごろな花びんを持ってくるように言いつけてから、

「お父さんにあと十分でできるって言って」と命じた。

リリー。あの子が投げつけてきたとんでもない質問が、また耳の中でひびいた。

――パ、ワ、ー、を、感、じ、た？

ぼくはむりしてリリーに目を向けた。相手もこちらを見つめていた。ぼくは目をそらした。まだほんの子どもなのだ。自分が何をきいているかわかっちゃいない。

数分後、全員が席についた。小さな長方形の食卓《しょくたく》の下座にジュリア伯母、上座にヴィック伯父《おじ》、リリーとぼくは両わきの席で向かいあってすわっていた。伯母がぼくのおくった花を食卓のまんなかにおいたので、リリーの顔が見えにくかった。

やがて、ぼくもくつろいだ気分になってきた。伯母はつとめて心づかいを見せたし、一同が席につく前、ヴィック伯父がいとおしげにリリーの髪《かみ》をちょっとかきまわし、リリーもちょっと笑顔を返したのだ。

伯母がシチューをよそい、伯父の分はリリーにリレーさせ、みんなで食べ始めた。

「いよいよ明日からセント・ジョウンズね」伯母が言った。

「ええ」と、答えた。

シチューはうまかった。ぼくはシチューとパンをほめた。伯母《おば》はありがとうと言った。そこで言葉が切れた。

「セント・ジョウンズはすごくいい学校よ」伯母がいやにはっきりとした口調で言った。「高校進学のときには、リリアン（リリーの正式名）もあそこへ入れたいわね。公立には入れたくないもの。だって、ギャングでしょ、麻薬《まやく》でしょ（公立学校は、私立校に子どもを行かせる余裕《よゆう》のない家庭の生徒がふえ、一九七〇年代以降退廃《いこうたいはい》が深刻化《しんこくか》）」

リリーが何かつぶやいた。一瞬《いっしゅん》、どうしてリリーはカトリックの私立学校に行かないんだろ？　と思った。キャシーは行っていたのだ。でも、すぐに気がついた。お金だ。

「セント・ジョウンズには奨学金《しょうがくきん》もあるはずですよ――」と言いかけて、ジュリア伯母ににらみつけられ、ぼくはたじろいだ。

「リリアンをセント・ジョウンズへやるくらいの余裕はあるわ！」伯母が嚙《か》みつくように言った。「慈善《じぜん》なんか受けるもんですか！」

「そんなつもりで……」と弁解しかけ、伯母がすごい目つきを少しもゆるめないので言いよどんだ。おやじが、キャシーの大学の費用援助《えんじょ》を申し出てことわられたことを思い出した。言うまでもなく、キャシーは大学の途中《とちゅう》であんなことになってしまったのだが。

ぼくは救いを求めて伯父《おじ》に目をやったが、彼《かれ》はパンでシチューをぬぐいとることに夢中で顔を上げなかった。

また言葉の接《つ》ぎ穂《ほ》がなくなってしまった。伯父にならって、ぼくも料理に専念した。おかげで、すぐに中身がつきてしまった。もっとほしかったが、シチュー鍋《なべ》には手がとどかないし、伯母にたのむのは気が引けた。パンは手近にある。それで代用した。右に目を向けると、壁《かべ》にかけられた二つの額縁《がくぶち》にたくさんの家族の写真が入れてあった。リリーの写真はあったが、キャシーの赤毛の写真は見当たらなかった。

とうとう沈黙《ちんもく》に耐《た》えかねて、「ヴィック伯父さん」と声をかけた。「パトリアッツ（アメリカン・フットボールのチーム）のファンなの？」

伯父は顔を上げて答えた。

「いや、野球のほうが好きでね」ためらってから、付け足した。「行きたいのなら、いつかの週末、行ってみてもいいよ」

「いいですね」ぼくはぞっとして気乗りしない声で答えた。伯父と試合に行くなんてまっぴらだ。ただの話の接ぎ穂なのに。「いつかね」

「オーケイ」伯父はそう言うと、さっとぼくから目をそらし、シチュー鍋を見やってから空《から》の皿に目を落とした。そして伯父もまた、バスケットからパンをとった。

お次は家についてきいてみた。こっちは反応があった。伯父は、家の保持と修理に気合が入っていたのだ。

「こういう木造家屋っていうのは、手をかけるほどよくなるんだ」と言って、ボストンの木造三階建てや二階建ての歴史を話した。「大衆的な建物なんだ、この手の家はね」

満足そうに食堂をながめわたした。

「人によっては見ばえがしないって言うけどね」

おまえもその口じゃないだろうなと言わんばかりにちらとこちらを見てから続けた。「街路《がいろ》にぎっしり建ち並んでいてさ。でも、この家はわたしたちにはしっくりくるんだ」

この話題ならイケる。

「伯父《おじ》さん」と呼びかけた。「屋根裏の天窓だけど、あかりの入り具合を変えるためにあれをつけたの？」

「天窓は、天窓さ。どういう意味だね？」

「よくわかんないけど、ときどき影《かげ》が見えるんだ。午後になるとね。高くて細い影……」

あれはほとんど女の形だ。ふいにそう思った。

「そこでまあ――入ってくる光の具合で見えるのかなって。それに……」

ぼくはハミングのことを口にしかけて、伯父が顔をふりながら顔をしかめているのに気づき、心配になって言いよどんだ。

「それに、なんだね？」と、伯父がきいた。

もうよしにしたかったが、ひっこみがつかなかった。

「そのう……夜、二回、音が聞こえたんだ。ブンブンっていうか、ハミングっていうか……」

ぼくはまた言いよどんだ。リリーの視線《しせん》を感じたのだ。そちらに目を向けたが、顔は花にかくれて見えなかった。ジュリア伯母《おば》が言った。

「あなた、ちゃんと眠《ねむ》れてるの？　どうして眠れないの？」

全員の目がこちらに注がれていた。

「ちゃんと眠れますよ」ぼくはあわてて言った。

「とにかく、ときどき音が聞こえるもんで……たぶん風の音だと思うけど」

「そうよ」と、伯母が目を細めて言った。「これは古い家だから、あなたは慣れてないのよ」

伯父もうなずいた。

「古い家には個性があるんだ。特に木造家屋はね。きしむ音がする」

「なるほど」ぼくは言った。

また沈黙《ちんもく》。伯父はバスケットに手をのばしたが、最後のパンはぼくがたいらげてしまっていた。それでもまだ腹がへっていた。食べ始める前に、鍋《なべ》を伯母の席へ運んだので、中身がまだたくさんあることはわかっていた。ぼくは、伯父とその皿を見てから、また自分の皿に目をもどした。伯母《おば》を見ると、ナプキンで口を軽くたたくようにしていた。

ふいに笑い出したくなった。いいかげんにしろよ、と思った。もっと食べたいだけじゃないか。思い切ってきいた。

「まだシチューある、ジュリア伯母さん？　おかわりしたいんだけど」

「もちろんよ」と、伯母が答えた。「お皿をどうぞ」

伯母は伯父《おじ》には目を向けなかった。伯父にも「おかわりは？」ときこうとしなかったのだ。

ふいに気がついた。今夜、伯母は一度も伯父に口をきかなかったんだ。伯父も伯母に声をかけていない。それどころか、視線《しせん》すらかわさなかった。

自分の頭がどうかしたのか？　と思った。屋根裏の影《かげ》、音、このおかしな家族……。ぼくはまた伯父に目を向けた。伯母がそれに気づいた。伯母はさらりと言った。

「リリアン、お父さんにおかわりどう？　ってきいて」

ぼくは目をぱちくりさせた。ぼくが伯母から皿を受け取っていると、リリーがきいた。

「お父さん、シチューもう少しいかが？」

「ああ、もらおうかね、リリー」と、伯父。

ぼくの眼前《がんぜん》で、伯父がリリーに皿をわたし、リリーがそれを伯母にわたし、伯母がたっぷりとシチューを入れると、ふたたびリリー経由で伯父の手にもどされた。

「どうも」伯父がリリーに言った。

「どうもって言ってるわ」リリーが伯母に伝えた。

「どういたしましてと言って」と、伯母。

「どういたしまして、だって」と、リリーが伯父に伝えた。

ぼくの口はあんぐり。あわてて閉じた。そして、伯父から伯母へと目をうつした。伯父はまた食べ始めたが、ぼくと目をあわせなかった。

伯母は、ほんの一瞬《いっしゅん》だがこちらを見た。しかし、すぐにあごをつんと上げて目をそらした。ちがう。少なくとも自分の頭がどうかしてるんじゃない。伯父と伯母はたがいに口をきかず、リリーを通して会話しているのだ。これもぼくのせいなのか？

目を上げると、リリーがこちらにむかってやさしげにほほえんでいた。よく見えるように、花を避《さ》けてからだを横にかたむけている。

「パン、もっとほしい？」リリーがきいた。「キッチンからとってくるけど」

「いや」ぼくは言った。「ありがとう。でも、けっこうだよ」

# 5　スキンヘッド

翌日《よくじつ》、ぼくは学校へ出かけた。その日の学校は半日だけで、登録をすませてからクラスのスケジュールをもらい、部活などに署名《しょめい》した。

授業《じゅぎょう》の準備をするのは妙《みょう》な気分だった。屋根裏部屋は静かすぎた。シリアルを食べながら、おふくろが初登校の日にはいつも、たっぷり朝食を用意するといってきかなかったことを思い出した。その日の夕食では、こうきくのがおふくろの儀式《ぎしき》になっていた。

「担任《たんにん》の先生の印象はどう？　クラスの印象は？」

おやじの場合は、いつもきくことが鋭《するど》かった。これも毎年同じことだったんだけどね。真剣《しんけん》でしかもはっきりしていた。

「今年度の目標は何かね、デイヴィ？」

三つ以下だとかんべんしてもらえなかったな。

ほぼきっちり一年前、ぼくにもふつうの目標があった。成績アップ、大学への応募《おうぼ》、そしてスポーツ。口には出さないけど、ユダヤ教徒としての目標に劣《おと》らない新しい目標――エミリーに関すること――もあった。当時のぼくは、自分のほしいものはなんでも手に入ると確信していたものだ。あの朝は早く家を出て、エミリーとグレッグをひろうため、二人の家へ車を走らせていた。全員前の座席にぎゅうづめ、グレッグはハイになって、だれかれなく、何もかもに対してかたっぱしから毒づいていた。そのときくらいから、ぼくとエミリーは、グレッグがほとんどいつもハイになっていることに気がついていた。ぼくとエミリーが手をにぎりあっていることにも、グレッグはまるで気づかなかった。もちろん、エミリーとぼくはずっと知り合いだった――グレッグの妹だからね――でも、あの夏は……なんて言うか、エミリーがいつ、ぼくとの関係を彼《かれ》に告げるのかなと、漠然《ばくぜん》と思っていた。あるいはいつ彼自身が気づくのかな、とも。グレッグはエミリーより十か月年上だったけど、あの夏は彼のほうが年下に見えていた。

――おまえは、まず先におれの友だちだったよな。

あとになって彼はぼくにそう言った。あまやかされたガキみたいに。

最後に会ったときの、ぼくに対する憎《にく》しみと絶望を満面にむきだしにしたグレッグの顔――ぼくはむりやりその顔から自分の心をひきはがす。法廷《ほうてい》で、グレッグが自分の両親のとなりにすわって、ぼくが彼の妹を殺したとする告発から無罪放免《ほうめん》される場面で彼が見せた表情だった。

たぶん彼《かれ》はぼくのことを、嫉妬《しっと》深く、強迫観念《きょうはくかんねん》があり、凶暴《きょうぼう》だと言ったはずだ。彼がそう感じたのだろう、よくわからないけれど。

証言台で、彼の手はふるえていた。

——ぼくはシリアルの皿をおしやった。登校時間だ。

初登校日ならではの儀式をリリーとの間でくりひろげるはめになるかな？　そんな思いでそっと階段をおりていった。しかし、リリーの寝室《しんしつ》は閉ざされたままだ。そうか、小学校の新学期は来週の月曜日だっけ。その日までには、リリーの両親もおたがいに口をききあうようになってるだろう。

ヴィック伯父《おじ》は、ノース・ケンブリッジからチャールズ川（河口近くでケンブリッジとボストンの境界を流れる川）への道順を教えてくれていた。そこにセント・ジョウンズがあったのだ。ドライヴはかんたんで、通学生用の小さな駐車場《ちゅうしゃじょう》に車をとめた。車を出て、市営バスをおりて校舎群のほうへぞろぞろ歩いていく新しいクラスメートたちをながめた。ボルティモア郊外《こうがい》にあった前の高校では、三年生の大半が車で通学していた。ここではそうではないらしい。今夜、伯父にバスルートもきいておくべきだろうか？　そう思っただけでうんざりした。車の中こそ、お手軽な逃《に》げ場所だったからだ。どっちにしても、むりして溶《と》けこむことはない。

一人ぼっちで困るだろうと思ってたけど、そんなでもなく、超然《ちょうぜん》とした気分だった。

おしゃべりしながらぶらぶら歩いていく生徒たちを追《お》い越《こ》して、校舎の扉《とびら》を通りぬけた。郵《ゆう》送《そう》されてきた資料だと、食堂への登録ってのがあった。まず、それにとりかかった。TからZのテーブルの前に並んだ行列に加わって、自分の番がくるまで生徒たちをながめ、彼らのざわめきを聞いているうち、順番がきた。名前を言うと、係の女性がちらとこちらを見上げた。ほかの生徒のときはそんなことはしなかった。しかし、両手は自動的に箱の中をかきまわして、さっと書類を突《つ》き出《だ》してよこすと、

「はい、ヤッフェくんね」と言った。

名前をわざと強調されたって気がしないでもなかった。

「ありがとう」ていねいに答え、テーブルを離《はな》れた。

別のテーブルでも申告《しんこく》して、セント・ジョウンズのティーシャツをもらった。無料だ。濃《こ》いピンクの地にロゴが白ぬきになっている。ウォルポウル博士に、スクールカラーを変えたら男子生徒が集まりやすいのでは？　と忠告《ちゅうこく》してあげようかな？　ちょっとの間そう思ったが、はっ、知ったことじゃない。

クラブ活動のテーブルも出ていた。クロスカントリー部のテーブルが目に入ると、胃《い》がひきつれた。それでも歩みより、テーブルの女生徒にうなずいてから、リストに署名《しょめい》した。くるっとまわれ右すると、スキンヘッドが目に飛びこんできた。

六フィート五インチ（約百九十センチ）は軽くある。旗柱みたいに細くて、靴《くつ》ひもをぬき取った、ごつい軍靴《ぐんか》を、それも靴下なしではいている。迷彩《めいさい》半ズボン、もらったばかりの新品のセント・ジヨウンズの濃《こ》いピンクのティーシャツときた。葦《あし》のように細い首にたよりなげにのっかった白い顔の中では、うすいブルーの目が、室内を見わたしていた。一瞬《いっしゅん》、ぼくの視線《しせん》を意識したようにちらと目をあわせたが、すぐ骨ばった指でつかんだスケジュール表に視線を落とした。

スキンヘッドは、食堂に一人で突《つ》っ立《た》っていた。生徒たちの流れは、彼《かれ》の前で割れ、彼をすりぬけると合流した。まるで紅海《こうかい》のモーゼだ。

ぼくはクロスカントリーのテーブルにもどると、女生徒にきいてみた。

「失礼、彼は何者？」

女生徒はぼくの視線を追って、くちびるをちょっとゆがめた。

「ああ、フランク・デルガードよ」

正直、ぼくらの年齢《ねんれい》で髪《かみ》の毛《け》を剃《そ》り上《あ》げたやつって、あまり見かけないもんな。いたとしても、戦闘服《せんとうふく》ってのは、さらにめずらしい。だとすれば……（ネオナチかKKKという語句が言外に。特に一九八〇年代初頭生まれの「二千年紀最終世代《ミレニアルズ》」はまじめな者が多く、けた外れのいでたちは目立つ）。

「ほんとに……」次に何と言えばいいものやら考えつかなくて、ぼくは口ごもった。

ところが、女生徒はぼくの意向を察して、かわりにこう答えてくれた。

「どうしてスキンヘッドかってんでしょ？」

ぼくはうなずいた。彼女《かのじょ》は肩《かた》をすくめた。

「わかりっこないわよ。変人であることはまちがいないわね。去年、転校してきたのよ」

そう言ってから、初めてぼくを意識したようだった。顔がぱっと明るくなり、身を乗り出してほほえみかけた。

「あら、あなたも転校生でしょ。一度も見かけたことないもの。わたし、ミシェル・グラフトン。二年生よ。あなたの名前は？　何年生？」

ぼくが返事をしないうちに、彼女はクリップボードに視線を落とし、さっきぼくが署名《しょめい》した箇所《かしょ》に目をこらした。ちょっと間があった。頭のてっぺんまでがその人の気持ちを表すとはおかしなもんだな。

「デイヴィッド・バーナード・ヤッフェだ」ぼくは、はっきりと告げた。

彼女は顔を上げた。口もとが小さくO《オー》の字になって凍《こお》りついている。

ぼくはあたたかくほほえみかけた。

「お目にかかれてどうも。ミシェル」

声をかけると、相手はおびえた顔になった。

自分がドラキュラになった気がした。百パーセント不愉快《ふゆかい》ってわけでもなかったけどね。

## 6　母からの電話

これで学校の用事はすんだのに、伯父《おじ》と伯母《おば》の家へ帰りたくなかった。そこで車は駐車場《ちゅうしゃじょう》においたまま、ハーヴァード・スクエアまで歩いた。そこでもう少し歩き、街頭《がいとう》ミュージシャンの演奏《えんそう》を聞いたり、レストランの入り口にあるメニューを読んだりしたあと、ピザ店でふた切れほど食べた。ワーズワスという大きなディスカウント書店に入って、SF小説コーナーを見てまわった。タワー・レコードではCDを一枚買って、ブラトル劇場で『ブレードランナー』（一九八二年公開の大ヒットSF映画）を見た。

映画が終わると、七時近くになっていた。車で帰路につき、途中《とちゅう》、スターマーケットで雑貨を買った。伯父の家にもどったときには、薄暮《はくぼ》からすっかり夜になっていた。近所の家々は全部、灯火《とうか》がつき、部屋やそこにいる人々を照らし出していた。頭上では、伯父と伯母の部屋の窓にもやわらかく灯火がついていた。伯父と伯母が留守だったらと願っていたことに、そのとき気がついた。彼《かれ》らと口をききたくなかったのだ。

ポーチで、一階の暗い部屋を見やった。レイナ・ドゥメングが借りている部屋だ。あのとき、彼女《かのじょ》、ぼくの顔をちゃんと見とどけたのかしらん？　クロスカントリーのテーブルにいたあの女生徒が、今まさにこのぼくに出くわしたことを友だちに話してまわってるんじゃないかな？　それに、あのスキンヘッドの生徒は、なんであんなにおおっぴらに自分が変わってることを見せびらかす道を選んだのか？

できるだけ音を立てないで、二階への階段を上がった。奥《おく》にあるショネシー家のキッチンでは、テレビが大きな音を立て、皿の上でナイフとフォークが立てる音がかすかに聞こえた。ぼくは廊下《ろうか》を屋根裏への階段へと向かった。

伯父と伯母の寝室《しんしつ》のドアは閉まっていたが、リリーの部屋はドアがあいており、通りすぎるとき中をのぞいてみずにはいられなかった。ベッドの上で、リリーは腹ばいになり、両手にあごをのせて、戸口を通りすぎるぼくをにらんでいた。本とか音楽での気晴らしもなし、顔には表情がなかった。たいくつだという表情すらなかった。ほんの一瞬《いっしゅん》目があったときも無表情。ぼくがむりにうなずいてみせても変わらなかった。

リリー。変わってるって言えば、こっちも相当なもんだ。

屋根裏へ逃《に》げこむとやれやれだった。ここへたどりつくまでに、伯父と伯母の部屋の前を通りすぎずにすんだら。

買い物のつつみを開き、バックパックをおろしてセント・ジョウンズのティーシャツを床《ゆか》へふわりと投げた。この床の下では、リリーが天井《てんじょう》を突《つ》きぬけてぼくをにらみつけているんだ。自動的に目が動いて、床のどの位置が階下でリリーがいる箇所《かしょ》かを目測していた。

何やってるんだ、ぼくは？　頭がどうかしてる。腹がへってるせいだ。まちがいない。キチネットへ行ってクラッカーとピーナツバターを取り出したが、まちがって塩も脂肪《しぼう》もぬき、コレステロールゼロのクラッカーを買ってきてしまったことに気がついた。クラッカーの箱を投げ捨て、びんからじかにピーナツバターを少し食った。CDをかけたが、いらついてきてラジカセを切った。あとは静寂《せいじゃく》だけ。明日は、クラスじゅうがミシェル・グラフトンだらけ。出席で自分の氏名が呼ばれたら、いやおうなしに返事しなきゃいけない。

これはどうしようもない。このぼくには、なんだろうとどうしようもないんだ。

電話が鳴った。おふくろだった。お決まりの、登校初日はどうだった？　の変形版だ。お父さんはまだお仕事よ、と彼女《かのじょ》が言った。言《い》い訳《わけ》だろうけど、いいさ。

もうれつな勢いでまくしたてるおふくろのすきを突いて、割って入った。そうせざるをえなかったんだ。

「ヴィック伯父《おじ》さんとジュリア伯母《おば》さん、ほんとにぼくをこっちへよんでくれたの？」

そしてこうたたみかけた。「それとも、お母さんの差し金？」

「何ですって？」

「ぼくをここへよこすってのは、だれの考えだったの？」

案の定、電話の向こうが静かになった。やがて、

「だれの考えだろうと、どうだっていいでしょうが。デイヴィッド、安心なさい、ヴィックは諸手《もろて》を上げて歓迎《かんげい》してくれてるんだから……」

それはどうかな。

「でも、ジュリア伯母さんは歓迎どころじゃないよ」と、ぼくは言った。「ヴィック伯父さんの結婚生活をぶちこわしたいんだったら、大成功ってことだよ」

ぼくがどんな気持ちか考えてもみてくれよ、とまでは言わなかった。おふくろには、そんなことはどうだっていいんだ。

「何を言ってるのよ？　ジュリアがどうだっていうの？」

「伯母さんは、ぼくにここにいてほしくないんだよ」と、ぼくはくり返した。「伯母さんは、このことで伯父さんには頭にきてるんだ。伯母さん、伯父さんと口をきかないんだぜ。伯父さんも伯母さんに口をきかない。おまけに……」ふいに思いついてこう続けた。「それでもピンとこないんだったら、リリーはどうなんだい？　伯父さんと伯母さんは、リリーを取りつぎ役

にしてるんだぜ。あんなやり方、子どもの心理にいいはずないよ。ぼくが何もかも台なしにしてるんだ。ぼくはこの家にいるべきじゃないんだよ」

「ヴィックとジュリアが、じかに口をきいていないんですって？」

ふだんのおふくろは、察しの悪いほうじゃない。

「そのとおりだよ」と、ぼくはがまんして答え、ディナーでの光景を告げた。長々とこまごまと話してきかせた。おふくろもけっこう詮索《せんさく》好《ず》きだからね。やがてぼくはひと息ついた。

「もしもし？」心配になってきいた。

「考えてるところなのよ」と、おふくろが答えた。また一分ほど待ってから、ぼくは言った。

「ぼくがここにいるせいで二人がおかしくなって、それはこのぼくにとっても居心地のいいものじゃない。そのことがわかっている以上――」

そこで言葉を切った。それ以上続ける気にならなかった。

「前にもこのことは話し合ったけど」と、おふくろが言った。声に緊張《きんちょう》が感じられた。「高校は終えないとどうしようもないわよ。その点は変更《へんこう》なし。あなたにとっても、わたしたちにとっても。ヴィックとジュリアについては……」おふくろが続けた。ぼくが返事しないことがわかっていたからだ。

「あなたはまさかと思うかもしれないけど、わたしの感じでは……そのう、二人の仲たがいはあなたが原因じゃないんだと思うわ」

「まさか」と、ぼく。

「そのまさかよ」と、おふくろ。「ここ数年、二人はうまくいっていないと感じてたの。ヴィックが言ったこと、いえ、むしろ言わなかったことから察してね」

おふくろはため息をついた。

「知りたくはなかったけど、見当はついていたのよ。二人の仲はずいぶん前からおかしくなってた。少なくとも、キャシーが亡《な》くなって以後」

そう聞いて、食堂の壁《かべ》にかかげた家族写真の額縁《がくぶち》に、伯父《おじ》と伯母《おば》の長女の写真が一枚も見当たらなかったことを思い出した。

「あなたのせいじゃないのよ、デイヴィッド」と、おふくろが続けた。「あなたじゃない……すでにおかしくなってたんだから、あなたが来たからってそれが前より悪化するはずがないじゃないの」

おふくろはまたため息をついた。

そのとおりかもしれない。たぶん、ぼくのせいじゃないんだろう。だからと言って、ぼくがここにいることで伯父と伯母の関係がいっそう悪化しないなんて、どうしておふくろはそんなふうに考えられるんだ？　ふいにどっと疲《つか》れが出てきた。伯父と伯母がキャシーのことで仲たがいしたって言うのなら、ひどい話だ。ぼくのことが原因で最近仲たがいしたというのより、深刻なのは明らかだ。でも、もうどうでもいいや。

「ねえ」と、ぼくは切り出した。何かめどが立ったわけでもなければ、何をしたいのかすらわからなかったんだけど、とにかく、この家を出ていけないことだけは理解できた。つまり、ここ以外どこにも行きようがないとわかったのさ。それでも、おふくろに話を聞いてもらいたかった。

ところが、おふくろはまくしたて始めた。

「あなたが、伯父《おじ》さんや伯母《おば》さんのためにも、そこにいてくれて、お母さん、それはうれしいわ、デイヴィッド。兄もかわいそうに。それにリリーも。ジュリアですら、自分で自分がどうしようもないのよ。ひょっとして、あなたが彼《かれ》らを助けてあげられるかもしれないわ。まあお聞きなさい」

おふくろの話は続く。「もう少したったら、ヴィックはあなたに実情を話してくれるはずよ。いえ、実際には話してくれなくても、男同士のきずなってものがあるじゃない。それでつながりあえるわ。ほんとにヴィックには、あなたがそちらにいることが助けになると思うわ。彼がキャシーのことをあなたに話せなくてもね」

いったい何言ってるんだ？　これでも母親かよ！　こっちのことなんかこれっぽっちもわか

っちゃいないのか？　息子の身に何が起きてるかってことが。

「お母さん」ぼくは切り出そうとした。

しかし、おふくろはそれをさえぎってこう言った。

「デイヴィッド、ヴィックがほんとにあなたがじゃまだったら、どうしてあなたをそちらへ受け入れるなんて言い出すのよ？　おたがい身内同士じゃないの。ヴィックはいつだって息子をほしがってたわ」

もうぼくにはおやじがいるじゃないか、と思ったが、言葉にならなかった。何かほかのことを言おうとしても何も出てこなかった。

ぼくが、ヴィック伯父の息子がわりになれるタイプの人間じゃないってことを説明できなかったんだ。家族同士のきずなだなんて、がっかりさせる人間がふえるだけじゃないか。ぼくは、恐《おそ》ろしさと怒《いか》りを同時に感じた。そんなきずながあったとしても、耳をかたむけ、理解してくれる人なんかいやしない。この世に一人だって。

そんな人間がほんとうにこの世にいるなんて、一度も本気で思ったことはない。

# 7　ウォルポウル博士《はかせ》のゼミ

スキンヘッドのフランク・デルガードは、三年生の歴史ゼミでいっしょだった。クラス初日、彼は同じ迷彩《めいさい》の半ズボンに、今では早くもくたーっとなった例の濃《こ》いピンクのティーシャツを着ていた。そしていちばん前の座席につくと、となりの机《つくえ》に両脚《りょうあし》をのっけて、目を閉じていた。黒板を背景にして、剃《そ》り上《あ》げた頭は磨《みが》きあげたように光っていた。ところが、ブーツは磨いていなかった。かわいた泥《どろ》がこびりついたままだ。

ゼミはその日の最後の時間で、ぼくはデルガードよりも早く教室に入って、小さな教室のいちばんうしろにすわった。ぽつりぽつりと入ってきた生徒たちは、この光景に当惑《とうわく》して、デルガードとぼくの間の席にかたまってすわった。彼《かれ》らはおたがい話し続けていたが、ぼくを意識していた。ときどき思い切って、ちらちらこちらを盗《ぬす》み見た。デルガードのほうは見なかった。どちらかというと、ぼくはいちばんうしろの席にすわるし、これまでもそうしてきた。ここではそれがいっそう道理にかなっていた。授業《じゅぎょう》が始まってしまえば、全員が前を向いて、こちらを見なくなるからだ。ところが、数分後、ぼくは席を立って、スキンヘッドのとなりの席へ移動した。

自分でもわけがわからなかった。

昨夜《さくや》も寝苦《ねぐる》しかった。眠《ねむ》っている意識がなかったくせに、支離滅裂《しりめつれつ》な夢を見たものでね。前の高校で、廊下《ろうか》という廊下を、エミリーに追いかけまわされる夢だ。彼女《かのじょ》は笑い声を立て、ぼくも笑っていたんだけど、同時におびえてもいて、走り続けるしかないと承知《しょうち》していた。つかまったら、聞きたくないことを彼女から告げられるはずだったからだ。やがて背後から彼女に腕《うで》をつかまれたが、とんでもない力だった。手荒《てあら》くぼくを向き直らせると、ガシャンと背中をロッカーにおしつけた。もはや相手はエミリーではなく、リリーだったんだ。リリーの髪《かみ》の毛《け》は燃え上がっていた。怒《いか》りくるい、たいへんなパワーで我意《がい》を通そうとしていた。おまけになぜか……泣いていた。

その時点で、まちがいない、これは夢だと気がついた。もうすぐ目がさめる、とも意識した。そのときだ、またあのしつこいハミングが聞こえたのは。目を開くと、ほの暗い夜明けだった。

一瞬《いっしゅん》、寝室《しんしつ》の戸口にまたあの影《かげ》が見えた。でもこのときは、明らかに人の形だった。それも少女か、女だ。ぼくはどうにか両ひじをついて身を起こすと、はっきりしない声ながら半《はん》狂乱《きょうらん》で、「エミリー？　エミリーじゃないか！」と叫《さけ》んでいた。そのくせ、エミリーじゃないってわかっていた。ところが、その影《かげ》は……消えたというより、崩《くず》れていった。

そして、ハミングは聞こえなくなっていた。

要するに、ひどい夜だったんだ。授業《じゅぎょう》初日前夜としては、何とも結構な話だよね。ぼくは横目でフランク・デルガードをながめた。彼《かれ》がいてくれることが気晴らしになることがありがたかった。この一流のプレップスクールと、こんなひどいかっこうをしたスキンヘッドの取り合わせはキミョウキテレツだった。ウォルポウル校長は、男子生徒ならだれかれかまわず、この元女子校へ受け入れるしかないほど窮地《きゅうち》に立たされているのか？　そりゃあ、ぼくも大きなことを言えた義理じゃないけどね。このスキンヘッドも、お金ならいくらでもはらうからこの子をなんとかして、と言う家族がいたにちがいない。

始業ベルが鳴って一分が過ぎ、やっと教師がきびきびと、心持ち早足で入ってきた。フランク・デルガードは、となりの席からすっと両脚《りょうあし》を引いて、さりげなく正面に向き直った。教師は何冊か本をおくと、腰《こし》をおろそうとした。そのときになって、ぼくは初めて教師のほうを向いた。なんとウォルポウル博士《はかせ》じゃないか。ぼくは、目を落として時間割を見た。ほんとだ。

「三年生歴史ゼミ（中世史）、ウォルポウル」

そう言えば、歴史教えてるって言ってたな。でも、まさか校長がこのぼくを教えることになるとは。おかげで、こっちとしては監視されてるって気がしてきた。思わず腰かけに身をしずめた。

ウォルポウル博士の目は、すばやく動いて、クラス全体を、しかし一人一人を、ながめわたした。

「中世史の三年生ゼミです」と、博士は言った。「通年で三単位。全員、ちゃんと席についてますか？」

ついている。

「よろしい。では、全員、第一列と第二列へ移動して。やる気を見せるためにね。最後の二列は使う必要がないわ。さあさあ」

のろのろと生徒たちが移動して、フランク・デルガードとぼくの横や背後にすわり直した。

ウォルポウル博士は、親切心でこうしたのか。それとも、これがいつもの流儀《りゅうぎ》なのか。どっちだろうと、かまやしない。

三時半、ぼくは車へ逃《に》げもどった。校舎の正面玄関《げんかん》が見える位置に停車しておいたのだ。エンジンをかけたところへ、フランク・デルガードが出てくるのが見えた。ぼくは、彼がただ一人、メモリアル・ドライヴ沿いに歩いて、大股《おおまた》でチャールズ川沿岸を歩いていくのをながめていた。

おやじとおふくろの家へ帰るのであれば、その日の夕食の席で彼《かれ》のことを話題にしたことだろう。「こんなやつがいたよ、クラスの一つに。スキンヘッドなんだ」。両親はすごく興味を持つはずだった。前の学校なら、ぼくはすでに彼のことを何から何まで知りつくしていただろう。前の学校では、とことん確かな情報網《じょうほうもう》を持っていたからね。

ぼくは、ショネシー家へもどった。宿題があった。微積分《びせきぶん》はしばらくはうんとやさしい。去年一度勉強したからさ。ほかのいくつかの科目も同様。ところが、ウォルポウル博士《はかせ》は教科書を使って教えていなかった。たくさん主要参考文献《ぶんけん》ってやつを割り当てる。その夜の宿題は、中世教会のヒエラルキーときた。ぞくぞくしちゃうね。

正面玄関《げんかん》わきのポーチに、ヴィック伯父《おじ》がぼく用の手紙受けを取りつけてくれていた。おふくろからのでかい茶封筒《ちゃぶうとう》が入っていた。それをやぶいて開いてみると、いくつかの大学への応募要綱《おうぼようこう》だった。スタンフォード大学。シカゴ大学。ダートマス大学。おふくろからの短いメモが入っていた。

デイヴィッド、

去年リストアップしておいた大学すべてに手紙を書いて、あなたの新しい住所を知らせておきました。これらはその前にこちらへとどいていた大学の応募要綱です。もっととどけば、当然、転送します。
元気で。

おふくろは、「ワシントン・ポスト」（首都の主要新聞で、「ニューヨーク・タイムズ」のライバル紙）から切りぬいた連載《れんさい》記事も入れていた。応募の手順、〝今日の若者たち〟にのしかかる不安などなど。ぼくは顔をしかめ、中身をみんな封筒にもどすと、それをにらみつけた。ふいにわきに人の気配を感じた。リリーだ。

そろそろリリーがエミリーについて言ったことをかんべんしてやるべきだろう。ただの子どもで、自分の言っていることがわかっちゃいないんだから。ぼくはドアをあけて、先に入れと合図した。階段をいっしょに上がっていきながら、ぼくは話題を探した。

「今日が学校の初日じゃなかったのかい？　六年生はどう？」

「ひどいものよ」と言うと、リリーは自分のキーで両親の住まいへのドアをあけた。

「くわしく話してみないか？」と、ぼくはきいた。早く屋根裏へ消えたかったのだが、リリーを放っておくのもどうかと思った。ジュリア伯母《おば》はどこだ？　勤《つと》めてはいないんだから、リリーが帰ってくるのを迎《むか》えてやるべきでは？

「いいよ、もう」

リリーは居間へ飛びこんだ。次の瞬間《しゅんかん》、テレビがコマーシャルをがなりたて始めた。ぼくはしぶしぶあとに続いた。リリーはテレビの前の絨毯《じゅうたん》に身を投げ出すと、リモコンをたくみに操作《そうさ》して、チャンネルからチャンネルへと飛び、やっと『スクービー・ドゥー』（一九六九年制作の未来ものの長寿《ちょうじゅ》アニメ。題名はグレート・デンの名前）というアニメ番組に落ちついた。

「リリー？」しかたない、声をでかくしてもう一度、「リリー！」

ふり向きもしないで、

「何よ？」

「ジュリア伯母《おば》――お母さんはどこ？」

「今日は四時からO・A（過食に悩《なや》む人が匿名《とくめい》で話し合う集まりの頭文字）の会議よ」

「O・A？」

「食べすぎ匿名会」

「なんだって？　お母さんは太ってないじゃないか。前は太ってたの？」

リリーはテレビに集中していた。

「ちがうよ。ただO・Aの人たちが好きなだけ。だれもがひどい目にあってて底力があるんだって。話を聞くだけで元気が出るって」

テレビに目をもどした。これで話のネタは終わりかと思ったら、こう言い足した。「お母さんは、G・AもA・Aも行ってるよ。中身はちがっても、似たとこがあるんだって」

「賭博《とばく》匿名会」「飲酒匿名会」のことだ。

「一人ぼっちで、だいじょうぶかい？」と、ぼくはきいた。リリーはくるりと目をまわしてみせた。

「ああもう、ほっといてよ」

とにかく会話ができたことにほっとして、ぼくは屋根裏へ退散した。背後でテレビがこうわめいていた。

「りっぱだね、スクービー！　幽霊《ゆうれい》の化《ば》けの皮《かわ》はがしちゃったんだから！」

伯父《おじ》と伯母が何時に帰宅したのか、わからなかった。

# 8　感謝祭への招待

三、四週間が過ぎた。勉強のほうは多少ともまじめにやっていたが、クロスカントリーの部活には気が向かなかった。そのかわり、放課後毎日、一人で走り始めた。ノース・ケンブリッジをぐるりとひとまわりしてからフレッシュ・ポンド貯水池《ちょすいち》を一周する、五マイル（一マイルは約一・六キロ）のコースを選んだ。走る間、ヘッドホンをつけて何も考えないようにした。おかげで気分がよかった。ときには二まわりするときもあった。

ヨム・キッパー（ユダヤ教のあがないの日で断食をする）が来た。断食《だんじき》する気はなかった。バル・ミツヴァ（ユダヤ教徒男子の十三歳《さい》の成人式）以後、断食はしていない。日没《にちぼつ》の数時間前まで食べることを忘れていて、それに気がつくと、どうせならこのまま食わずにすませようかと、結局食わずにすませた。まあ、がまんくらべだな。それ以上の意味はない。シナゴーグ（ユダヤ教の教会）にも行かないし。食事をしなかったからといって、身が清められたって気もしない。ましてや許されたなんて気がするはずがない。

　十月のある夜、ジョギングからもどると、ヴィック伯父《おじ》が裏庭で半コード分（一コードは約三・六立方メートル）のたきぎを軒先《のきさき》に積み上げているところだった。伯父はぼくに向かってうなずいた。ぼくはヘッドホンをはずすと、相手がいいよと言うのを無視《むし》して、手伝い始めた。ドライヴウェイにおろされたたきぎを取りにもどっては、裏庭へ運ぶことをくり返した。気がつくと、一階のレイナ・ドゥメングの窓をちらちらと見やっていた。彼女《かのじょ》の姿を期待していたのだが、まるで姿はなかった。

「これがいるなんてねえ」ぼくは、かかえたたきぎにあごをしゃくって、なにげなく言った。華氏《かし》七〇度（二十一℃くらい）はある、申し分のない小春日和だったからだ。

　伯父は肩《かた》をすくめた。

「今にわかるさ。このあたりはうんと寒くなるんだ。もっとも、この二、三年、雪は多くないけどな。助かるよ。雪かきはごめんだ」

「今年はぼくが手伝いますよ」と、ぼくは言った。

「いや、それは――」

「心配ご無用」ぼくはかかえていたたきぎを積み上げながら言った。「どうせたいしたことはできませんから」

「しかし――」

「ここでちゃんと役に立たなかったら、おふくろになんて言われるか、考えてみてくださいよ」

「アイリーンねえ」

一瞬《いっしゅん》、伯父《おじ》の目がなごんだが、それはすぐに消えてしまった。

「わかった。雪かきはやってくれたまえ」

ぼくらは黙《だま》って作業を続けた。たきぎ積みが終わりかけたころ、この手伝いもおふくろは〝きずな〟のうちに数えるかしらん？　と思った。おふくろは、日曜ごとに、朝、電話をよこして、その週の連邦《れんぽう》議会でのばかさわぎ、息子に読ませるべき本のリスト、おやじの仕事のうわさ、息子の生活について言葉に気をつけながら質問をいくつかしてから、切る前にさりげない口調で、「ヴィックは？　ヴィックとジュリアに変わったことは？」ときいた。

そのたびにぼくは、息子はほっといて、自分でヴィック伯父に電話したらと言おうとしては、結局思いとどまった。

「三階にも、たきぎストーヴを入れようと思ってはいたんだが」と、ヴィック伯父が言っていた。「それだけのスペースがあるだろうかと思ってねえ」

「いや、ないと思うけど」と、ぼくは答えた。今の暖房《だんぼう》で問題はない。「なくてもじゅうぶんあたたかいと思いますよ」

伯父は、最後のたきぎを山の上にのせた。

「そうだな。断熱材は入れてあるし。しかし、家には暖炉《だんろ》が必要なんだ。いつも計画してきたんだが――」

「ヴィック伯父さん」ぼくは相手をさえぎった。伯父に屋根裏部屋を住み心地よくしてもらうなんて、とんでもない。「ずっときこうと思ってたんだけど」

伯父は目をしばたたいた。

「なんだね？」

「おふくろが、感謝祭（アメリカの祝日の一つ。十一月の第四木曜日）に、おやじといっしょにここへ来たいって言うんだけど」

一瞬伯父は、ピンとこない表情を見せた。

「アイリーンとステュアートが？　ここへかい？」

「うん」

相手が目をそらし、たきぎの山へと視線《しせん》がうつるのを見ていた。伯父の左のほおがぴくりとひきつれた。

「ぼくの部屋のオーヴンで七面鳥をローストしたいって言うんだ」と、ぼくは言った。「伯父さんと伯母《おば》さんとリリーを招待してね」

ぼくは、おふくろの提案には気が乗らなかった。実を言うと、両親にここへ来てほしいのかどうかもわからなかった。ところが、ヴィック伯父《おじ》ときたら、積み終えたばかりのたきぎの山が崩《くず》れ落《お》ちてきたような顔になっている。

「おふくろたちはぼくの部屋に泊《と》まるから、伯母さんは……」

ぼくは口ごもった。それ以上続けられなかったんだ。おこがましい話だもんな。実際、間のぬけた話じゃないか。二、三回、冷凍《れいとう》七面鳥の晩飯《ばんめし》を、それも一人で食べる――このほうがよっぽどましな計画だ。伯父と伯母がぼくを招待しなきゃいけないって気になった場合は別だけど。

「とにかくおふくろは、伯父さんの考えをきいておいてほしいって」

「なるほど」と言って、伯父は咳《せき》ばらいした。「そうだな。叔父《おじ》さんと叔母《おば》さんの顔を見るのも、リリーにはいいことだしね。なにしろ……」伯父は一瞬《いっしゅん》言葉を切ってから、こう続けた。

「四年になるからなあ」

ぼくはうなずいた。伯父が感謝祭の件を承知《しょうち》したのかと思って、口を開きかけたとき――

「キャシーが亡《な》くなってから四年だ」と、伯父が言った。その声は意外に大きく、いどむようなひびきがあった。思えば、ぼくがこの家に来てから、彼が娘《むすめ》の名を口にしたのはこれが初めてだった。リリーですら、一度キャシーのことを引き合いに出したときも、名前を呼ばずに〝あの人〟と言っただけだった。

「そんなに昔のこととは思えない。だろ？　勲章《くんしょう》でももらうときみたいに。」

伯父はすっくと立っていた。まるで勲章でももらうときみたいに。

ぼくは怒《いか》りでからだをかたくした。これこそ、おふくろが、ぼくと伯父の間でかわしてほしかった会話ではなかったか。伯父に同情するべきだったんだ。伯父とその家族に対して。なぐさめて、助けになってあげてしかるべきだった。ところが、そうはしなかった。この家族に起きたこと、今起こりつつあることは、ぼくには無関係だし、関わりを持ちたくなかった。自分のことだけで精一杯《せいいっぱい》だった。

ぼくは返事ができなかった。ぎこちない数分の後、ヴィック伯父がやっとこう続けた。

「感謝祭のことについては、わたしがアイリーンに電話してみるよ。それでいいかな？」

「まず伯母さんにきいてみたほうがいいのでは？」

ぼくは、相手のきげんを損《そこ》ねるのを承知できいた。伯父がこちらをにらんだ。

「あ、本格的な会話って意味じゃないんです。伯父さんからリリーに伝えてもらって、リリーが伯母さんに話して、リリーにまた伯母さんのことづてを持ってきてもらって」

「デイヴィッド――」伯父が言いよどんだ。ぼくが言ったことへの返事は返ってこなかった。

後悔《こうかい》はしなかった。長い長い間、ちっとも後悔しなかった。やがて、伯父《おじ》がくるりと背を向けた。

「ねえ」ぼくは急いで言った。「失言でした。ぼくの出る幕じゃなかった」

伯父は、ゆっくりとこちらをふり返った。

「忘れてください」と、ぼくは続けた。「ちょっと用事があるので、もう行きます。またあとで」

裏庭から表側へ歩いていく間、伯父の視線《しせん》を背中に感じた。ぼくはまだ腹を立てていた。しかし、今度は伯父だけでなく自分にも腹を立てていたのだ。

屋根裏へ上がると、二十分ばかり、ゴシック大聖堂とビザンチン大聖堂のちがいについて本を読んだ（すぐわかるちがいは、前者の尖塔《せんとう》と後者のドーム屋根）。階下のドアを強くノックする音がして、声が聞こえた。

「デイヴィッド？　話があるんだが」

ヴィック伯父だ。ぼくはすぐに階段をおりて、二階へのドアをあけた。

「さっきの失言、あやまります」と、ぼくは言った。戸口をからだでふさいでいた。「でも、今度にしませんか。今、勉強中なもんで」

伯父は、悪かったというふうに手をふってみせたが、引き下がらなかった。

「ちょっとですむ」そしてぼくの背後の空間に目を向けて言った。「たのむよ」

　ぼくは、身を引いた。階段を上がって部屋へ入ると、伯父はキチネットの小さな椅子《いす》を引き出してすわりかけたが、気を変えて、ぎこちなく椅子の背をつかんで、そのうしろに立った。ぼくは、どうしていいかわからず、数メートル離《はな》れたところに立っていた。

　ぼくに目を向けずに、伯父が言った。

「わたしとジュリアのことだが、きみにはさぞ変に見えるだろうね……」声がとぎれて、また続いた。「このことは人に話したことはなかったんだが――」

　なら話してくれなくていいのに、とぼくは思った。

「何もぼくに説明する必要はないですよ」

　伯父はそれを無視して、

「アイリーンには知られたくなかったんだ」と言った。「自分が何を考えていたのか、今じゃ想像がつかない。きみをここへよんで……」

　ため息をついた。ぼくは相手を見た。伯父は椅子の背から手を離し、髪《かみ》の毛《け》を引っ張ってからやっと椅子にすわった。

「これは話すつもりじゃなかったんだが」と、もう一つの椅子のほうへ手をふった。

「たのむ。すわってくれよ。突《つ》っ立《た》っていられると話せない」

　ぼくはすわった。

「きみをこの家に住まわせることがたいへんだと思ったことはない」伯父が口を切った。「アイリーンのために何かしてやりたかったんだね。ところが、思っていたとおりにはいかなくなった……」

「ごめんなさい――」

ぼくはあやまりかけたが、伯父《おじ》は手をふって黙《だま》らせた。こちらに目を向けていない。

「たぶんわかっていると思うけど、ジュリアとわたしは……このところ、ろくに顔をあわせていない。わたしたちがおちいっているのは……そんなにめずらしいケースじゃない。長い夫婦生活の中でよくあるケースだ」伯父はまた口をつぐんだ。やがて、目をそらしたまま、こう続けた。「おたがいの暮らしに注意を向けるのをやめてしまった形なんだよ。そこへきみがやってきた。それだけで状況《じょうきょう》が変わった。今さらきみが出ていったとしても――おそすぎるんだ。もとへはもどれない。もう……気持ちよく暮らしていくことはできない」

「ぼくに出ていってほしいんですね？」ぼくはあっさりときいた。

伯父はびっくりした顔になって言った。

「ちがう！　わたしが言おうとしたのは……どうやらきみは、自分がここにいるのが問題の種《たね》だと思っているらしいがね、デイヴィッド、それはちがうんだ。問題はキャシーなんだ。いつだってキャシーが問題だったんだ」

「なるほど」と、受け答えしながら、ぼくはもうれつにいたたまれない気がした。

伯父は顔をなで、そのまま自分の両手を見つめて言った。

「ジュリアは、両親がキャシーに対してもっときびしくすべきだって考えだった……特に娘《むすめ》が大学を中退してからはね。でも、わたしは彼女《かのじょ》の好きにやらせろと言ったんだ」

伯父は肩《かた》をすくめた。

「ジュリアは、あんなことになったのもわたしのせいだと考えてるんだよ。わたしがいつもキャシーをあまやかしたってね。あの娘《こ》の肩を持ったことはなかったのに」伯父はまた黙《だま》りこんだ。

「なるほど」ぼくはまたあいづちを打った。

「で、アイリーンももう知ってるんだね？」と、伯父がふいにきいた。「ジュリアとわたしのことを？　わたしたちが……どんな暮らしをしているかを？」

自分が密告者だって気がした。

「ええ、まあ」

「かえってほっとしたよ」伯父は低い声で言うと、立ち上がった。急に決心がついたような身のこなしだった。「感謝祭に両親を招待したまえ、デイヴィッド。そうしてくれ。二人と会って話ができるのはうれしい。ジュリアには——」伯父はぼくと目をあわせ、一瞬《いっしゅん》ほほえむと、悲しげに続けた。「――じかに話しておくから」

さぞかし楽しい感謝祭になるだろうな。ぼくはうんざりして思ったが、口では「オーケイ」と答えた。伯父《おじ》は、ぼくの両肩《りょうかた》に手をおいてくり返した。

「じかにジュリアに話しておく」

まるで約束する必要があるみたいに。

「何とか前向きにやらないと。リリーを取りつぎ役にするのはやめないとな」

ぼくはうなずいた。そして立ち上がると、伯父と戸口までいっしょに歩いた。

「それがリリーにもベストだと思います」と、ためらいながら言った。

伯父は足を踏《ふ》み出《だ》しかけて立ち止まり、眉《まゆ》をしかめてぼくを見やり、当惑《とうわく》ぎみにきいた。

「リリーにもベストだって？　どういう意味だね？」

ぼくは目をしばたたいた。伯父以上に狼狽《ろうばい》したのだ。

「だって、間に立つのは、彼女も居心地悪いんじゃないかと思ったから」

伯父は驚《おどろ》いた顔になった。

「わたしたちはリリーを愛している。これはジュリアとわたしが合意の上でやってきたことなんだ。リリーも承知《しょうち》している。リリーは、わたしたちの仲たがいは、自分とは無関係だとわかっているんだ」

かなり長い間、頭の中が真っ白になった。心理学のことはくわしくないけど、それにしても……。

伯父はまだぼくを見つめていた。

「リリーが両親から愛されていることをわかっていないとでも思ってるのかね？」

「もちろんちがいますよ」と、ぼくは答えた。「彼女《かのじょ》も伯父さんたちに愛されてるとわかってるはずです」

「肝心《かんじん》なのはそのことだ」と、伯父は得心がいった様子で言った。そして階段をおり始めた。ぼくもあとに続いており、ドアを閉めた。

頭の中にビートルズの歌の一節が浮《う》かんだ。愛こそはすべて（一九六七年のヒット曲）。ハハッ。ひどい結婚生活の真っ最中でも伯父はそう思いこんでいたんだ。ナイーヴだから？　強さ？　それともおろかさ？　理由はどうあれ、伯父はそう思いこんでいた。

ぼくの立場から見て、伯父の信念はうらやましかった。たとえ、ぼくは全身全霊《ぜんしんぜんれい》をあげて伯父がまちがっているとわかってはいたにしてもね。

絶対まちがっている。

# 9　フランク・デルガード

フランク・デルガードとは、たった一つの授業《じゅぎょう》で出会うだけだったが、彼《かれ》が見かけどおりの〝のけ者〟だと確認するまでに時間はかからなかった。食堂でも一人ですわる。廊下《ろうか》を歩くときも一人。彼はほかの〝のけ者たち〟すら無視《むし》した。いや、自分もシカトされてたんだけどね。

ところが、ウォルポウル博士《はかせ》は、彼を気に入っていた。まもなくわかってきたことだけど、気に入るというより評価していたんだ。六週目の授業の終業ベルが鳴ったとき、博士がきいた。

「デルガードくん、これまでの授業のご感想は？」

生徒たちにこんなふうに話しかけるのは、彼女の気まぐれなくせだった。

授業が終わると、ほかの生徒たちはほとんど戸口へかけ出すのだが、フランクは気をつけの姿勢で立ち上がり、いつも動作はひきしまっていた。気をぬいたまま動いたりしたら、腕《うで》か足がうっかりばらけてでもしまう、という感じなのだ。

　ぼくは、バックパックの中身をぐずぐずと入れかえ始めた。この瞬間《しゅんかん》を見とどけずにおくもんか。このスキンヘッドが、きちんと首尾一貫《しゅびいっかん》した文章を口にするのを聞いたことがなかった。自発的に教師の質問に答えることもなかったし、討論《とうろん》に加わることもなかった。ウォルポウル博士が、彼に返答をせかしたり、議論に引っ張りこもうとしたこともなかった。生徒にちゃんと聞きなさいと命じるくせに、彼にはそれもしなかったのだ。

　フランクは知恵《ちえ》おくれには見えなかった。最初はそうかな？　と思ったのだが、彼が持ち歩いている本を見て考えが変わった。彼はひまができると本を引っ張り出し、まるでどんな本か見られまいとするかのようにその上にかがみこむ。でも、二、三度、題名が見て取れた。『モルモン経《けい》』（末日聖徒イエス・キリスト教会の聖書）、パウル・ツェランの詩集（ユダヤ系ドイツ詩人。ナチスの迫害《はくがい》で自殺）、『ヴァテック』（英作家ウイリアム・ベックフォードのホラー小説）、たぶんいちばん変わっているのが『ダイアナ妃《ひ》の真実』。

　いったいウォルポウル博士は、どうして彼をとことんクラスで放っておいたのやら――首をかしげざるをえない。小人数のクラスだから、これは目立った。そのためにフランクに好意を持つ生徒は一人もいなかった。ウォルポウル博士にはどうしてそれがわからないんだろ？　とにかく、彼には何一つやれと言わなかった。

「もうたいくつしましたか、デルガードくん？　遠慮《えんりょ》せずに答えて」

博士《はかせ》の声はさらっとしていて、かすかにおもしろがっているひびきさえあった。

返事をするかわりに、フランクはちらとぼくを見た。それにつられて、ウォルポウル博士もこちらに目を向けた。ちょっとシーンとなった。ぼくはあごがこわばった。いったいなんのまねだ？　別に博士からフォート・ノックス（合衆国政府保有の黄金を収納する軍事基地）のコンピューターに侵入《しんにゅう》するパスワードをきかれたわけじゃあるまいに。

「そうだよ」と、ぼくはフランク・デルガードに言った。「ぼくも聞きたいな。たいくつしたかい？」

「いいや」と、フランク・デルガードが言った。うすいブルーの目が、ぼくに注がれた。自分が電子顕微鏡《けんびきょう》の下におかれたバクテリアになった気がした。「たいくつはしてないよ。そっちこそたいくつしてるくせに」

ウォルポウル博士はそっちのけだった。ぼくのほうが先にまばたきした。そのとき、スキンヘッドは無表情につけ加えた。

「おまけにおびえてる」

彼《かれ》がぼくを追い出したかったのなら、これほどどんぴしゃりな言葉はなかった。ぼくはバックパックを取り上げ、教室を出ていこうとした。出ていく瞬間《しゅんかん》、思いもかけず、彼が背後から呼びかけたのだ。

「おい、ヤッフェ！　どうするつもりなんだ？　何か手があるのか？」

ふしぎなことに、口調にはいどむようなところはなかった。単に……好奇心《こうきしん》のひびきがあるだけだった。

# 10　リリーは何か知っている

「感謝祭の手はずは、すっかりついたからね」と、次の日曜日、おふくろから電話があった。でも、ヴィック伯父《おじ》とのやりとりはくわしく言わず、どんなに大きな七面鳥を買って、クーラーに入れてボルティモアから運ぶかってことだけに話が集中した。

「あ、そう」と生返事しながら、両親が泊《と》まる間だけでも、ハミングする人影《ひとかげ》がおとなしくしていてくれればなあと思っていた。ぼくが両親の眼前《がんぜん》であれを見てしまい、両親にはあれが見えなかったら……と思うだけで耐《た》えがたかった。

その日の午前中は、ノース・ケンブリッジのジョギング・コースをまわって過ごした。その後新聞を買って、ヴァーナ・コーヒー店でドーナツ二個を食べながら、コーヒー三杯《ばい》を飲んだ。

頭の中でフランク・デルガードの奇癖《きへき》を数え上げて内心ほくそ笑んでいるうちに、日曜版のクロスワード・パズルに出くわし、ペン片手にそれにのめりこんだ。やがて席を立つと、ヴァーナを出て、ショネシー家への帰途《きと》についた。

リリーが、ちっぽけな前庭で、落ち葉をはいていた。うつむいて作業をしながら、歩道へとぼとぼ移動していく姿をながめていると、籐《とう》のくまでを芝生《しばふ》のはしっこに据《す》えて、くるりと向き直った。うしろ手にくまでの柄《え》をつかんでいる。動きを止めて力をためると、十二フィート（約四十メートルほど）の前庭をくまでをはね返らせながら歩きだしたものだから、落ち葉はかき集められるはしからこぼれぬけていった。

つくづくやなやつだ。どうしたって好きになれっこない。わけもなく、いや、わけなんかどうだっていいんだけど、この子はこわい。だが、そう思ったとたん、リリーの年だったころの自分も、雑用はのろのろ手際悪くやりながら、ああ、早くすませちゃいたいなあと思っていたことを思い出した。思わず笑みがこぼれた。その笑みが顔になじまない感じだ。

「親孝行をひと休みしないか？」と、ぼくはきいた。

リリーがはっとして顔を上げた。しばしこちらをにらみつけたかと思うと、また同じことを始めた。もはや、彼女の背後ではくまではろくすっぽ地面をはいていなかった。玄関《げんかん》の階段に腰《こし》をおろして、それをながめた。

「リリー、『コナン・ザ・グレート』（一九八二年公開のシュワルツェネッガー主演の映画）見たかい？」数分後にきいてみた。

「アーノルド・シュワルツェネッガーが水車場で奴隷《どれい》にされる場面があるんだ。彼《かれ》が二トンの挽《ひ》き臼《うす》を、毎年毎年引っ張ってまわっては、筋肉をきたえあげていくやつさ」

リリーはくまでを捨てた。そしてこちらを向くと、両手を腰《こし》にあてがって、

「それがどうしたのよ？」ときいた。

「その姿を見てアーノルドを思い出したわけさ」と、ぼく。「重労働中のね」

リリーはまた背を向け、身をかがめてくまでを取り上げた。

ぼくはため息をついた。

「おい、少し手伝おうか？　落ち葉の山つくってやるから、それに飛びこんでみなよ」

「結構よ。お父さんに落ち葉かきをやってくれってたのまれたんだから。お父さんはあんたにたのんじゃいないんだから」

「そんなこと、お父さんは気にしないと思うよ」ちょっと間をおく。「さあ、リリー。なんだって、だれかといっしょのほうが楽しいもんだぜ」

顔つきから真に受けていないとわかる。ぼくは肩《かた》をすくめ、裏庭の物置へまわって、別のくまでを見つけた。古い、金属製の重いやつだ。そして、リリーのうしろから落ち葉をかき始めた。数分後、もう一度言ってみた。

「落ち葉の山、つくりたかないかい？　おとなりの落ち葉も少し拝借《はいしゃく》したっていいし」

「袋《ふくろ》に入れる落ち葉がふえるだけじゃない」

　ぼくはあきらめ、落ち葉かきもやめた。リリーが広げた大きなゴミ袋に、ぼくが落ち葉をつめこんだ。近所の人たちは、オレンジと黒のカボチャちょうちんが描かれたゴミ袋に落ち葉をつめて通りに出している。ハロウィーン用のディスプレイだ。しかし、ショネシー家のゴミ袋はふつうの茶色の紙袋で、おいておけばすぐゴミ収集車が持っていってしまう。

「まあ、これでいいだろ」

　ぼくは両手をジーンズにこすつけると、くまでをひろいあげようと手をのばした。「片づけておくよ」

「あたしがやる」

「いや、ほんとにこれは――」

「あたしがやるって言ったでしょ」

　リリーはかんしゃくを起こした。顔が赤くなっている。

「あたしがやるの！」

　ぼくは両手を突《つ》き出《だ》した。

「おいおい――」

　彼女《かのじょ》は金属製のくまでをつかんだ。その意外な重さによろめきかけ、二本のくまでの先を地面に突《つ》き立《た》てるようにしてどうにか身を立て直し、自分の体重を利用して立てたまま持ち続けた。

「あんたって、しょっちゅうおせっかいを焼くんだから！　どうしてほっといてくれないのよ？　そもそも、なんでこの家へ来たりしたのよ？　あんたなんか来てほしくなかった！」

「リリー……」

「出ていってほしいのよ！」

彼女《かのじょ》はあえいでいた。ぼくは思わず一歩引いた。まちがいなく、ヒステリーを起こしかけている。

「リリー、ぼくはただ手伝いたかっただけで――」

彼女はまたさえぎった。

「あんたが何をしたいかなんて、どうだっていい！　そんなこと、あたしには関係ない。大事なのは、このあたしが何をしたいかなんだから！」

怒《いか》りでからだがふるえていた。喉《のど》から出てくる声は、ほとんどどうなり声だ。両手はくまでをきつくにぎりしめて、それをぼくに投げつけようとした。しかし、籐《とう》のくまでは投げられても、金属のくまでは重すぎた。持ち上げるひょうしに手からすべり落ちて、ぼくらの間の地面へドサッと落ちた。籐のくまでも、そのとなりへ弱々しく落ちた。

二人して地面のくまでを見おろした。やがて、リリーが目をそらした。あえぐ声が聞こえ、両肩《りょうかた》が上下している。うかつになぐさめの言葉をかけるのもこわかった。いったいどうしたんだ、これは？　こっちが何をしたって言うんだよ？　リリーがすでに泣いているのか、涙《なみだ》をこらえようとしているのかもわからなかった。伯父《おじ》と伯母《おば》が出てきて、こんな場面を見られるのがこわかった。

やっとのことでリリーは気持ちをおさえた。何も言わないほうがいいと承知《しょうち》で、言わずにはいられなかった。

「リリー、いったいぼくの何に腹を立ててるんだ？」

リリーは何か言ったが、聞き取れない。

「悪いけど、聞こえないよ」と、ぼく。今度は肩越《かたご》しに、リリーは大きな声を出した。

「なんでお父さんにあたしのこと話したのよ？」

どういうことだ？　やがてぼくは思い出した。

リリーはこちらに向き直った。こぶしをにぎりしめている。泣いていたのではなかったのだ。涙が出そうになっていたのでもない。すごい剣幕《けんまく》できいた。

「返事しないつもり？」

ぼくはなんとか窮地《きゅうち》をぬけ出そうとした。

「リリー、悪かったね。お父さんとは感謝祭のことを相談していただけなんだ。きみのことが話題に上がって……」この線ではいっそう困ったことになるという気がして、アプローチを変えた。「お父さんは、ぼくとの相談についてなんて言ったの？」

「お父さんはお母さんに話したのよ」と、リリーが答えた。その声にあふれていたのは……まさか、という気持ち？　いや、驚《おどろ》き？　苦痛？　それらがまざり合った何かだ。

「このあたしにじゃなくて」

彼女《かのじょ》は、憎《にく》らしそうにぼくをにらんだ。

「感謝祭のことで。あんたの親たちが来ることについて」

その口調からは、ぼくの親たちも、ぼく同様歓迎《かんげい》されていないことが明らかだった。

「二人が話してるのを聞いたのよ」

「そうだよ」と、ぼくは答えた。「うちの両親は三階に泊《と》まるけど、感謝祭のごちそうは、きみやお父さんやお母さんと食べるんだ」

ぼく自身、特に両親に来てほしいとは思っていないと相手に言うべきか迷《まよ》ったが、黙《だま》っておくことにした。

「両親はきみに会いたがってるよ」

リリーの顔つきから、ぼくは話すのをやめた。

「あたしの話すじゃまをしないでよ」と、彼女が言った。

わびようと口を開きかけたが、また閉じた。自分がリリーに対して感情をコントロールできなくなってしまったのはいつだ？　ところが、この子のほうは、目の前に突《つ》っ立《た》って、激怒《げきど》しながらも完璧《かんぺき》に自分を失ってはいないじゃないか。

彼女は、ぼくがじゃましないと確認できるまで待つと、こう言った。

「あんた、お父さんに、このあたしじゃなく、お母さんにじかに話せって言ったでしょう」ふいにからだを前に突き出すと、こうだめをおした。「言ったでしょうが？」

思わず返事が口から飛び出した。

「言ったよ」

リリーはひと息入れて言った。

「あんたのせいだとわかってたのよ」

ぼくのせい？　何もかもこっちのせいにされるのは、とことんうんざりだ。

「リリー」

ぼくは前に身を乗り出し、相手の両肩《りょうかた》をしっかとつかんだ。

「聞いてくれ」

リリーは身をよじって逃《のが》れようとし、次はけりつけてきた。あやうく股間《こかん》をやられるところ。お次は目をひっかこうとした。仕方なく相手の両手、両腕《りょううで》をつかんで落ち着かせようとした。

「おい、落ち着けよ。落ち着けったら。たのむから落ち――」

彼女《かのじょ》が顔につばをはきかけた。あやうくびんたを食らわせるのをがまんした。

リリーを左手でおさえつけ、たたいてやろうと右手をふり上げていたのだ。胃《い》がひきつれた。

反射作用だ。からだが頭の命令を聞きそこねかけていたのだ。ただの反射作用にすぎない。

こんなことを気にするなんて。反射作用に「ただの」なんて言《い》い訳《わけ》できるような人間なのか、
このぼくは？

手をおろした。そしてリリーの肩《かた》をぎこちなくそっとたたいた。彼女の肩はこわばっていた。

ぼくは身を引いた。リリーから離《はな》れた。

「リリー、ごめんよ」と、わびた。「きみをぶつ気はないんだ」

その言葉に彼女のからだが硬直《こうちょく》し、一瞬《いっしゅん》、ほとんどその言葉の意味を理解していないよう
な様子だった。やがて、彼女の顔から怒《いか》りがひいていった。ぬらしたタオルでふきとったよう
に。

おろしたぼくの手を見てから、顔を上げた。

彼女は、新兵訓練係の軍曹《ぐんそう》のような激《はげ》しさでぐいと身を乗り出した。目にあふれているのは
……なんだろう？　彼女が言った。小声で、ほんとに小声で。

「ほんとにあたしをぶつ気はなかった？」

すると、頭の中で、以前彼女が発した問いがひびいた。

――パ、ワ、ー、を、感、じ、た？

一瞬、リリーはぼくの最悪の悪夢を知っている――そんなばかげた確信が浮《う》かんだ。ぼくはすぐに立ち直った。そして相手を見すえて、言った。

「なかったとも。まちがいないさ」

彼女は真顔でこちらを見つめていた。やがて、不釣《ふつ》り合《あ》いなことに、彼女の口の片はしがひきつれた。そして片手を口にあてがうと、唐突《とうとつ》に笑い声をあげたのだ。ほえるように一度。すると、笑いが全身をひっつかみ、のりうつったように見えた。笑いは少女のからだをゆさぶり、大きなとどろきとなって口からほとばしり出てきた。ゆかいなひびきではなかった。どこかが痛んでいるような笑い方だった。止めたくても止まらないような笑い方だったのだ。

やがて、またいきなり笑いが止まった。そしてぼくを見上げた目には、いまだにあの……何かわからない表情があふれていた。

ぼくはたまらなくなって、くるりと背を向けると立ち去った。歩いて。走りはしなかった。

# 11　共犯者の表情

その夕方、ぼくはコンピューターを起動して、何時間も「Xファイル」のソフトウェアをダウンロードして読んでは、ウェブ・サーフィンをくり返していた。それでも結局、思いはさきほどの出来事へともどっていった。リリーの恐《おそ》ろしい笑い方、ふり上げた自分の手——彼女《かのじょ》の質問——目に浮《う》かんでいたあのきみょうな表情——自分の手。

ふり上げた自分の手。

——パ、ワ、ー、を感じた？

ときに脳裏《のうり》で、いまだにエミリーの首が折れる音が聞こえる。

裁判が終わりに近づいたある日、おやじはぼくの両肩《りょうかた》をひっつかんだ。いつもとちがう感じで驚《おどろ》いた。感情を見せず、落ち着いたおやじしか見たことがなかったからだ。でも、わびしい待合室でのあの午後、おやじはふいに感情をむきだしにしたのだ。声まで一度も聞いたことのないものだった。

「おまえは自分を殺そうとしてるんだぞ！　わからないのか、陪審員《ばいしんいん》を納得《なっとく》させなきゃいけないんだ！　立ち向かうしかないんだ！　しりごみでもしようものなら、陪審員の目にどう映るか、それもわからないのか」

「わからないよ」と、ぼくは落ち着きはらって答えた。「彼《かれ》らの目には、ぼくが彼女を殺したと映るさ」

一瞬《いっしゅん》、おやじはこのぼくを殺すかと思った。いっそ殺してもらいたかった。しかし、おやじは言葉で殺しにかかっただけだった。

「こわくないのか、おまえは？」と、彼が聞いた。「こわがるのがふつうだぞ」

それから監獄《かんごく》のことを話し出した。それも詳細《しょうさい》にわたって、えんえんと説明を続けたんだ。そりゃあ、こわかったさ。大人としてあつかわれかけてたわけだからね。だれだっておびえるだろう。特にグレッグの証言を聞いてからは。

「エミリーはあえてだれにも話しませんでした」

グレッグは、証言台で早口に検事に陳述《ちんじゅつ》を始めた。いや、陪審員、そして彼の両親に向かってもね。彼の両親は、悪意に満ちたぼくへの公開書簡《しょかん》を新聞に公表していた。世間全体にね。

「妹はデイヴィにおびえていました。でも、ぼくには秘密《ひみつ》にすることはできませんでした」

グレッグの顔は、熱病にかかったような色をしていた。

「エミリーとぼくは、なんでも相談する間柄《あいだがら》だったからです」と、彼《かれ》は続けた。「ぼくがいけなかったんです」グレッグは涙声《なみだごえ》になった。「彼女《かのじょ》がデイヴィと別れるとき、ぼくがついていれば安全だと思いました。彼女を守ってやれると思って。どんなときに彼が自制心をなくすか、彼女に聞いておくべきでした」

陪審員《ばいしんいん》の女性が、思わず手をのばした。まるでグレッグの肩《かた》をたたこうとでもするように。しかし、ほかの陪審員は、ぼくのほうを見つめていた。十一対の目が。好奇心《こうきしん》にあふれた目が。そして裁こうという目が。

ぼくは黙《だま》っているつもりだった。証言台には立たないぞ。自分の身に起きることは起きるにまかせる。ずいぶんと念入りに考えぬいたわけさ。グレッグのうそをはかりの片方へ、一つしかない真実を片方に乗っけたんだ。それに、グレッグがうそをついたことなんか、ぼくにはどうでもよかった。肝心《かんじん》なことは、エミリーが死んでしまったことだった。

このぼくの手で。

でも、裁判では、ぼくは陪審員たちを見返した。何をしてもエミリーは帰ってこないにしても、陪審員たちを見返した。なぜそうしなきゃならなかったのかわからなかったけど、そうしたんだ。ぼくは、十二対の目すべてを見返した。

「自分を守れ」と、おやじが叫《さけ》んだ。そして結局、恐怖心《きょうふしん》から、一部は生きていたいという盲目的《もうもくてき》な本能から、グレッグに対する憤怒《ふんぬ》の名残《なごり》から――なにしろ、ぼくがなぐろうとした相手はグレッグだったんだから。このことは、グレッグもぼくも知っていた――ぼくは自分を守りぬいたんだ。自分を弁護しぬいた。見事にね――だって、デイヴィは何をやらせてもぬかりはなかったから。それに事実――これが法廷《ほうてい》でものを言うわけだが――が見方してくれた。エミリーには、殴打《おうだ》された古傷《ふるきず》がなかったこと。また、判事が、グレッグのドラッグ歴を法廷《ほうてい》証拠《しょうこ》として認めてくれたこと。以後、陪審員たちの彼を見る目が変わってきたこと。さらに、グレッグとエミリーの共同預金口座が今ではからっぽであることを示す銀行の明細書。さらには、窓口係の行員がグレッグを覚えていたこと。「ええ、毎週見えましたよ」と、女性行員が小声で証言した。「最後は週に二回になって……」。

陪審員たちの顔つきが変わってきた。ぼくを犯人と決めつけてきた煽情的《せんじょうてき》な新聞のどぎつい文句がトーンダウンし、ついには紙面から消えてしまった。今度は、一転、グレッグに噛《か》みつき出したんだ。評決が下るころまでには、だれ一人結果に驚《おどろ》く者はいなかった。

いや、ぼくだけはびっくりしたけどね。

またぼくは、リリーのことを思《おも》い浮《う》かべた。今日の午後、十一歳《さい》のいとこといっしょにいるところをあの陪審員たちに見られていたら、彼らはどう思ったことか？　彼らが、ふり上げたぼくの手を見ていたら。

でも、ぼくはリリーをぶたなかった。ぶちはしなかった。ベッドにあおむきに寝《ね》て、開いたままの両目を前腕《まえうで》でおおいながら、その思いにしがみついていた。ぶたなかったんだ、今度は。それでも……。

リリーの顔に浮《う》かんだきみょうな表情が思い出された。ふいにそれがわかったんだ。あの表情こそ、エミリーが倒《たお》れたとき、グレッグの顔に走った表情だった。彼《かれ》がうそでかためた心の地下室へあの表情をうめこんでしまう前、あれは……共犯者の表情だったんだ。

# 12　マイモニデスとアブラフィア

翌日《よくじつ》、疲労感《ひろうかん》でからだがコチコチになっていた。その日、現実感が取りもどせたのはほんのいっとき、最終時間のウォルポウル博士《はかせ》のクラスでだった。そこでは元気がもどって、しゃきっとすわって、どうにか集中できた。

ふしぎなことに、この授業《じゅぎょう》に興味が出てきていた。それまでに、受講生は一千年の時代を手早く概観《がいかん》する授業に集中していた。ウォルポウル博士は、いい教師だった。学識は広いし、愛想はないなりに、授業の進め方がダイナミックだった。ローテンブルク（ドイツ南部バイエルン州北西部の都市）の犯罪博物館に収納された精巧《せいこう》な拷問《ごうもん》道具のスライドは忘れることはないだろう。下手なミュージシャンに罰として吹《ふ》かせるフルート（首にかけて吹奏《すいそう》させる重い鉄のフルート）なんて聞いた者がいるだろうか？　うわさ話ができないよう舌止《しど》めがついた重い金属仮面《かめん》なんて。もっと手のこんだ、ぞっとする責め道具は言うにおよばずだ。拷問台（手足をろくろで反対方向へ引っ張って関節をはずした）、眼球えぐり出し道具、内部にクギがたくさん突《つ》っ立《た》っている〝鉄の処女《しょじょ》〟（人型がぱっくり開き、その中へ人間をおしこめて閉ざす）。

「しばらく、犯罪者、魔女《まじょ》、異端者《いたんしゃ》のことは忘れなさい」と、ウォルポウル博士《はかせ》が言った。「そして日々の社会統制にどんなにたくさんの道具が使われていたかという点だけに目を向けてみなさい」

ぼくがああいう道具を使われたら、あるいはグレッグにも使われていたらと思うと、その病的な思いに魅《み》せられてしまった。

その日は、自分が調べる中世の人物を発表することになっていた。ウォルポウル博士によれば、ぼくらが個々に中世を把握《はあく》する観点を与えてくれる人物だ。

「その人物について」と、博士が言い足した。「春に論文を出してもらいます。だから慎重《しんちょう》に。あなたたちが選んだ人物とは、実在の人物、架空《かくう》の人物、どちらにせよ、年じゅうおつきあいすることになりますからね。いいこと？　たとえばあなた方が架空の人物を創《つく》り出《だ》す場合でも、その人物の環境《かんきょう》や、彼《かれ》もしくは彼女《かのじょ》に対する評価は現実のものを集めないといけませんよ」

要するに、調査研究ができる実在の人物を選んだほうが、自分で創造《そうぞう》した人物よりあつかいやすいというわけだ。そこがピンと来たので、ぼくは実在の人物、マイモニデスを選んだ。十二世紀のユダヤ教の学者、哲学者《てつがくしゃ》、医師だ。彼についての資料ならわんさとある。その大半がネットで集められるときた。

自分の選んだ人物を公表したのは、ぼくが最初だった。ウォルポウル博士は、読書めがねの上からぼくをじっと見やって、うなずいた。

「いい選択《せんたく》ね」そして、名簿《めいぼ》に記入して、「ストーフくんは？」

クリストフ・クーリ（クリストフの略《りゃく》称《しょう》がストーフ）が自分の選んだ人物（精緻《せいち》に描かれた架空の十一世紀の戦《せん》闘騎士《とうきし》）を告げている間に、フランク・デルガードが小声で呼びかけた。

「おい」

これはめずらしかった。博士の教室ではいまだに並んですわっていたものの、彼がぼくの日々の恐怖《きょうふ》をさらりと指摘《してき》して以来、おたがいまったく口をきいていなかったからだ。ぼくは相手をちらっと見てきいた。

「なんだよ？」

フランクが答えた。

「おれ、マイモニデス、好きなんだ。彼の合理主義は、あんたにアピールするはずだぜ」

ぼくはまばたきした。どう反応していいものやら。しかし、フランクはすでに博士のほうへなかば顔をそらしていた。博士は、ジャスティーン・シンクレアの選択に文句をつけている最中だった。

「あなたがあらゆる可能性について本気で考えてるとは思えないのよ、ジャスティーン」と、博士《はかせ》が言っているところだった。

「でも考えましたよ、ウォルポウル博士」ジャスティーンが大まじめに答えていた。「ジャンヌ・ダルクは大物です。彼女《かのじょ》、魅力的《みりょくてき》だと思いませんか？」

「この学校では、だれもが彼女の話はすでに知っています（校名のセント・ジョウンズはジャンヌの英語読み）」と博士。「あなたも含《ふく》めてね。彼女の存在は、わたしたちのディスカッションに新しい情報を追加することはありません。また、あなたが調査する過程でも、困難に出くわすことはないでしょう」

ちょっと間をおいてから、こう言った。

「マージャリー・ケンプ（十四世紀から十五世紀のイギリスの神秘家《しんぴか》。聖地巡礼や神秘体験で有名）はどうかしら？　彼女もヴィジョンを見たもの」

そこでフランク・デルガードが微笑《びしょう》を浮《う》かべるのが見えた。明らかにこいつは、マージャリー・ケンプが何者かを知ってるんだ。ぼくは、けりつけてやりたくなった。

フランク・デルガードが最後だった。こいつ、だれを選ぶんだろう？　ほぼまちがいなくぼくらが背景学習で読んでいない人物にちがいない。

そのとおりだった。

「アブラフィア（ベン・サミュエル・アブラフィア。贋《にせ》メシアと呼ばれたカバリスト。ローマ教皇をユダヤ教に改宗させようとして火刑《かけい》にかけられる寸前《すんぜん》、その教皇が急死して助かる）にします」と、フランクが言った。声は非常に低く、ほとんど聞きとれないほどだった。なんと、彼《かれ》はこちらをちらと見てそう言ったのだ。

「この人物ははっきり思い出せないわ」と、博士が言った。動じる様子はない。「少し説明してくれない、この……男性なんでしょうね？　実在の人物？」

「はい」と、フランク。「カバリストです（ユダヤ教神秘主義の研究者）」

「そいつはいいや」ストーフ・クーリがつぶやいた。

「カバリズム」と、ウォルポウル博士が言った。「それはカバーしてない分野だわね。中世ユダヤ教の神秘主義ね？」

フランクがうなずいた。

「カバリストは神秘主義者でした、確かに。彼らはありとあらゆる奇怪《きかい》なものを信じていました。魔法《まほう》、天文学、魔女と魔物。中世のキリスト教徒が信じていた、説明不可能なものはすべてね。でも、大半のユダヤ教徒、特にマイモニデスのような合理主義者は――」ここでちょっとこちらを見た。「――信じていませんでした。ほかのユダヤ教徒は、カバリストたちをクレージーだと思っていたんです。そして、アブラフィアこそ、なかでもいちばんクレージーだと見なされていました」

室内はしばしシーンとなった。すると、ふいにジャスティーン・シンクレアが言った。

「ああ、なるほど。中世のフォックス・モルダーみたいなやつなのね」そして博士への助け船として、言い足した。「『Xファイル』です。テレビでは、モルダーとスカリーは、サイキック現象を調査するんですよ。モルダーはそれを信じてるけど、スカリーは信じていない。彼女《かのじょ》が合理主義者ね」

ぼくは思わず彼女を訂正《ていせい》した。

「いいや、もっと複雑なんだよ。モルダーは信じざるをえないんだ。彼《かれ》のアイデンティティはそれだけがたよりだからね。そのおかげで正気でいられるんだ。ちょっとねじくれてるけど、非常に筋が通ってるんだ」

フランクがこちらをじっと見つめていた。ジャスティーンは顔をしかめて、

「でも、スカリーと比べたら、モルダーは合理的じゃないわよ」

ぼくは黙《だま》っていられなかった。

「いや、モルダーは合理的だよ！　彼がどこから来たか理解していないんだ、きみは――」

ぼくは口ごもった。だれもがこちらを見ていた。ウォルポウル博士《はかせ》が口を開いた。

「それで？」

ぼくはわれに返って、からだの力をぬくと、「別に」と答えた。「話はそれだけです」

博士は、ほっとした表情になった。そしてフランクにうなずいてみせた。驚《おどろ》いたことに、彼がまた口を開こうとしたからだ。

「あなたは、それで結構よ、デルガードくん」博士がきびきびした口調で言った。「このアブラフィアをおやんなさい」

そして博士は、ぼくらの研究がどんなふうになされることを期待しているか説明した。授業《じゅぎょう》の残りの時間ずっと、フランクが好奇心《こうきしん》まるだしで何度かこちらを見るのを感じた。ぼくは無視《むし》した。おかげで意識してしまい、意識したことをばからしく思った。

実は、ぼくはある意味「Xファイル」のファンだった。いや、それどころではない。全エピソードのテープを持っている。ネットでは熱心な討議《とうぎ》参加者だったんだ。

別にそれほど自意識過剰《かじょう》になることではなかった。自分は何百、いや、何千ものファンと変わらない。オンラインで、匿名《とくめい》でこの番組について論じるのは気がまぎれる。何時間もかけて、ストーリーの糸を筋が通るように分析《ぶんせき》した。勇敢《ゆうかん》で分析力に富んだスカリーは見事だ。そして、スカリーといっしょに、〝変人〟モルダーの試行錯誤《しこうさくご》と苦痛だらけの道筋を通って、何やらつかみどころのない〝真実〟を追いかける。その真実とは、たとえ発見しても、心の安らぎなど取りもどせないしろものだ。そのことは、見ている者も心底わかっている。

# 13　レイナの招待

帰宅するころは、まだひどい気分のままだった。郵便物《ゆうびんぶつ》を見ても気分は変わらなかった。封《ふう》筒《とう》には「E応募《おうぼ》」と書かれていた。ぼくがコンピューターのどこかのボタンをクリックして申しこんだものだった。封筒を開くと、何百もの大学の名前がいかにも情報化時代よろしくめまぐるしく踊《おど》っていた。いちばん上の見出しは、こんな金切り声をあげていた。

「すべてコンピューターで！　論文はコピー&ペーストで！　迅速《じんそく》かつ効率《こうりつ》よく！」

CDロムが一枚転がり出てきて、あやうく落とすところだった。しばし、家の壁《かべ》に肩《かた》をもたせかけた。

おやじによれば、大学の募集担当《たんとう》は、応募者が重罪で告発されたことがあるかどうかをきくことしか認められていない。しかし、そんなことは関係ない。募集担当はぼくのことを覚えているさ。連中はそれが商売だからな。そうだろ。仕事上の関心から事件をフォローしているだけなんだ。

「ヘイ。どうかしたの？」

背の高い娘《むすめ》がわきに立って、心配そうに眉《まゆ》をひそめてこちらをのぞきこんでいた。彼女《かのじょ》が階段を上がってくる足音すら耳に入らなかった。褐色《かっしょく》の髪《かみ》を自然なままにしている。男もののワイシャツの下に、ぴったりしたティーシャツを着ていた。古びただぶだぶのジーンズ。ブーツ。口紅《くちべに》。かけ値《ね》なしで言って、そしてまたぼくの今の心理状況《じょうきょう》でさえ、見ただけで口の中がからからになるような娘だった。

レイナ・ドゥメングだ。一階を借りている美術専攻の学生。あの、居間をからっぽにして暮らしている娘だ。

ぼくは姿勢を正した。その拍子《ひょうし》にＣＤを落としてしまった。レイナは片手で拾い上げ、表記をながめた。

「あら、そうなの」と言うと、こう続けた。「悪夢の日々ってわけね。道理で気分が悪そうな顔してるわけだ」

笑顔になると、彼女は手を差し出して自己紹介《しょうかい》した。

「同情するわ、ほんとに。二年前、おんなじ思いしてたから。今はタフツ（一八五二年創立《そうりつ》のボストン近郊《きんこう》の有名私立大学）にいるの。〝美術館学校〟（ボストン市内にあり、タフツ大学と提携《ていけい》。略称《りゃくしょう》ＳＭＦＡ）の共同プログラムでね」

ぼくに、彼女《かのじょ》の言う〝美術館学校〟の意味がわかるものとしてしゃべっている。

「デイヴィッドです」と、ぼくは言った。姓《せい》は言わなかった。そのときはその気になれなかった。彼女がすごい美人で、しかも笑顔だったからだ。「三階に住んでます」

ぼくらは握手《あくしゅ》した。彼女の手には、たこができていた。ぼくは何か言おうとした。彼女がそのまま部屋へ入って消えてしまうのがいやだった。一人になったほうがいいとわかっているくせに、そうなりたくはなかったんだ。

「あのう、どうして寮《りょう》に住まないんですか?」

「部屋がいるのよ。絵を描くためにね。それと、プライヴァシーがいるから」

彼女はぼくの顔を、造作の一つ一つ、くわしくながめていた。もうわかってるんだ。きっとエミリーのことを考えてるにちがいない。こう考えてるんだ。——こいつは人殺しなんだわ。

彼女がきいた。

「ねえ、あなた、スターマーケット・カード持ってる?」

「はあ?」ぼくは背筋をのばした。「ああ、持ってるけど」

食料雑貨用のカードは持っていた。レジでこれを使うと、割引がある。

レイナは財布《さいふ》からブルーのカードを取り出して、突《つ》き出《だ》した。どぎまぎしながら、ぼくはそれを受け取った。カードには、アラン・ボーデンの名が入っている。彼女は、当てにする目つきで、「どう？」ときいた。「あなたのカードをくれない？」

ぼくのカードには、デイヴィッド・ヤッフェの氏名が入っている。おぼつかない手つきで、自分のカードをわたした。

「信じらんない。これ、ほんとにあなたのカードじゃないの！」彼女は首をふると、「ねえ、取りかえっこしましょ。オーケイ？　市場調査の連中、わたしたちの消費パターンをつかむためにこれを使うのよ。でも、取りかえっこしたら、連中の鼻が明かせるじゃない。わたしなんか、少なくとも毎週一回はだれかと取りかえてるわ」

彼女は、どうやら本気らしかった。早くもぼくのカードをポケットに入れていたのだ。ちらっと、だいじょうぶかな？　という気がしたものの、タブロイド新聞もスーパーのカードにまで目を光らせちゃいないだろう。

「どうやって交換《こうかん》してるの？」と、ぼくはきいた。「見ず知らずの相手にいきなり声をかけるの？」

「まあね」相手はほほえんだ。「たった今みたいにね」

ぼくはそろりとアラン・ボーデンのカードをしまいこんだ。ほかに何を言えばいいのかわからない。そこで相手を見ると、相手もこちらを見返した。やがて、心を決めたらしい。

「入ってお茶でもどう？　大学への応募にどうケリをつければいいか、教えたげる。わたしの失敗談は役に立つと思うわよ」

そうは思わなかったけど、そんなことはどうでもよかった。こんなぼくをよびいれる娘《むすめ》がどこかにいるなんて、思いもしなかった。つまり、正気な娘ならね。ひょっとしてぼくの正体がわかっていないのか？　あれだけじろじろこちらの顔を見たのも、単に美術学生のくせみたいなものだったのかも。ぼくは断《ことわ》るためにロをあけたくせに、「ああ」と答えていた。「オーケイ」

ぼくがまちがっていたらしい。彼女《かのじょ》の居間は、完全にからっぽというわけではなかったのだ。単に家具が一つもおかれていなかっただけだ。そのかわり、窓がない二面の壁《かべ》いっぱいに大きなキャンバスがいくつもおかれ、それらにはでっかい、はでな顔が描かれつつあった。居間のまんなかには、脚立《きゃたつ》が立てられていた。一つは高く、一つは低い。食堂もほぼ似たような状《じょう》況《きょう》だったが、絵が三枚おかれ、脚立がなかった。描かれている顔は、それぞれちがっていながら、どこか共通項《きょうつうこう》があった。

ぼくは立ち止まって、その一枚をじっくりながめた。おだやかな、しかし表情にとぼしい目と、やせた緑色のほおをしている。

「肖像画《しょうぞうが》だけ描くの？」ぼくはついにきいた。

「大学での課題以外は、そのとおりよ。わたし、顔にとりつかれてるの」

そう聞いて、ぼくは顔が熱くなった。レイナはぼくがながめていた絵のほうにうなずいて言った。

「それはわたしの親友のお母さん。名前はジョージアっていうの」

ぼくはついきいてしまった。

「重い病気にかかってるんじゃないの？」

「そのとおりよ」と、レイナが言った。声に驚《おどろ》きがこもっていた。

「いい絵だね」と、ぼくは言った。それから目をそらし、さらにほかの絵からもそらすと、一《いっ》瞬《しゅん》、相手と目があった。しかし、彼女はさっと目をそむけた。ぼくは深い確信とともに、彼女がぼくが何者かを知っていると気づいた。――わたし、顔にとりつかれてるの……。そして、彼女がぼくをよびこんだわけも察知した。

「お茶によんだのよね」と、レイナ。「それと大学応募のアドヴァイス」

もうここを出たほうがいい、と思った。例の女性の肖像画がこちらを見つめているのを感じた。自分自身の運命がもろに自分の目に描き出されているのを見たら、モデルの女性はどんな気がするだろうか？

レイナにしろ、ぼくの両親の写真を撮《と》った新聞社のカメラマンにしろ、どうして他人の不幸の瞬間をとらえようとするのか？　また、一般《いっぱん》の人々もどうしてそんな絵や写真を見たがるのか？　他人の不幸を見て、自分は安全だと思いたいのか？　危険からまぬかれているとでも？　ぼくみたいな人間と彼《かれ》らとをへだてている深淵《しんえん》の、安全な側にいる自分を見てる気でもするのか？　連中はそれを見とどけたがっているのか？　それとも、連中は自分たちが見ているものがなんなのか理解していないのか？

ぼくは、レイナについてキッチンへ入っていった。そこにはさすがにいくつか家具がおかれていた。古ぼけた折りたたみ式テーブルとふぞろいな椅子《いす》二脚《きゃく》。

「そっちの椅子はぐらつくのよ」レイナが言った。そして水道の水を二つのマグに入れると、電子レンジに突《つ》っこんだ。「こっちにすわって」

レンジが金属音を立ててうなりだした。

「ミルク入れる？」

わからなかった。紅茶《こうちゃ》は飲まないから。「ブラックでいいよ」と答えた。

彼女《かのじょ》は冷蔵庫をあさって、一クォート（約〇・九五リットル）の牛乳《ぎゅうにゅう》パックとプラスティックのように見えるレモンを取り出すと、下手投げでレモンを投げてよこした。そして牛乳のにおいをかぐと、シンクへあけてしまった。

「さあ、すわんなさいよ」

ぼくはすわった。

電子レンジがピーピー鳴った。レイナはマグを取り出してテーブルにおくと、あっという間に、ティーバッグを浮《う》かべた。彼女はぐらつくほうの椅子にすわり、指先でゆるゆるとティーバッグをまわしながら、こちらに顔を向けた。どうやら、家財道具の中にはスプーンも入っていないらしい。

「さて、大学だけどね」と、彼女は言った。「わたしのアドヴァイスは、応募は見かけほど重要じゃないことを忘れないこと。ほかの連中に話をきいたら、指し手をまちがえると万事窮《きゅう》すだって思いこんじゃうでしょうけど、ほんとはそれほど──」

「お願いだからやめてください」ぼくはそっと言った。自然に口をついて出てきた言葉だ。くだらない応募の話に腹を立てたわけじゃない。ただぼくとしては、彼女に──だれかに正直であってほしかったのだ。

シーンとなった。ぼくは思い切って顔を上げた。レイナは静かに、興味ありげに、こちらを見ていた。もう出ていかないと。いや、出ていきたかった。だが、そうはしなかった。紅茶に目がいったので、それをすすった。ひどい味だった。

「ぼくのこと知ってるでしょう」ときいた。「ぼくを描きたかったから、誘《さそ》ったんでしょうが。ちがう？　正直に言ってほしい。それならそれでかまやしない。ただ、ぼろかくしの世間話はごめんだ」

レイナはそれでも何も言わなかった。そしてマグを取り上げ、ひとすすりしてからこちらに目を向けた。きみょうなことに、その目つきはふゆかいではなかった。言いたいことを言ってしまったからだ。やがて、彼女《かのじょ》が言った。

「デイヴィッド・バーナード・ヤッフェでしょ」

家族ではミドルネームは使わないけど、新聞は使った。

「ああ」と、ぼくは答えた。

彼女は静かに言った。

「そちらが言い出したからきくわ。わたしに描いてほしい？」

「とんでもない！」

ぼくを見ている彼女の目つきは、親友の母親の中に死を見てとり、だれにもそれとわかるように描く者の目だった。

「それはそれで結構よ」と、彼女は静かに言った。「気が変わったら教えて。お茶、もっとほしい？」

彼女は笑顔になった。ぼくはしぶしぶながらもう一度、彼女がたいへんな美人だということに気づかずにはいられなかった。エミリーとは似ていない。エミリーに似た女性などいやしないし、二度とそんな相手はあらわれないだろう。それでもレイナは美しかった。

自分の頭に浮《う》かんだことを、口に出さずにはいられなかった。口が開き、こう口走った。

「ぼくがこわくないの？　ぼくが怪物《かいぶつ》か何かかもしれないって思わないの？」

レイナはちょっと微笑《びしょう》した。ぼくが年齢《ねんれい》よりはるかに幼《おさな》いとでもいう感じでほほえんだのだ。

「いいえ、これっぽっちも。最後には事件の全貌《ぜんぼう》はかなりはっきりしてきたじゃない。そう思わないの？」

ぼくは目をそらした。ものが見えないのか？　ばかなのか？　その両方なのか？

彼女がまたたきいた。

「お茶もっとほしい？」

ぼくは答えた。

「ああ、お願い」

だれもぼくを恐《おそ》れてなんかいない——ぼく自身以外は。

どうかそうであってほしいと願わずにはいられなかった。

# 14　聖セバスチャンの絵

フランク・デルガードからの不気味な挑戦《ちょうせん》を勘定《かんじょう》に入れなければ、レイナ・ドゥメングは、こちらに来て以来、会話といえるものをかわした最初の人間だった。どうということのない話題にうつってからでさえ、ぼくはそのことを意識していた。ウォルポウル博士《はかせ》の中世史のゼミを話題にすると、レイナは、それなら、土曜日、美術館に、中世美術を見に連れていってあげようかと言った。

これはデートじゃない、と自分に言いきかせた。ただの美術館行きだ。

「オーケイ」とぼくは答えた。

「よかった」レイナはさらっと言った。「気に入ると思うわ」

彼女《かのじょ》にさよならを言って、屋根裏への階段を上がりながら、いつもより気分がよかった。その夜だけじゃなく、以後の数夜、かなりよく眠《ねむ》れた。例のハミングする影《かげ》に悩《なや》まされることもなかった。あるいは単に慣れてしまっただけなのかも。その週はずっと、ばったりリリーに出くわしても、こちらに向けてくる彼女の、あたし知ってるわよという目つきにすら、気分を害することはなかった。

スーパーマーケットのカード交換《こうかん》については、おもしろいことに、レイナの言ったとおりだとわかった。いったん意識すると、ケンブリッジ市のいたるところで交換の光景を見かけた。かわいい娘《むすめ》が、バス停で男性と無言で交換すると、くるりと背を向けて、新たに手にしたカードをこれ見よがしにふり立てながら立ち去っていく。コンビニの中でも、乳製品棚《にゅうせいひんだな》のわきでは子育てにくたびれた感じの母親同士が、ほとんど上《うわ》の空《そら》という感じで、「交換？」「いいわよ」とやっている。どうやら人が群れている場所でカードを取り出してひらひらさせておくだけでいいらしい。数日のうちに、ぼくはアラン・ボーデンのカードをエイミー・コンクリンのカードと交換、お次はスザンヌ・ワートハイムのカードと交換した。この最後の交換なんか、スーパーのレジで起きたんだ。ぼくのカードを受け取った女性店員は、それを機械に通したとたん、目にも止まらぬすばやさですり変えたんだ。ほとんど見落とすところだった。それでも彼女の口もとに、ほんのかすかな笑みが浮《う》かぶのだけは見てとれた。

金曜日はぼくの誕生日《たんじょうび》だった。何事もなく過ぎた。おふくろからの電話と、おやじからの相当な額《がく》の小切手がとどいた以外は。伯父《おじ》と伯母《おば》が、ぼくの誕生日を知らなかったか、忘れているかしてくれてほっとした。なるべく早くこの日が過ぎ去ってほしい。

翌日《よくじつ》の土曜日、ぼくは早起きして、ノース・ケンブリッジをぬけてフレッシュ・ポンドを一周する長距離《ちょうきょり》ジョギングに出た。正午には、ハーヴァード・スクエアのフォッグ美術館（ハーヴァード大学付属の美術館）前でレイナと落ち合うことになっていた。

「午前中は仕事があるの。だから、その場所で待ち合わせましょう」と、彼女《かのじょ》が言った。

いったいなんの仕事をしてるんだろ？　彼女とつきあえたらなあ。すごい美人だし、もし事情がちがっていれば……。

でも、ちがってはいなかった。

伯父《おじ》の家でなくハーヴァード・スクエアで会おうとしていることで、この外出は秘密《ひみつ》のランデヴーという感じがした。反面、ほっとしてもいたんだ。なんとなく気が進まなかったから……つまり、親戚《しんせき》の眼前《がんぜん》でレイナとつきあうことに。特に、この場面をリリーに見られたくなかった。

リリーは地雷源《じらいげん》だ。

ジョギングのあと、屋根裏にもどろうとすると、伯父《おじ》がぼくを呼んだ。やむなくキッチンに首を突《つ》っこんだ。伯父とリリーが、そっくり同じボウルに入れたシリアルを食べていた。リリーはこちらを無視《むし》し、自分のボウルに顔を突っこむようにして、牛乳《ぎゅうにゅう》の中へシリアルを一枚一枚しずめようとしていた。伯母《おば》はカウンターわきで、片手にコーヒー・カップ、片手にちらしを持って立っていた。ぼくのあいさつにふきげんに口を動かしただけ。目が油断なく光っていた。

伯父が話し終える間もなく、伯母が言った。

「感謝祭だけど、お母さんに七面鳥はこのわたしがローストするからって言ってちょうだい。食事もうちでしますって。あなたの部屋だと、全員は入りきらないから。それと……」

伯母は指折り数えながら、ぼくがおふくろに伝えるべき事柄《ことがら》を四つか五つ告げた。

「わかった、言っておきますから」と、ぼくはついに相手をさえぎった。「でも、計画立てるには、伯母さんがじかにおふくろと電話で話し合ったほうがいいんじゃないかな。全部覚えてられるかどうか」

伯母がまた口を開きかけたので、ぼくはこれ見よがしに腕時計《うでどけい》を見て相手をさえぎり、「急いでるもんで」と言った。そのとおりだった。「じゃあ、あとで」

ぼくは階段をかけ上がると、リリーと口をきかずにすんだことだけでもありがたいと思った。例の〝くまでさわぎ〟以来、リリーはぼくに口をきかず、おかげでこちらも気が楽だった。もっとも、リリーの性格って、きみょうなんだよね。二人っきりのときは強烈《きょうれつ》なくせに、両親の前では目立たなくなるんだから。

ぼくは地下鉄でハーヴァード・スクエアまで出ると、約束の時間に十分おくれて美術館にたどりついた。レイナは美術館前の階段に腰《こし》をおろして待っていたが、服装は先週会ったときとほとんど同じだった。

「ごめん」と、ぼくはあえぎながらわびた。

美術館の案内図を持ったレイナは先に立って、迷《まよ》うことなく中世美術品を収納したいくつかの部屋の最初の部屋へ案内してくれた。ほとんどが聖人か殉教者《じゅんきょうしゃ》を描いた、はでなくせに平板なトリプティック（三枚折りの画像）、イコン、パネル画（板に描いた絵）などだった。部屋のどまんなかで、レイナが立ち止まった。

「わたし、これが好きなのよ」

うなずいて示したのは、トリプティックで、赤、青、黄金色で塗《ぬ》られている。ぼくらは絵に近づいた。

まんなかの絵には、十数か所の矢傷《やきず》から大量の血を流しているやせた美青年が描かれている。腰には純白《じゅんぱく》の布をまとい、高邁《こうまい》な、ほとんどぼうっとした表情を浮《う》かべ、紙でできたサークルのような黄金色の後光が頭のうしろと全身に射している。左右の絵には、この人物に祈《いの》りをささげる姿勢で豪華《ごうか》な衣装《いしょう》をつけた男と女が側面から描かれている。

「聖セバスチャン（二八七年殉教。皇帝の親衛隊長だったが、反キリスト教の皇帝の逆鱗《げきりん》に触《ふ》れ、矢を射かけられて処刑《しょけい》。ペストからの守護聖人）よ」と、レイナがほれぼれとながめながら言った。「矢でわかるのよね」そして男女の横顔にあごをしゃくって、「きっとこの二人は、疫病《えきびょう》をまぬかれる保険がわりにこの絵を描かせたのね。それがセバスチャンの仕事だったから」

「どういうこと？」と、ぼくはきいた。

「聖人にはいろんな役目があるのよ」レイナが説明した。「聖アポロニアには歯痛止めのお祈り（二四九年殉教のアレクサンドリアの女性。拷問《ごうもん》で抜歯《ばっし》）、聖ブラシウスには喉《のど》の痛み止めのお祈り（三一六年殉教したアルバニアの司教。喉に魚骨が刺《き》さった子どもを救った。鉄の櫛《くし》で肉をそがれて処刑）」ちょっと間をおいて、「たぶん、きょうびは、エイズよけのお祈りもセバスチャンにしないといけないかもね」

ぼくは、彼女《かのじょ》の横顔に向かってきいた。

「あなたはカトリック教徒？」

レイナは肩《かた》をすくめた。

「いいえ。わたしはなんの信徒でもないわ」

われながらなぜこんなことをきくのかわからなかった。でも、ついこうきいてしまったんだ。

「神の存在は信じてる？」

レイナはこちらを向いて、目をまともに見て答えた。

「ええ。もちろんよ」

ぼくはびっくりした。ほとんどショックを受けた。なぜだかわからない。

レイナがきいた。

「あなたはどうなのよ？」

「信じてない」と、ぼくは言った。美術館では声が高すぎた。声を落として言った。「端的《たんてき》に信じていない」

なんでこんな話題を持ち出したんだろ？　ありがたいことに、レイナはこれ以上この話題を続けないでいてくれた。

あとはなんとなく部屋から部屋へと移動した。気分がよかった。レイナに好意が持てた。しかし、黙《だま》っているときは、エミリーのことばかり思っていた。彼女《かのじょ》を思わないことなど、一《いっ》瞬《しゅん》たりともありえない。そんなこと、考えるだけでもばかげている。

# 15　感謝祭当日

感謝祭の朝、ぼくはキッチンの物音で目をあけたが、すぐ閉じてソファで寝返《ねがえ》りを打ち、おふくろに目ざめた顔を見られないよう背中を向けた。ひそかに手首を目の位置へ持ってきて、腕時計《うでどけい》をのぞいてみた。午前六時。

ぼくのソファは身長六フィート（約百八十センチ）の人間が寝そべるには短すぎ、その上、両親がいることを意識しすぎて、よく眠《ねむ》れなかった。二人は前夜かなりおそく着いて、長の道中で疲《つか》れ果《は》て、ほぼすぐにぼくのベッドで眠りこんだ。ヴィック伯父《おじ》は、二階にある引き出し型のソファベッドを使えと言ってくれたが、ショネシー家の居間で目がさめるなんてとんでもない。リリーのそんなに近くで寝ること自体ごめんだった。この数週間、彼女は狙撃兵《そげきへい》なみにぼくの登下校を見張っていて、おかげでレイナが数回まずいお茶によんでくれたことにまで神経をすりへらし、意識過剰《かじょう》になった。ぼくを見るリリーの目つきが時にきつすぎることに、両親が気づきはすまいかとはらはらした。

あるいは、両親はぼくの様子を見るのにいそがしく、リリーの目つきには気づかなかったのかもしれない。そう思ったとたん、おふくろが声をかけた。

「デイヴィッド？　目がさめた？」

ぼくはタヌキ寝入《ねい》りでいびきをかこうとして、ふいに利《き》き目《め》はないと悟《さと》った。のろのろと上半身を起こすと、

「ああ、どうやらね」と答え、深く息を吸いこんだ。オレンジの皮とレモンの皮、そしてシェリーのにおいだ。コーヒーのにおいも。

「よかった」と、おふくろが言った。「もうすぐ七面鳥を下へ運ぶの手伝ってもらわなくっちゃ。ジュリアのオーヴンへ入れないと。お父さんはまだ眠《ねむ》ってるから」

ぼくがうなずくと、おふくろはカウンター越《ご》しにほほえみかけた。ぼくも同じ表情を返して、すぐ目をそらした。どうもぎこちなくなるんだよな。

言うまでもなくおふくろは、七面鳥の支度《したく》をめぐるジュリア伯母《おば》との戦いに勝利をおさめていた。片手で二十五ポンド（十一キロ強）の七面鳥をおさえ、片手にスプーンをつかんで、具を鳥の内部へつめているところだ。具の中身がカウンターに散らばっている。ローストしている間七面鳥を包む、大きな茶色の袋《ふくろ》も用意されていた。

こうなるのを待ちわびていたわけではなかったのに、柑橘類《かんきつるい》とシェリーのにおいをかぎ、おなじみの大袋を見ると、ほとんど万事正常って気がしてきた。おふくろと目があった。これはかんたんだ。始終さりげなくこちらを注視《ちゅうし》しているのだから。ぼくは言った。

「すごくいいにおいだね」

そして起き上がって背のびをし、キッチンのおふくろのわきをすりぬけ、まずはシリアルのそば、次いでコーヒーのそばに行った。おふくろが七面鳥を用意する間、ぼくは黙《だま》ってシリアルを食った。

「これを七時までにオーヴンへ入れられれば」と、おふくろが言った。「一時半ころできあがるわね。それから少ししたら切り分ける支度ができるでしょうよ」

「結構だね」と言ったものの、ヴィック伯父《おじ》はフットボールを見たがるんじゃないかと思った。おやじもご同様だろう。このぼくだって。おやじとぼくがおしゃべりせずにすむには、あれが打ってつけなんだ。

「いつ……」舌《した》が少しもつれたが、気を取り直してきいた。「お父さんはいつ起きるの？」

「二、三時間後でしょうね、たぶん。きのうは運転でくたくただったから」

ぼくはうなずいた。シリアルを食べ終え、二杯目《はいめ》のコーヒーを飲んだ。それからロースト用の金属皿にのった七面鳥を、大きな紙袋へおしこむのを手伝った。

「紙に火がつかない？」とふざけてきいたのも昔どおりなら、おふくろがあまい母親ぶって首をふるのも昔のままだった。

「袋《ふくろ》に入れておくと、七面鳥がからからにならずにすむのよ」と、おふくろが笑顔で言った。

彼女《かのじょ》はぼくにつきそって階下へ七面鳥を運びおろし、伯母《おば》のオーヴンへおしこんだ。伯父《おじ》と伯母はまだ寝《ね》ていたが、リリーは起きていた。

リリーは色のあせたピンクのフランネルのナイトガウンをつけて、足ははだしだった。おふくろが声をかけたのに対してはもごもごと返事をしたくせに、ぼくには白目をむいた。ぼくは彼女に背を向けたが、それをおふくろに悟《さと》られまいと、オーヴンのスイッチをいじくってみた。

「デイヴィッド！　温度をいじっちゃだめ」と、おふくろが驚《おどろ》いた声で言った。それからリリーに向き直ると、「リリーちゃん、叔母《おば》ちゃんとデイヴィッドといっしょに三階へ上がってシリアル食べない？　それともスクランブルエッグにする？　叔母さん、あれつくるの、得意なのよ」

「冷蔵庫にたまごはないよ」と、ぼくが言った。ぼくは単なる情報として言っただけなのに、おふくろはきっとぼくをにらんだ。リリーもぼくを見たが、その口もとはひそかな笑みでゆがみかけていた。

「すごくうれしいわ、アイリーン叔母さん」と、リリーが言った。ほとんど楽しげな口調だった。「あたし、スクランブルエッグがいい。お母さんのたまごを使えばいいわ。農場の直売で買ってくるの」

「それはありがたいわ」と、おふくろ。その背中がぼくを、なんて気がきかない人なの！　と非難している。ぼくは、一ケース分のたまごを持って、おふくろとリリーのあとについて、のろのろと階段を上がっていった。

午前中なかばまでにはひどい頭痛がしてきた。リリーは二時間もおふくろとおしゃべりして、アイスケーターのタラ・リピンスキー（一九九八年、長野オリンピックで金メダル獲得のフィギュア選手）がなぜお気に入りかをえんえんと説明して聞かせたのだ。おまけにチーズ入りのスクランブルエッグを二つも食べた上に、はずかしげに三つ目をねだったのだ。そして、去年の冬、自分の父親が連れていってくれたスケート試合の模様《もよう》を説明し、すべった顔ぶれ、彼《かれ》らのつけた衣装《いしょう》、ＢＧＭに使われた曲などについて話した。要するに、のべつしゃべり続けだった。

こんなリリーは一度も見たことがなかった。ふつうの陽気な十一歳《さい》の子どもだ。その間じゅう、アイリーン叔母さんと呼びかける。少々度が過ぎていた。

「アイリーン叔母さん、その選手ね、こんな衣装つけてたのよ、アイリーン叔母さん。首のところに銀と真珠《しんじゅ》がついてるの。ほんとにきれいだったわ、アリーン叔母さん！」

そして、ソファに前かがみになって大学のカタログを読むふりをしているぼくのほうへ、時折、勝《か》ち誇《ほこ》った流し目を送ってよこすのだ。〝アイリーン叔母《おば》さん〟の連発に流し目というリリーの演技《えんぎ》が、ぼくを標的にしているのがわかった。

むろん、ぼくはおやじが起きてくるのを待っていた。寝室《しんしつ》のドアには目を向けなかったけどね。気を張り、注意して待っていたんだ。

やっと十時ころ、おやじが寝巻姿《ねまきすがた》で寝室からよろよろと出てきた。ぼくはちょっと驚《おどろ》いた。そんなに手ごわい人間に見えない。おふくろにキスするとこちらを見たので、ぼくも見返した。記憶《きおく》しているより白髪《はくはつ》がふえている。それとも、髪《かみ》が寝乱《ねみだ》れていると、白髪が目立つのかも。

「おはよう」と、おやじが言った。

「おはよう」ぼくは答えた。昨夜《さくや》着いたときは、ぼくの肩《かた》をちょっとさわっただけだった。まだ、その感触《かんしょく》が残っている。今朝は何もしなかった。でも、わが家はあまりおたがいのからだにさわったりしない家族だった。

やがて、おやじが言った。

「コーヒーのにおいがするね」

おかげでぼくは気が楽になった。ありがたや、リリーもトーンダウンしてくれた。彼女《かのじょ》はおやじを用心深く見つめていたが、数分後、七面鳥の具合を見にいくというおふくろについておりていった。

おやじと二人きりになってしまった。ぼくらは新聞を読んだ。ぼくはアスピリンを二錠《じょう》飲んだ。やがて、おふくろが階下から支度《したく》ができたと叫《さけ》んだ。

「いちかばちかやってみるか」

おやじがつぶやいた。ぼくはびっくりして相手を見た。

「ジュリアさ」と、彼は言った。「いつも彼女がこわいんだよ」

おやじはうす笑いを浮《う》かべて、テレビのほうに肩をしゃくってみせた。

「あとでこっそりぬけ出して、フットボールでも見ちゃいけないかね？」

「いいけど」と、ぼくは用心しながら答えた。

階下では、七面鳥のにおいが家じゅうを満たし始めていた。居間では、おふくろがジュリア伯母《おば》とヴィック伯父《おじ》と話していた。いやでも伯父と伯母の位置が目につく。どちらも部屋の正反対の位置の椅子《いす》に離《はな》ればなれに腰《こし》をおろしていた。リリーはソファでおふくろのそばにすわっていた。目は白昼夢でも見ているように焦点《しょうてん》が合っていない。おやじはヴィック伯父のとなりにすわった。ぼくはおふくろをリリーとはさむ形ですわり、彼女と同じく黙《だま》っていた。レイナはどこで感謝祭を過ごしてるんだろうか？

「……もう何もかも落ち着いたわね？」

気がつくと、ぼくの返事を期待してみんながこちらを見ていた。聞き流していた女性たちの会話を記憶《きおく》の中で巻《ま》きもどして、意味をさぐった。

「ああ、まあね」と、思い切って言った。「どうやらね」

「学校のほうも？」

話していたのは伯母《おば》だった。首をかしげているのに、背筋はフロアスタンドのようにまっすぐのばし、口調は丁重《ていちょう》でありながらおしつけがましかった。

「まあね」と、ぼくは答えた。伯母はまだこちらが何か言うのを期待する様子だったが、何か言おうとしても言葉が出てこなかった。

「ヴィックとわたしは」と、伯母がおふくろに言った。「なんとかデイヴィッドに居心地よくと努力したんだけど、あまり自分の生活のことは話してくれないのよ」

ぼくはふん！　と鼻を鳴らしたいのをこらえた。仮《かり》にぼくが伯母に打ち明け話をしようとしたとしても、九月にディナーによんでくれた日以後、彼女《かのじょ》が家にいる姿を見かけたのはたぶん三度くらいだろう。伯母がカマトトぶって言った「ヴィックとわたし」など、リリーですら吹《ふ》き出《だ》したことだろう。ところが、それを確かめようとリリーのほうを見ると、いとこはひざの上でこぶしをにぎりしめ、あごをかたくして母親をにらんでいたのだ。

なるほどね、それじゃあ伯母は吹き出すほどこっけいでもないってわけだ。

伯母と離《はな》れた側で、伯父《おじ》がいらいらいらして、おふくろに言った。

「何か具合の悪いことがあれば、デイヴィッドはきっと話してくれるはずだよ」

「ええ、きっとね」と、おふくろが言った。

「転校すると、慣れるまで時間がかかる」思いもかけず、おやじが言い出した。

「そのとおりよ」と、おふくろ。

シーンとなった。あのショネシー家特有の〝シーン〟だ。これが結構続いた。伯父が、バーカラウンジャー（リクライニングになった大きな椅子《いす》）の中で居心地悪そうに身動きした。伯母とおふくろは、口もとに笑みをはりつかせていた。おやじは、めがねが小鼻までずり落ちて、わしゃ知らんという風《ふ》情《ぜい》。リリーは、鳥のように、大人たちの顔をキョトキョトとながめていた。

おふくろが、視線《しせん》で命令を送ってよこした。なんとかしなさい！

ぼくが首をふると、おふくろは、慎重《しんちょう》にふるまおうと努めながらも、できるかぎり熱心にうなずいてみせた。何か話の接《つ》ぎ穂《ほ》を、とわかってはいたが、頭は真っ白だった。思っていたよりはるかにやっかいだった。

伯父が何か言ったが、声が小さすぎて聞き取れなかった。

「ヴィック？」おふくろがきいた。「何か言いたいの？」

同時に伯母の声が、おふくろの声をさえぎった。

「リリー、お父さんにはっきり言ってと伝えてちょうだい。でないと、わたしたち――」

伯母《おば》はいきなり言葉を切ったが、もうあとの祭りだった。リリーがにやりと笑った。勝《か》ち誇《ほこ》って。

「お母さんが、はっきり言ってって言ってるわよ、お父さん」と、リリーが父親に言った。

「みんなに聞こえるようにって」

伯母はまた口を開いたが、言葉が出てこなかった。呑《の》みこむように、喉《のど》が動いた。ぼくは、困惑《こんわく》し、おびえる一方で、ふいに伯母への同情も感じた。なんと言ったって、ここは彼女《かのじょ》の家なのだし、彼女の生活なんだ。ぼくらのだれ一人入ってきてほしくはなかったろう。やがて、彼女自身そう感じたかのように、あごをつんと上げ、顔にはいどむような尊大な表情が浮《う》かんだ。自分のきらいな義理の親戚《しんせき》が、自分と自分の夫婦生活をどう品定めするかを待ち受ける様子だ。

一方、ヴィック伯父《おじ》は、おふくろの顔に目を釘付《くぎづ》けにしていた。

「アイリーン。アイリーン、わたしは……いや、われわれは——」

「お父さん」と、リリーがさえぎった。「心配しないで。アイリーン叔母《おば》さんは、きっとわかってくれるわよ。あたしがいつもお母さんに代わってお父さんに話し、お父さんに代わってお母さんに話してるってことを。そうでしょ、アイリーン叔母さん？」

リリーは自信たっぷりだった。おやじにまで「ステュアート叔父《おじ》さん？」と確かめたくらいだ。おやじは、ちょっと前から、めがねをおし上げてリリーを見つめていたのだ。

「そうよ」おふくろが何かを呑みくだすように答えた。「もちろんわかってます」

「よかった」と、リリーが言った。そして伯父にほほえみ、次いで伯母にも笑顔を向けた。

「ね、何も心配することはないのよ」

伯父はみじめそうな顔になった。伯母はくちびるをすぼめ、何も言わなかった。

おふくろを見なくても、彼女がいかにみじめな思いでいるかは感じでわかった。

「セント・ジョウンズのクラスの一つにスキンヘッドのやつがいるんだよ」ぼくは言った。

「ああいうの、どう思う?」

ぼくはたちまち後悔《こうかい》した。言うに事欠いてまたなんてことを。でも、おそすぎた。みんながいっせいにぼくに目を向けた。リリーでさえ。大人たちがほっとしたように、へええ、という声を出す中から、伯母の声がひびいた。

「スキンヘッドですって? 新聞で読んだことがあるわ。近くの公立校のことよ。どこだったか忘れたけど。どうやらそういうネオナチの若者、あちこちにいるらしいわね。セント・ジョウンズにまでいるとすれば、どこにいたっておかしくないわけよね」

「うわさだと、この手のグループがふえてるそうね」と、おふくろ。「こわいわ」ぼくに、しかめっ面をしてみせた。「で、その子も?」

「いや、彼《かれ》はその手のスキンヘッドかどうかわからないんだ」ぼくは答えた。ふいにフランク・デルガードの顔が脳裏《のうり》に浮《う》かび、彼《かれ》に申《もう》し訳《わけ》ない気がした。

「つまり、ネオナチかどうかは……彼はただ――」

リリーの声が割りこんできた。

「ネオナチですって?」と、生意気な声を出した。「あたし、知ってるわ」そしてぼくのほうを向くと、「で、その生徒はあなたを殺したがってるの? あなたがユダヤ教徒だから?」

しばらく、だれも話さなかった。めがねの向こうから、おやじの目がうろんげに、同時に好《こう》奇心《きしん》まるだしでぼくの目をとらえた。ぼくは目をそらした。すぐに伯父《おじ》、伯母《おば》、おふくろが、同時に何か言いかけたが、今度はおふくろが機先を制してこう言った。

「いっしょにキッチンへ行きましょ、リリー。七面鳥の焼け具合を見てみないと」

「でも、あたし――」

「キッチンでお話しましょ」

二人は出ていった。数秒の間をおいて、おやじがおだやかに言った。

「リリーはおまえがきらいなんだな、デイヴィッド」

ぼくはおやじに目を向けた。おやじはまちがいなく伯父と伯母が部屋にいるのを忘れてこのせりふをはいたのだが、ぼくもまたその瞬間《しゅんかん》、伯父たちのいることが頭から消し飛んでいた。

一瞬、父子で法廷《ほうてい》にもどっていたのだ。おやじはぼくに向かって声を張り上げていた。おやじは、弁護士として万事をまちがいなく取り仕切れると思いこんでいた。

おやじは、あのときぼくを見つめていたように今もぼくを見つめ、品定めしようとしていた。リリーには、ぼくをきらっているというより、もっと複雑な何かがあった。彼女《かのじょ》はこのぼくから何かを得たがっている。それが目的でぼくをいじめにかかっていたんだ。それが何かはわからない。彼女の激《はげ》しさやきみょうな言動に何がかくされているのか？　でも、そんなこと知りたくもなかった。こっちはそれどころじゃなかったから。

ぼくは、レイナの部屋の肖像画《しょうぞうが》を思い出した。目に深淵《しんえん》をたたえた女の絵だ。そして、できるかぎりポーカーフェースになって、こう切り出した。

「それはどうかな――」

伯母が助け船を出してくれた。

「なんともひどいおっしゃりようだわね、ステュアート」と、きつい口調で言ったのだ。

「少々メロドラマ調じゃない？」

「ジュリアの言うとおりだよ」と、伯父が言った。「リリーはきみのことが大好きだよ、デイヴィッド。今日はちょっと興奮《こうふん》してるのさ、たぶんね。ステュアートが、彼女がきみをきらっているのと早合点したのは、そのう――」

「ジュリアの言うとおり、メロドラマ調だな」おやじが落ち着いて言った。「おわびするよ。なかったことにしよう」

伯父《おじ》と伯母《おば》にうなずいてみせたが、ぼくには目を向けなかった。おやじは法廷《ほうてい》の声、理性的な声でしゃべっていた。つまり、おやじの本心は変わっていないということだ。確かにおやじは鋭《するど》い。しかし、鋭さがイマイチだった。

伯父はやれやれという様子を見せた。そして、

「リリーのはただの好奇心《こうきしん》さ。ジュリアが言ったようなことだよ……」声がちょっと落ちた。

「なにしろ、スキンヘッドとかそのたぐいが地元でもニュースになるんでね」

「エヴァレットよ（ボストン近くの小さな都市）」と、伯母が言い足した。

「なるほど」おやじが言った。

伯父は眉《まゆ》をひそめていた。

「はっきりニュースを覚えていないんだが」

「墓地よ」と、伯母。「若者が三人、墓地を荒《あ》らしたのよ」

「そうだった。教師まで一枚噛《か》んでいたんだっけ」

「それは証明できなかったのよ、ヴィクター（ヴィックの正式名）」ジュリア伯母が訂正《ていせい》した。

「証拠《しょうこ》があがらなかった――」

伯母はそこで言葉を切り、夫をまじまじと見つめた。伯父も見つめ返した。夫婦そろって、ぼくが気づいたのと同じことに気づいたのだ。つまり、じかにやりとりしていたことに。リリーの仲介《ちゅうかい》ぬきで。

「その教師が関与していたという確証はあがらなかった」と、伯父がしめくくった。それからおずおずと伯母を見た。「きみの言うとおりだよ」と言い、「ジュリア」と言い足した。

最初ぼくは、伯母が返事をしないだろうと思った。伯父から顔をそむけ、まるでおやじに話しかけるように口を開いたからだ。ところが、ゆっくりと頭をまわして、夫に向かって、「ありがとう」と言ったのだ。そして「ヴィクター」と言い足した。

ぼくはついおやじに目を向けた。彼《かれ》は、へーえ！　という感じで首をふった。ぼくらは父子で、伯父と伯母が長いこと見つめあうのを見ていた。

それから居間への入り口に目をやると、リリーが立っていた。その顔つきから、たった今両親の間で起きたことに気づいているのが見てとれた。しかし、彼女《かのじょ》がどんな気持ちでいるのかまではわからない。それがわかるためには、レイナ・ドゥメングが描いたリリーの肖像画《しょうぞうが》の前に何時間も立っているしかなかったことだろう。

ただ、リリーが喜んでいないことだけは確かだった。

# 16　両親とレイナ

感謝祭の食事の間、ヴィック伯父《おじ》とジュリア伯母《おば》は、おたがいにじかに話し続けた。ぎこちなくかわされた話題は、どうでもいいことばかりだった。「塩をとってくれない、ヴィクター」だとか、「このピラフはおいしいよ、ジュリア」といった具合だった。これらのせりふがしつこいくらいくり返され、おまけに必ず相手の名前をつけた。そう言わないと、まるであて先のない手紙と同じで相手にとどかないと心配しているみたいに。二人のやりとりを見たり聞いたりしているのは苦痛だった。ぼくは彼《かれ》らに目を向けず、食べることに専念した。おかげでたらふく食ってしまった。なにしろ、しょっちゅう口を動かしていたもんでね。

伯父が七面鳥を切り分け、伯母が礼を言うのを聞きながら、これはぼくの両親のために演技《えんぎ》しているんじゃないのかって気がしてきた。しかし、リリーはそうは思っていなかったんだ。身をこわばらせてテーブルにもどると、どちらかの親が口をきくたび、わずかに顔を上げた。

伯母が「塩をとって」と言うと、リリーがすぐ手をのばした。ところが、母親の口から父親の名前が出ると、あわてて手を引っこめたのだ。

　リリーがかわいそうになったとたん、彼女《かのじょ》はひじを動かしてバター皿をぼくのひざに落とした。まちがいない。わざとやってのけたんだ。

　もう少し前まで、ぼくはおやじと二人っきりで過ごす時間がこわかった。しかし、二時間ばかりつきあって、やっとショネシー家での食事が終わるとほっとした。おふくろは、階下に残ってリリーと話していたが、ぼくとおやじは三階へひきとって、ほぼおし黙《だま》ったままテレビでフットボールを観戦した。それで万事オーケイだった。

　試合が終わって階下へおりると、おふくろが散歩しようと言い出した。最初はおやじだけに言ったのかと思ったら、おやくろはこちらに顔を向けて、

「いっしょにどう、デイヴィッド？」と言ったんだ。身をかたくしてソファにすわりこんでいる伯父と伯母のほうをかすかにあごで示し、こちらに合図してみせたのだ。

「いいよ」と、ぼくは答えた。

「リリー、ご近所を案内してくれない？」おふくろが言うと、

「いやよ」と、リリーはそっけなく言った。

「そうしてくれるとほんとにうれしいんだけど」と、おふくろ。

「あたし、ここにいたいの」リリーは自分の両親を見もしないで答えた。

「でも――」

「アイリーン」おやじが静かに口をはさんだ。「リリーの好きにさせてやりなさい」

おふくろがため息をついた。

「じゃあね、リリー。気が変わったら追いかけてきてね」

ところが、おふくろが言い終わりもしないうちに、リリーはくるりと背を向けてソファへ歩みよると、そこにすわりこんだ。しかも、両親の間へ。

「さあ、行こう」おやじが言った。

ぼくらは階段をおり始めた。

「ステュアート」おふくろが小声で言った。

「ここではだめだ、アイリーン」

ぼくは、リリーのことをきかれるのではと心配になった。とんでもないことだ。ぼくは、必死でそうならないことを祈《いの》った。すると、奇跡《きせき》！　レイナ・ドゥメングがポーチにいるではないか。

「あら、こんばんは」と、彼女《かのじょ》が言った。ばかでかい、やわらかそうな黒のショールをまとっていた。そして画集の入った紙ばさみをこわきにかかえ、ちょっと心もとなさそうな微笑《びしょう》を浮《う》かべて、両親に好奇《こうき》の目を向けた。

「やあ、レイナ」ぼくは少し神経質な声を出した。「ぼくの両親だよ」

そして彼女を両親に紹介《しょうかい》した。〝美術館学校〟のことを付け加えるのも忘れなかった。

「それはすばらしいわね！　美術館プログラムに入れる学部生はざらにはいないのに」と、おふくろが言った。物知りなんだ、おふくろは。

「ここにはどれくらい住んでらっしゃるの？」おふくろは、一階部分を身ぶりで指した。

「一年とちょっとです」レイナはブーツのヒールの上で重心をのせかえながら答えた。おふくろがさらに丁寧《ていねい》なコメントをしようとしかけたのに気づかず、レイナは言った。

「デイヴィッド、あなたにあげるものがあるのよ」

そして紙ばさみのひもをほどきだした。ショールがすべり落ちて、曲げた両ひじにひっかかるのも気づかない。

「あとでもいいよ」と、ぼくは言った。おふくろは、レイナを見つめていたが、いささかぶしつけな感じだという気がした。

レイナは顔を上げなかった。

「あとにするとなくしちゃうかも」

紙ばさみを開くと、中身をすばやくより分けて新聞の切りぬきを取り出し、ぼくに差し出した。

　ぼくはそれを受け取った。ＭＩＴ（マサチューセッツ工科大学。ハーヴァードよりボストンに近い側にある）の美術展についての批評文《ひひょうぶん》だった。「不安なサロン――裸者《らしゃ》と恐怖《きょうふ》」（ノーマン・メイラーの初期の傑作《けっさく》『裸者と死者』にひっかけた副題）という見出しがついている。

「どうも」ぼくは言ったが、レイナがこちらの反応を期待している様子なので、仕方なく文章をくわしく読もうとした。

「ちがうわよ」と、レイナがじれったそうに言った。そしてぼくのそばへ寄ってくると、身をかがめて指さした。ぼくの両親がそこにいることなんかすっかり忘れている感じだった。

「この絵、見て」

　それは大きな絵の一部分だった。ロバの仮面《かめん》をつけた筋骨りゅうりゅうたるヌードの若者で、首のまわりにイバラのネックレスをつけ、そこからスワスティカ（アドルフ・ヒトラーの党のシンボル）がぶらさがっている。頭は完全な坊主頭《ぼうずあたま》だった。

　彼女《かのじょ》にも、フランク・デルガードのことは話すべきじゃなかった、とぼくは思った。だれもが過剰《かじょう》反応をする。しかし、ぼくが話題にできることはたくさんはなかった。だから、フランクは話の種《たね》に好都合だと思ったんだ。

　両親に話しかけたときのレイナの声は、驚《おどろ》くほど高かった。

「デイヴィッドがクラスに頭を剃《そ》り上《あ》げた生徒がいるって話してくれたとたん、この展示が飛び出してきたんですよ。美術界ではこういうテーマが流行で……」

彼女は、おふくろが質問したり、おやじが眉《まゆ》をひそめたりするのを受けてしゃべり続けた。レイナはぼくが黙《だま》っていることに気がつかなかった。ぼくは、自分自身にもうれつに腹を立てていたんだ。あの最初に紅茶《こうちゃ》を出された日、言葉の接《つ》ぎ穂《ほ》がなくて、フランク・デルガードのことを持ち出してしまった自分に対してね。別に彼《かれ》のことをおおげさに言いふらしたくはなかったのに。彼はネオナチなんかじゃない。単に髪《かみ》の毛《け》を剃《そ》っているだけなのに。髪の毛を剃った変わり者にすぎないのだ。

「記事にのってる写真の出来はかなりひどいんですよ」レイナは両親にしゃべり続けていた。「どうやら画家自身は、知名度が上がりかけてるみたいだけど……そうなんです、それはもう話題になってて……描かれたのはベルリンです……いいえ、彼がこれを描いたからといって、彼自身がネオナチを認めてるわけじゃないんですよ。でも、そうは言っても——まあ、展示物全体を見て、何人かの批評家の感想を読んでみないと……そう、確かにこの絵には性的っていうか、メイプルソープ（ロバート・メイプルソープ。どぎつい性描写で論議をかもした写真家）風のところはありますよ。きっとデイヴィッドも展示を見たいでしょうね」

「いいや」ぼくは言った。「見たくないよ」

全員がぼくに目を向けた。

「あらそう。じゃあ、好きにすれば」と、レイナが言った。彼女《かのじょ》、頭にきたんだ。

「デイヴィッド、本気で言ってるの？」おふくろがきいた。「近場じゃないの。わたしは見てみたいわ。明日にでも行きましょうよ」

「ブルー・ヒルズ（ボストンの夜景が俯瞰《ふかん》できる郊外《こうがい》のスキー場）へハイキングにでも、と思ってたんだ。そこからのボストンのながめはすばらしいそうだから」ぼくが言った。

シーンとした。

「わたしはハイキングって柄《がら》じゃないのよ」おふくろがそっけなく言った。しかし、すぐ名案がひらめいた様子で、

「ステュワート、あなたはデイヴィッドとハイキングに行ったら？　わたしはレイナと――」

と、レイナのほうへくるりと向き直って、相手を見た。「あなたはごらんになりたいんでしょ？　ごいっしょにいかが？　明日はどうかしら？　おひまだったら」

「それは……」レイナはちょっとうろたえた様子だった。「予定してなかったけど……でも、喜んで」

「それはすてき」満面の笑みを浮《う》かべておふくろが言った。「そのあとで、三階へディナーにいらっしゃいな。サーモン料理をつくる予定なの」

ぼくは、わきにいるおやじの存在を感じた。何時間もおやじと二人だけなんて、考えただけ

でパニックだった。

「気が変わった」と、ぼくは言った。「ぼくも展覧会《てんらんかい》に行くよ」

ちょっと間があって、おふくろが静かに言った。

「いいでしょう」

ぼくはおやじに目を向けなかった。彼《かれ》も同じ。

レイナは、おやすみなさいと言って、中へ入った。ぼくらは散歩に出かけた。

「すてきな娘《むすめ》さんね」おふくろが言った。

ほっとしたことに、話題はそれだけですんだ。そして、たっぷり一時間、ノース・ケンブリッジの街路《がいろ》を歩いて、街《まち》のたたずまいだけを話題にした。これはありがたかった。リリーも、伯母《おば》も、伯父《おじ》も、レイナも、フランク・デルガードさえ話題にならなかったんだから。

ショネシー家の近くまでもどってきたとき、おやじが言った。

「お母さんともうひとまわりしてきてもいいかな?」

「いいよ」ぼくは答えた。ハイキングをとりやめにしたとき、彼の心証を害したことはわかっていたから、これ以上傷つけたくはない。二人を残して、一人で中に入った。

暗がりで階段をかけ上がろうとして、あやうくリリーにぶつかるところだった。両親の部屋がある階の最上段にすわりこんでいたんだ。ぼくには目もくれずに、彼女はからだを左へどけた。ぼくは通りぬけた。相手がこちらを無視《むし》するのなら、こちらだって同じだ。しかし、屋根裏のドアをそっと閉めようとして、ためらってしまった。

「リリー？　こっちへ来ないかい？」

返事なし。ぼくは息を吸いこんだ。

「寒かないか？」

伯父《おじ》と伯母《おば》の部屋の奥《おく》から、伯母の笑い声、次いで伯父の笑い声が聞こえた。彼《かれ》らの笑い声を聞いて、ぼくは両腕《りょううで》に鳥肌《とりはだ》が立った。それはほんとに……不自然に聞こえたんだ。この家では、あまりにもきみょうに聞こえた。

この家には、およそ笑い声というものがなかったのだから。影《かげ》、ハミング、そして静寂《せいじゃく》だけ。

階段に背筋をのばしてすわりこんでいるリリーのうなじを見ながら、数分そこに突《つ》っ立《た》っている間に、鳥肌が消えた。ついにドアを閉めたが、鍵《かぎ》はかけずにおいた。リリーがあそこにすわっていたければ好きにさせよう。それで気がすむのなら。彼女《かのじょ》なりにつらさを乗《の》り越《こ》えるだろう。

きっと乗り越えるはずだった。

# 17　ヤッフェ家の晩餐《ばんさん》

おふくろは、レイナが気に入った。翌日《よくじつ》の夕方、サーモンのディナーを食べ終わるころまでには、おふくろがすごくレイナを気に入っていることは明らかになっていた。

おやじは、相変わらず腹の内が読めなかった。彼がこちらを見ていることに気づきはしたが、おふくろとちがって、おやじはレイナがぼくのガールフレンドになるかもしれないと早合点などしないことはわかっていた。

ぼくら四人は、屋根裏部屋にいた。おふくろは、伯父と伯母、リリーもよんでごちそうしようと、魚と野菜をしこたま買いこんだのに、伯父たちには別なプランがあるということだった。「キャピトル座で映画があるのよ」と、伯母が言った。「ヴィックといっしょに見に行くことにしたの」

そして、メグ・ライアン主演のロマンティックな喜劇のタイトルを口にした。かすかにほおが赤らんでいた。おふくろは、相手に笑顔を向けた。

「リリーはディナーにおじゃまするでしょう」と伯母《おば》が言った。

ところが、リリーはやってこなかった。そこでぼくが連れに行かされたのだが、リリーの寝室《しんしつ》には鍵《かぎ》がかかり、静まり返っていた。ぼくではだめで、今度はおふくろ、ついにはおやじまで動員されたが、結局、放っておくしかなかった。

「あの子も立ち直るでしょうよ」と、魚にそえるレモンを切りながら、おふくろが自信なげに言った。おやじが階下へおりて、料理の皿をキッチンにおいて、ドアの外からリリーに伝える役をやらされていた。

「それに、サーモンとアスパラガスは、冷たくなってもおいしいはずよ」

ぼくはうなずいた。そこへおやじがもどってきた。ディナーのために着がえたレイナがいっしょだった。

彼女《かのじょ》がぼくのガールフレンドになるはずはなかった。そんなことはぼくには望めない。それでも着かざった彼女を見たときは、息も止まるかと思った。ミニスカートの下から、小さな白い点がちりばめられた黒のタイツをはいた脚《あし》が見えている。靴《くつ》を戸口でぬぐと、長い脚を折って、ソファのすみへすわった。口紅《くちべに》が輝《かがや》いている。

あいにくと、彼女のシャツはすごくだぶだぶだった。

彼女が両親とよどみなくおしゃべりしだした。授業《じゅぎょう》、三つのパート仕事、自分の絵、そして将来《しょうらい》のことなど。

やがてぼくもどうにか、階下に一人でいるリリーのことを忘れ、ディナーが終わるまではしごく楽しく進んだ。それからおふくろが、ハンドバッグから小さなアルバムを引っ張り出したのだ。ぼくに向かって、うれしそうな、お茶目ぶった流し目を向けたので、ぼくは心配で身をかたくした。おふくろは、どうにか息子に以前と同じふつうの生活をとりもどしてほしいと願っている。その重荷に、ぼくはひるんだ。

ぼくはキチネットへ行って、コーヒーをいれ、全員にアイスクリームを用意した。

レイナは写真を次々と見ていき、おふくろがそれにいちいち説明をしている。おふくろのわきにすわったおやじまで、時折、コメントを加えた。半分くらい見たとき、

「すばらしいわ、アイリーンさん」と、レイナがおふくろに言った。アイリーンさんという呼びかけは、まるでしっくりこなかった。エミリーはいつだって、ぼくの両親を、ヤッフェさん、ヤッフェの奥《おく》さんと呼んでいたから。

「これ、デイヴィッドがブランコに乗ってる写真よ」

おふくろがうれしそうに言ったので、ぼくは顔をしかめた。そしてアイスクリームとコーヒーをみんなに配り、ソファに背をもたせかけてすわった。レイナのみごとな脚は抜群《ばつぐん》の目の保

養だったが、写真が目に入るのはありがたくなかった。

「これはデイヴィッドのリトルリーグ・チーム」と、おやじが言った。「デイヴィッドは、えーっと――」

「これでしょ?」

レイナが群像の中から十歳《さい》のぼくをずばりと指さした。これには驚《おどろ》いた。ぼくですら自分を見つけるのがたいへんだったのに。

レイナはページをめくると、「あら、これ」と言った。「この写真の下にもう一枚入ってるわ」

彼女《かのじょ》がそれを引っ張り出した。だれの写真かすぐわかった。

「キャシーだよ」

いとこの名を口にすると、つい最近キャシーに出会いでもしたような既視感《きしかん》がひらめいた。ほんの一瞬《いっしゅん》、例のハミングが聞こえた気がして、身がこわばった。そしてあたりを見まわしたが、ほかの人は何も聞かなかったらしい。ぼくは気を取り直し、

「ぼくの年上のいとこさ。伯父《おじ》と伯母《おば》の上の娘《むすめ》だよ」と、レイナに告げた。また、階下のリリーを意識した。「リリーの姉なんだ」

「あなたにそっくりですね、アイリーンさん」レイナはおふくろに言った。「今はどちらに?」

おふくろは写真を見つめたまま、返事をしなかった。

「亡《な》くなったんだ」と、ぼくが言った。そのキャシーが住んでいた部屋で、ぼくの声はやけに大きく聞こえた。

「まあ！」レイナが顔を赤らめた。「ごめんなさい。おかわいそうに」ひと呼吸おいて、「そんな年ではなかったんでしょう？」

「十八歳だったわ」写真を受け取りながらおふくろが言った。そして、「こちらこそごめんなさい」とレイナにわびた。「ちょっと突然《とつぜん》だったものだから……」それからこちらを向いて言った。

「ここへ来る前に写真はみんな確かめたのよ。あなたがヴィックたちのとこにはキャシーの写真が一枚もかざってないって言ったものだから。でも、つい見落としてしまったのね」

そして吐息《といき》をついた。おやじがおふくろを片腕《かたうで》で抱《だ》くと、彼女はおやじに寄りかかった。

「ヴィックとジュリアがいなくてよかった。どんな思いをさせたことやら……特に今はね」

「いなかったんだからいいじゃないか」と、おやじ。

「それはそうだけど、もし――」

「いなかったんだ」

おやじがおふくろにほほえみかけ、しばらくして彼女もおやじに感謝の目で笑顔を向けた。

ぼくも写真を見た。レイナの言うとおりだった。キャシーはおふくろに似ていた。ぼくがそれを口にすると、

「あごよ」さすがに肖像画家《しょうぞうがか》らしく、レイナが言った。「それに鼻も、額《ひたい》も、その下の造作《ぞうさく》も。ちがうのは血色だけね」

指先で、写真のキャシーの顔の線をなぞってみせた。彼女《かのじょ》の視線《しせん》を追っておふくろの顔を見ると、相手の言うことがわかった。

「これ、持っててていい？」と、おふくろにきいた。彼女は眉《まゆ》をひそめた。

「持っていたければいいけど、ジュリアには絶対――」

「気をつけるよ」ぼくは答え、それから会話がとだえた。

「では」と、レイナが言った。引き上げるつもりだ。

それを聞いて、ほっとした面もあった。彼女がその場にいることが生み出していた幻影《げんえい》――この自分がすべて何事もなく、ガールフレンドが持てて、ふつうの若者にもどれるという幻影――に腹立たしい思いもしていたのだ。一方で、その幻影が現実になることを願っていた。

驚《おどろ》いたことに、おやじがこう言った。

「アイリーン、下へおりて、もう一度リリーに声をかけてみようじゃないか」

「ええ、いいですよ」おふくろが答えた。

レイナは引き上げなかった。両親が出ていくと、とけかけたアイスクリームに手をのばし、「すてきな親御《おやご》さんね」と言った。

「おふくろたち、あなたを気に入ったみたいだ。おふくろはどうやら……」言ったとたん、困《こん》惑《わく》して、すぐ言葉が続かなかった。

「まあね。いいのよ、心配しなくて」と、レイナがさらりと答えた。アイスクリームを食べ終わると、皿をおいて、脚《あし》をのばした。ぼくは何か言おうとしたが、言葉が出てこなかった。さめかけたコーヒーや、アイスクリームの皿が気になる。レイナの脚も。こちらをうかがうような彼女の目も。相手が口をきいてくれたときはほっとした。

「あなたのいとこのキャシーに、どうしても興味を持ってしまうわ。すごく若くて亡《な》くなっている。どんな事情だったの？」

またしても、ここがキャシーの部屋だったことを思い出した。レイナが言い足した。

「もちろん、つらすぎる事情なら話してくれなくたって――」

「いや」ぼくは言った。「その点はだいじょうぶだけど、ただ……」まわりに目をやって、いいかげんな言いわけを思いついた。「皿を片づけないと」

「手伝うわ」レイナが言った。「片づけながら話してくれればいいんだけど」

ぼくはかたっぱしから食器をシンクに運び、ぼくが洗って、レイナがふいた。彼女の目が、ぼくの話をあてにしている。話さない理由はなかった。まったくなかった。

「リリーより十二歳《さい》年上だった」ぼくは始めた。「リリーは、思いがけなくさずかった子なんだ——キャシーは長いこと一人っ子でね、伯父《おじ》も伯母《おば》も、それはキャシーに期待をかけていたんだ」

ぼくはためらった。

レイナが皿をふき終わり、ぼくはシンクの栓《せん》をぬいた。よごれた水がゴボゴボ吸いこまれていく間に、レイナが単刀直入にきいた。

「キャシーは自殺したんでしょ？」

「そうだよ」と答えて、ぼくは居間に目を走らせた。寒気がした。「一年生のあと、大学をドロップアウトしたんだ。そして、ここで暮らしていた。伯父がこの屋根裏を、彼女《かのじょ》のためにリフォームしたんだ。彼女は就職《しゅうしょく》した。スポーツ・クラブだったはずだよ。エアロビクスか何かの教室を開く勉強をしてた。ボーイフレンドがいて、そいつに捨てられたんだ。くわしいことはわからないけど」

「まあ」レイナが言った。彼女もまた、居間に目を走らせてからきいた。「ここに住んでいたら、彼女のこと、しょっちゅう考えちゃうんじゃないの？」

「そうでもないけど。ろくに知らないからね」と、ぼくはおぼつかなげに答えた。しかし、頭に例のハミングする影《かげ》が浮《う》かぶのはどうしようもなかった。十二歳ころのキャシーの顔が浮かんだ。当時、七歳のぼくは、彼女にあこがれていた。

「わたしだったら考えちゃうな」と、レイナ。「それが自然でしょう」

ぼくは肩《かた》をすくめた。居間へもどると、レイナがすぐあとをついてきた。

「どんな具合だったの？」彼女が小声で聞いた。

ぼくはふり向いて答えた。

「何かの薬の過剰《かじょう》服用かな。それしか知らないんだよ」

レイナは突然《とつぜん》寒気に襲《おそ》われたように、両腕《りょううで》でからだをかかえこんだ。そして何か言おうとしてやめた。本能的にぼくは彼女の腕に片手をかけ、

「ごめん。あなたがきいたもんだから。おびえさせるつもりはなかったんだ」

「だいじょうぶよ」レイナが言って、ぼくを見た。目と口が、ぼくと同じ高さにあった。頭が混乱《こんらん》した。ふいにエミリーが頭に浮かび、ぼくは一歩あとずさった。

レイナは、頭を小さくゆすり、両肩を動かした。背を向けかけて、それからなかば引き返した。

「あの……親御《おやご》さんたち、いつ帰るの？」

「日曜日」

「じゃあ……日曜の夜、映画見に行かない？」まともにこちらを見すえて「まあその、デートみたいなもんだけど？」

イエスと言いたかった。ほんとにそうしたかった。だけど、

「どうかな」と言った。「あなたのせいじゃない……ぼくのせいなんだ……ごめん」

レイナは顔を赤らめ、

「いいのよ」と言った。「なかったことにしましょ」

ぼくには耐《た》えがたかった。ガールフレンドがいるわけじゃなかったから。そこでこう言った。

「ただいっしょに映画を見るだけじゃいけない？　デートとは呼ばないってことでは？」

なんともつらいことだが、彼女《かのじょ》がノーと言うものと思った。ところが、彼女はうなずいたのだ。ぼくは吐息《といき》をついた。

「オーケイ。早い時間帯の映画ね」

ぼくはうなずき、どうにか冷静さを保って、

「すごくばかげたやつを見ない？」

「だめよ」と、レイナがきっぱりと言った。ちょっと笑みさえ浮《う》かべている。「美術館に、学生用の短い美術映画が何本かあるのよ」

ぼくは「ううえっ」と言ったが、ただの見せかけなのは彼女も承知《しょうち》だ。

「オーケイ」

階段を上がってくる両親の足音を聞きながら、ぼくらはぎこちなく立っていた。やがて両親が入ってきた。

レイナは「おやすみなさい」を言って、出ていった。

「リリー、少しはうまくいった？」ぼくは両親にきいた。彼《かれ》らがレイナについていきく前に先手を打ったのだ。

「まあね」と、おやじが言った。「やっとのことでドアをちょっとだけあけてくれて、眠《ねむ》っていたのに起こすなんてひどいと言われたよ。もっとも、ほんとに眠っていたとは思わないけどね。電気がついてたからな。ドアの下から光がもれてた」

おやじはめがねをはずすと、鼻梁《びりょう》をこすった。

「たっぷり一週間はすねてるだろうな、たぶん。二週間かも。それくらいたてば、さすがに平静さを取りもどすだろうさ」

「まあね」と、ぼくは言ったが、内心ではどうかな？　と思っていた。

おふくろがこちらを見ていた。

「デイヴィッド、ふしぎに思ってたんだけど――どうしてキャシーの写真をほしがるの？」

「理由はないよ」ぼくはぎこちなく答えた。「ただ思い出のためさ」

そして、その瞬間《しゅんかん》まで自分が知っているとは気づかなかったことを口にしたのだ。

「キャシーはここで死んだんだよね？　この屋根裏で」

「そうだよ」おやじが言った。

「彼女《かのじょ》はここで一人で死んだんだ」と、ぼくは口にした。自分でも知らないうちに解こうとしていたパズルが、ぴたりと合った気がした。

「たった一人で」

ちょっとシーンとなった。

「ちがうわ」おふくろが言った。「一人じゃなかった。あなた、知ってると思ってたのに。リリーがいっしょにいたのよ」

# 18　キャシーの事件

　ぼくは腰《こし》をおろした。

「記憶《きおく》がないよ。話してくれない？」

　おやじがうなずいた。この週末でおたがい目をそらさないで向き合ったのは、これが初めてじゃなかったかな。

「わたしは検死に立ち会った。それは——キャシーの死にざまは——醜悪《しゅうあく》なものだった。グラスに入れた洗剤《せんざい》を飲んだんだ。一種のアンモニアだな。彼女は泡風呂《あわぶろ》に入っていた。どうやら前もって、バスタブのわきにそのグラスを用意しておいたらしい。その半分を飲みくだしていた。それ以上飲む必要がなかった。それだけで喉《のど》が焼けただれてしまったんだね。そのままバブルの中へしずみこんだ。実際の死因は溺死《できし》だった。肺《はい》に湯が入ったせいで。それからリリーだが……キャシーは屋根裏の戸口に鍵《かぎ》をかけていたんだが、リリーは予備の鍵のありかを知っていた。前にもそれでもぐりこんだことがあったんだ。キャシーの留守に屋根裏で過ごすのが好きだったんだな」

あのリリーならやりそうな気がした。

「つまり、彼女《かのじょ》はキャシーが外出していると思いこんでたわけだね？」と、ぼくはきいた。

「だと思うな」と、おやじ。

「彼女の証言は少々混乱《こんらん》していた。なにしろ七つだったからね。判事もあの子には非常にやさしく対応したよ」

「あの子が目撃《もくげき》したのは？」

「最初、彼女はキャシーがいるとは思っていなかった。バスルームが閉まっていたんでね。やがて音が聞こえた……たぶんグラスが床《ゆか》に落ちて割れた音だったんだろう」

ここでおふくろが声を出した。低い、猫《ねこ》の鳴き声みたいな声。おやじはちょっと言葉を切っておふくろに目をやったが、また続けた。

「リリーはバスルームに飛びこんだそうだ。『わっ！』とか何とか声をあげながら。バスルームには鍵《かぎ》はかかっていなかった。すべてがすごい速度で進んだんだろうな。キャシーはすでに湯の下にしずんでいたはずだ。リリーは、キャシーがゲームをしてると思ったと言うんだ。湯の中で息を止めてね。ところが、いつまでたっても姉さんはそのままだった」

「リリーはびしょぬれだったのよ」おふくろが言った。「キャシーを引っ張り上げようとしたのね……」

さっき食べたアイスクリームが、今にも喉《のど》もとへもどってきそうになった。

「リリーは割れたグラスを拾い上げようとまでした」と、おやじ。「むろん、キャシーが床に落としたとき割れていたんだが、リリーはおかげで手を切ってしまった。それにひざもね……あの子は自分が悪いと言い続けたんだ。あの年ごろの子どもは、自分がすべての点で責任があると思いこみがちだからね」

グラスの破片《はへん》の上にひざまずいて、必死になって姉を引き上げようとするリリーの姿が目に浮《う》かんできた。

「わかったよ。もうじゅうぶんだ」と、ぼくは言った。ところが、別なことを思いついた。「原因はキャシーのボーイフレンドだったんだね？」ときいた。「彼女を捨てたやつのせいだね？」

「そうよ」と、おふくろが答えた。

「まあそうだな」と、おやじが言った。おやじは細部にうるさい。「検死審問《しんもん》ではそういう結論になった。ボーイフレンドからの手紙がキッチンのカウンターにのっていたんでね」

「キャシーはメモか何か残してたの？」

「いいや」そう言ってから、おやじはうなずいた。「残してくれていたらよかったんだが。残してくれていたら……それで真相が突《つ》き止《と》めやすくなったかどうかはわからないにしても、より決定的なものにはなったろう」彼《かれ》は肩《かた》をすくめた。「ふつうはこういうとき書きおきを残す。いつもってわけじゃないけどな。あの子の場合、衝動的《しょうどうてき》にやってしまったんだろう。あるいは本気で死ぬつもりはなかったのかもしれん。ただ病気になって、ボーイフレンドをおどしてやりたかっただけかもな。いや、ヴィックやジュリアに対してもそんな気持ちを持ったのかもしれん。親子が仲たがいしてたからね」

気がつくと、ぼくは居間の向こうのバスルームをじっと見つめていた。ドアがあいていた。バスタブの一部が見えた。

「なんで伯父《おじ》さんと伯母《おば》さんはキャシーと仲たがいしてたの？」

「大学をドロップアウトして以来、関係がおかしくなってたのよ」と、おふくろが言った。「ボストンのUマス（マサチューセッツ大学）へ通ってたわ。覚えてる？」

「ある程度はね」と、ぼくは答えた。ふいに思い出したのは、おふくろが言った言葉だった。

――ジュリアは絶対キャシーに突き立てた鉤爪《かぎづめ》をゆるめはしないわよ。まちがいないって。あの娘《こ》は逃《に》げられっこない……。

「伯父さんたちは、ドロップアウトしたキャシーに腹を立ててたんだね？」ぼくはきいた。

「そうよ。あの二人は、家賃なしでキャシーをこの屋根裏に住まわせてたんだけど、ドロップアウトして仕事につくと、ジュリアが家賃をはらえと言い出したものね」

おふくろが、どうかしてるわ、あの人、という思いをにじませて答えた。

「それは筋が通らなくもないよ」とぼくが言うと、おやじも声をあげて同意した。

「大した給料もらってたわけじゃないのよ」おふくろが非難がましく言った。「親たちがもう少し理解と支援《しえん》をしていれば、キャシーは大学に復学する気はあったはずなのに。でもジュリアの態度で、キャシーの復学はむずかしくなった。ジュリアが何か言うと、人はそれと反対のことをしたくなるのよね」

そのとおりだと思った。ぼくは続けた。

「じゃあ、大学と家賃のことで、もめてたんだね？　伯母さんと伯父さんは同じ意見だったの？」

「それは」おふくろが口ごもった。「兄は……」

ぼくは待った。

「最初、ヴィックはキャシーから家賃は取らなかったのよ。彼女がわたした小切手を、兄は貯金しておいて、現金で娘《むすめ》に返してやってたの。ジュリアはそれを知らなかった」

「話しておやり、アイリーン」と、おやじが言った。

「話そうとしてたところよ！」言い返してから、おふくろはため息をついた。「ああ、これがつらいところなのよね。デイヴィッド、このやり方はわたしのアイディアだったの。ヴィックがキャシーに家賃を要求することについて、わたしに相談してきたの……自信が持てなかったのね……そこで、わたしが現金でキャシーに返してやったらって言ったのよ。ないしょでね」

「おせっかいも極まれりってわけさ」と、おやじが静かに言った。「お母さんとしては精一杯《せいいっぱい》だったんだけどね」

「キャシーがかわいそうだったからよ！」と、おふくろは抗議《こうぎ》した。

「ジュリアをいたぶろうとしたのさ、自分でわかってるくせに」

「あらそう、そしてあなたは完璧《かんぺき》な人間ってわけね！」それからおふくろは、口調を変えて、「わたし、あやまったわ。何度も何度もね……ヴィックにもジュリアにも。これ以上はないくらい後悔《こうかい》してる」

「伯母《おば》さんが気づいたんだね？」

ぼくは、おふくろが言ったことで、じゅうぶんわかっていたことをきいた。

「当然だよ」と、おやじ。

「口出ししないでよ、あなた」と、おふくろ。「そうよ、デイヴィッド、彼女《かのじょ》が気づいた。キャシーが彼女に口走ってしまった。口論の最中、母親にどなり返したときに」

まざまざと目に浮《う》かぶようだった。たぶん、母娘《おやこ》はこの居間でやりあったにちがいない。たぶん、伯母は「おまえのお父さんとわたしは」という言い方をしたんだろう。……そしてキャシーは、「お父さんはお母さんには反対よ！　わたしの味方なんだから！　お父さんがどれだけわたしのためにしてくれてるか知ってる？　知らないでしょ」……こんな具合だったんだろう。

妙《みょう》な感じだった。ほとんどキャシーの声が聞き取れた気がしたんだ。ジュリア伯母に向かって金切り声をあげる姿が目に見えたんだ。リリーがよくするように、両肩《りょうかた》をこわばらせて。

「キ、キ、キャシーかい？」――ぼくは内心で問いかけた。「キ、キ、キャシー、そ、そこにいるのかい？　い、今、こ、ここへ来、き、来てるのかい？」

そのとき、聞こえた。はっきりと。鮮明《せんめい》に。あのハミングが。

「デイヴィッド？」と、おふくろがきいた。ぼくは顔を上げた。

「え？」

「ジュリアは絶対にわたしを許さないの。でも、わたしは心底申《もう》し訳《わけ》ないと思ってるのよ。彼女にそう言ったわ。あのときも言ったし。キャシーが亡《な》くなったあとも……手紙も書いたし……」声がとぎれた。

「気持ちはわかるよ」と、ぼくが言った。

「わたしはよかれと思ってしたんだけど。でも、お父さんの言うとおりでもあるのよ。ジュリアとわたし……くせになったのね、わたしはいつも相手に点差をつけようとしてたわけ……それが行き過ぎてしまった。やり過ぎたのよ。それはわかってます」

「もういいよ」ぼくは言った。

おふくろがため息をつき、さらにいきさつを語るのに耳をかたむけた。

その一件以来、キャシーはほんとうに家賃をはらい始めた。伯母《おば》が小切手を受け取り、小切手口座をきびしくチェックしだしたのだ。むろん、伯父《おじ》がキャシーに現金をわたさないように。おふくろは、キャシーの自殺よりもこちらのほうこそ、伯父と伯母の疎隔《そかく》の始まりだったと確信していた。そこへ新たに、キャシーのボーイフレンドが登場してきたのだ。

「彼《かれ》はよきカトリック青年じゃなかったの」と、おふくろが言った。「それを言うなら、よきユダヤ教徒の青年でもなかったわけ。わたしもよく知らないのだけど。あの当時、兄は……わたしにあまり話をしなかったのでね。そのボーイフレンドは長髪《ちょうはつ》で……」そう言っておふくろは、これまででいちばんのびたぼくの髪《かみ》から目をそらした。「イヤリングもしてた。もちろん無職《むしょく》。もちろん二人は……」と言いかけて、おふくろはすばやくこちらに目を走らせ、ひと呼吸おいてから思い切って言った。「性的な関係を持っていた」

きみょうなことに、その瞬間《しゅんかん》、ぼくはおふくろに愛着を覚えた。おやじとの結婚《けっこん》でユダヤ教に改宗したくせに（ユダヤ教徒は異教徒と結婚する場合、相手がユダヤ教に改宗しなければ、自身、ユダヤ教徒でいられなくなる）、いまだに頑固《がんこ》なカトリック教徒の精神を持っていたんだ。ぼくはそんなおふくろに、にやりと笑ってみせた。おたがい目をあわせた一瞬《いっしゅん》、どちらも笑い出すかと思った。やがておふくろが下を向いて続けた。

「まあ、しごくふつうのことよね。ジュリアが大げさにさわぎ立てただけ。キャシーとボーイフレンドの関係は三か月しか続かなかった。結局最後は、母娘《おやこ》ともに口をきかなくなってしまったの。口論すらしなくなったわ」

だれも口を開かない。まさにショネシー家のように。いや、ヤッフェ家だって――。ぼくは早口で言った。

「それからキャシーが死んだんだね」

「そうよ」と、おふくろ。「そう」

そういうことだったのか。

しばらくして、両親がベッドに入った。ぼくはソファに身を投げた。それから起き上がってバスルームへ行った。バスタブを見る。ごしごしこすってきれいにしなくては。今までは気にならなかったけど。目を閉じれば、そこに横たわるキャシーが脳裏《のうり》に浮《う》かんできそうだった。あの影《かげ》、そしてあのハミングが。

ふいにぼくは、この家にいることに耐《た》えられなくなった。ジョギングのかっこうに着がえると、そそくさと出ていった。

ショネシー家は暗かった。伯《お》父《じ》と伯《お》母《ば》がいるという唯一《ゆいいつ》の証《あかし》は、ドアが閉じられていることだった。リリーの部屋のドアも閉まっていた。なぜかぼくは、しばらくその前にたたずんでいた。リリーがあれだけおかしいのは、あの子のせいだけじゃなかったんだ。彼女《かのじょ》の短い人生に、恐《おそ》ろしいことが起きたのだ。

階段を途中《とちゅう》までおりて、リリーのことを両親にくわしく聞かなかったことに気がついた。キャシーが大学をやめて、仕事につき、ボーイフレンドができて、親子げんかになったとき、リリーはどうしていたのか？　たぶん、おふくろもおやじも、ほとんど知らないのだろう。七歳《さい》の子どもの心の内など、どうして推《お》し量《はか》れるだろう？　二年生だったのか？　姉が暮らしている屋根裏へしのびこんで、大人になった気分を味わっていたのか？

「あたしがここに住むはずだったのよ」とリリーがこの部屋について言った。あれは、ぼくが引《ひ》っ越《こ》してきた日だったな。何もかも変だ、って。

やがて疑問《ぎもん》が浮《う》かんだ。

姉が死ぬところを目撃《もくげき》した場所に、なんでリリーは住みたがるのか？

# 19　レイナのキス

月曜日、中世史の教室に入るとき、ぼくはわれ知らず口笛を吹《ふ》いていた。映画を見て帰った夜、レイナがそっとキスしてくれたんだ。しばらくとまどってしまって、こちらからこたえられなかった。そのあとでやっとその気になれた。

すごくよかった。

ぼくはほとんどレイナのことを知らない。彼女がぼくに気があるなんて、まさかまさか！だった。もっとも重要なのは、そしてもっと深刻《しんこく》なのは、自分が彼女と、いや、だれとであろうと、いっしょにいてはいけないんだ、ということだ。それはひどくまちがっている。ほとんど邪悪《じゃあく》といってもいいくらいだ。エミリーのことが常に念頭にあった。そして、あのできごとのことが。

このぼくがしでかしたことが。

それでも――理屈《りくつ》に合わないことながら――すごく気分がよかったんだ。しばらくはこのままでいよう。この気分を台なしにしないでいよう。

始業開始ベルが鳴るたっぷり三分前に、教室に入った。フランク・デルガードがすでに前の座席にだらっとした姿勢ですわっていた。何か読んでいる。思ったとおり、彼《かれ》以外はまだだれ一人、ウォルポウル博士《はかせ》ですら、姿を見せていなかった。

「よう」と、ぼくは声をかけた。

ちょっと間があって、フランクは読みかけのページを折って、本を閉じた。さらに長い間があって、彼は黙《だま》ってあいさつがわりにうなずいた。肩越《かたご》しにのぞくと、その本の題名は『禅《ぜん》とオートバイ修理技術』（一九七四年に刊行《かんこう》されたロバート・M・パーシングのベストセラー）だった。

とっさにぼくはスターマーケットのカードを引っ張り出して、彼に差し出していた。彼はそれを見つめた。一瞬《いっしゅん》、こいつ、カード交換《こうかん》のこと知らないのかな？　と思った。やがて彼はにやりと笑った。交換を申し出られると、ほぼだれもがこの顔つきになる。彼は財布《さいふ》を取り出した。ぼくは彼にエリス・オドネルのカードをわたして、ジョーアン・スタンブリッジのカードを受け取った。

「また新手だな」と、禅の本を指してぼくが言った。「別のやつの研究はどうなったんだ？　アブ……何とかさ」

「アブラフィア。あれはしっかりやってるさ。そっちこそどうなんだ？　『まどえる者の導き手』（マイモニデスの主著）は読み終えたのか？」

「テープで聞いてるところさ」と、ぼくは答えた。「アラビア語でね」

それからぼくは笑い声をあげた。なんてったって、レイナがキスしてくれたんだ。

フランクは黙ってぼくを見つめた。ぼくは彼の横にすわって、禅の本を取り上げ、ちょっと中身を読んでみた。

「ここに書かれているどれかでも信じられるか？」フランクが答えた。

「信じたいね」

このせりふ、フォックス・モルダー役のデイヴィッド・ドゥカヴニーのほぼ完全な模倣《もほう》ではないか。ぼくはほとんど息がつまった。フランクが、おだやかにこちらを見ていた。

「『Xファイル』を見てるのか？」と、ぼくがきいた。

「ときどき」

「きみ向きだとは思わなかったけどなあ」

「なんでだ？　不気味すぎるってのか？」口をゆがめた。「それとも不気味さが足りないってか？」

ぼくはまた笑いをおし殺した。フランクもそれに気づいたが、気にする様子はなかった。フランクのことをよく知らなかったら、彼《かれ》の顔面に微笑《びしょう》寸前《すんぜん》の表情が浮《う》かんだとかんちがいしたかもしれなかった。

「どうかな」と、ぼくは言った。「あれはテレビだからね。そもそもきみがテレビを見るってのがピンとこなかったんだ」

フランクは、両脚《りょうあし》をのばした。

「なんでだ？」

「何もかもくだらないって気がするんじゃないかと思ってね」

「実際くだらないものだらけじゃないか」と、フランクが言った。「だから、いつもテレビを見ながら、同時に本を読んでるんだ」

それは、驚《おどろ》くほどのことじゃない。

「ぼくは『Xファイル』にはまってるんだ」ぼくが白状《はくじょう》すると、フランクが言った。

「おれは『ルーニー・テューンズ（アメリカのワーナー・ブラザーズ制作のアニメ）』にはまってる。ロード・ランナーのマンガは全部、何度も何度も見た」

ぼくは、相手を見た。彼もこちらを見返した。それからたがいに合図でもしあったように、いっしょに言った。

「ワイリー・コヨーテ、チョー天才」

「すげえよな」と、フランクが言った。

「だよな」と、ぼく。

学校はそんなふうだったが、その午後、ショネシー家の階段を上がりながら、またいらいらした用心深い気分になっていた。リリーの姿がなく声もしなかったことにどっと安堵感《あんどかん》がおしよせた。前夜、レイナがぼくにキスしたあとで、リリーに出くわしたんだ。

リリーは居間の床《ゆか》にすわり、ヘッドホンのコードをステレオに差しこんで、両ひざを抱《だ》きかかえていた。フランネルのナイトガウンのすそから、はだしの爪先《つまさき》がのぞいていた。どちらも口をきかなかった。そのとき、二階の別の一角から低い声が聞こえてきた。言うまでもなく伯《お》父《じ》と伯母《おば》だ。

ぼくがほとんど真っ暗な屋根裏への階段を上がっていく間、リリーの目はぼくの背中を追っていた。ドアのノブを手さぐりする間も、首筋にリリーの視線《しせん》を感じていた。部屋のはしっこにいても、彼女《かのじょ》にはぼくのにおいがわかるんじゃないか。つまり、レイナの香水《こうすい》のにおいをかぎつけるんじゃないか——首と顔が赤くなってきた。ドアをあけて閉じるのに、永遠に近い時間が流れる思いだった。安全圏《あんぜんけん》に逃《に》げこんだあとも、階下でリリーが聞き耳を立て、ぼくの足音を聞きつけるのでは？　と気になった。なにしろ、この床の下は彼女の部屋なんだ。

どうしてリリーが、こんなにぼくを不安にさせるのか？　もっとしっかりしないと。大人になるんだ。彼女《かのじょ》に出くわさないことを祈《いの》って、しのび足で歩くなんて。彼女はここに住んでるんだぞ。そしてこのぼくも。おたがい顔をあわせるのが当たり前じゃないか。

ジョギングの着がえをしながら、ぼくはまた、いとこのキャシーのことを思った。写真を取り出して、見直した。高三時代の写真、つまり、だいたい今のぼくくらいの年齢《ねんれい》だ。その笑顔には、一種挑戦的《ちょうせんてき》なところがあった。どんなボーイフレンドだったんだろう。彼女を捨てた長髪《ちょうはつ》の若者。一度でもこの家に連れてきたことがあったんだろうか？　きっと連れてきたはずだ。特に家賃をはらうようになってからは。伯父《おじ》や伯母《おば》の鼻先で、ボーイフレンドを部屋に連れて上がることで、親たちを見返してやる気がしたはずだ。

当時は、伯父と伯母はじかに口をきいていたのか？　それとも、すでにリリーが仲介役《ちゅうかいやく》を果たしていたのか？　当時七歳《さい》のリリーは、姉をどう思っていたんだろう？　両親の期待を集めていたのに、結局はその期待を裏切るはめになってしまった姉だ。

ジョギング・シューズのひもをしめ、ななめに壁《かべ》によりかかってバランスをとり、ふくらはぎのストレッチをやっていると、これらの疑問《ぎもん》に対する答えが頭に浮《う》かんできた。リリーは喜んだんだ。やったあ！　と思ったんだ。だって、突如《とつじょ》、自分が期待される側にまわれたんだから。

ぼくはついうしろをふり返った。すると見えた。まちがいなく見えた。これまで何度も見たり、感じたりしてきた人影《ひとかげ》のかすかなアウトラインが。華奢《きゃしゃ》な姿をした娘《むすめ》、キャシーだ。まちがいない、キャシーだった。ついに彼女だとわかった。何度か深呼吸と浅い呼吸をくり返した。

やがて、その姿が消えた。いたはずの場所を見つめた。目が痛くなるまで見つめた。午後のおそい陽光が窓を通して床《ゆか》へ射しこんでいた。そこには何一つなかった。何かが存在していた気配すらなかった。

幽霊《ゆうれい》ってのは、テレビの娯楽《ごらく》番組には存在してきた。「Xファイル」でもね。ただし、現実の生活とは無縁《むえん》だった。ぼくは、その存在を信じない人間の一人だった。幽霊が実在するはずがない。仮《かり》に存在したとして、なんでいとこのキャシーがぼくにだけとりつくんだ？　エミリーにとりつかれるのならわかる――それだけの理由があるから。

ぼくは鍵束《かぎたば》をつかんで、階段をかけおりた。クレージーなことは全部、走って頭の中から追い出してしまおう。

# 20　盗《ぬす》み聞《ぎ》きするリリー

その年の残りの数週間、毎週一度か二度は、レイナと会った。逢瀬《おうせ》はさりげないもので、彼《かの》女《じょ》は二度とキスしてくれなかった。いくらか失望したものの、ほっとしたというほうが本音《ほんね》だった。ぼくのほうからそれ以上の行動はとらなかった。

それでもだれかと親しくつきあうのは、気分がよかった。彼女の借りている部屋でいっしょに数時間を過ごした。レイナはスケッチしたり、絵の具を塗《ぬ》ったり、ぼくは大学への応募《おうぼ》書類を書いたりした。一月十五日がしめきりだったのだ。これ以上親しくならないよう気をつけていたにせよ、少しは彼女のことを知っておきたかった。彼女にはおびただしい義理の兄弟や、片親がちがう兄弟がいて、みんなを愛していた。しかし、自分の母親には気を許していなかった。何日も電話のプラグをぬいたままにして、母親の電話をブロックすることくらい平気だった。毎晩缶《まいばんかん》づめスープで食事をし、それをじゅうぶんに楽しんだ。本気でつきあっているボーイフレンドが二人いて、その一人にはいまだに心を残していた。

「でもね、彼《かれ》はエルパソを離《はな》れるのは絶対いやだって言うのよ」と、彼女は言った。「わたしはそうはいかなかったからね」

ぼくらの関係がどういう性質のもので、このままだとどんな具合に進展していくのか、レイナとしては、はっきりと話題にする必要性を感じていないらしかった。

一度だけほんとうに険悪《けんあく》な事態になった。大学の宿題の静物画を描いていたはずのレイナが、ぼくが顔を上げてみると、木炭でこちらをスケッチしていたのだ。ぼくは激怒《げきど》した。文字どおり目の前が真っ赤になった。ところが、彼女自身、手が無意識に動いていたらしく、描いているものに気づいたとき、マジで驚《おどろ》いていた。自分の手が勝手に描いたものを、ただびっくりした目つきでまじまじと見つめていた。

ぼくは、ありがたいことに――まったくありがたいことに、気持ちを静めることができた。それもあっという間に。真っ赤になった目の前が、正常にもどっていった。深い淵《ふち》が消えたのだ。何事も起こらなかった。反射的に手をふり上げるなんてことはなかった。身動きすらせずにすんだ。何一つ起こらなかった。

そのとき、フランクの言ったことがほんとうだとわかった。恐怖《きょうふ》は絶対にぼくから離《はな》れることはない。

「まあ見て」レイナはけろりとして言った。

ちょっと間をおいて、ぼくは言われたとおりにした。

彼女《かのじょ》が描いていた静物画は、冬のものだった。枯《か》れた枝、松かさ、水が入った浅いボウル、ひからびた菊《きく》の花。ところが、それらを破壊《はかい》された顔がつなぎ合わせていたのだ。松かさの中心から目がまばたきし、鼻梁《びりょう》が枯れ枝の横にあるテーブルに沿って走り、口はボウルの水の底からあえいでいた。

ぼくの顔の造作《ぞうさく》。ぼくの顔だ。ひと目見ればじゅうぶんだった。顔をそむけた。

レイナは両肩《りょうかた》を動かした。

「これ、あげるわ」彼女はそれをぼくにわたした。「ごめんなさい。あなたの顔は描かないって約束したのに」

屋根裏へ上がると、ぼくはその絵を引きさいて、シンクで燃やした。

外では、日が短くなり、気温ははるか氷点下まで落ちて、そのままだった。十二月のボストンにしては、異常なほどたびたび、また異常なほどの激《はげ》しさで雪が降《ふ》った。毎週一度か二度、ぼくは伯父《おじ》といっしょにドライヴウェイと歩道の雪をかきのけた。ぼく一人でやれると言ったのに、伯父は手伝うと言ってきかなかった。

「それほどの年じゃないよ」と、彼《かれ》は言った。「それにきみが手伝ってくれてるから、こちらとしては適度の運動ですむってわけだ」

伯父は上機嫌《じょうきげん》だった。努めてそうしているという雰囲気《ふんいき》があった。両の肩をしっかと起こしている。伯母《おば》ですら、様子が変わってきた。時折出くわすと、笑顔を向け、「今日はどうだった？」ときいたり、ぼくの両親の様子などをきいたりした。

「伯父さんがいつもたった一人で雪かきしてたなんて、信じられないよ」と、ぼくは息を切らしながら言った。降ったばかりの雪は、しめりけがひどく、重かった。プラスティックのスコップにねばりつき、放り投げるときも気持ちよく飛んでいかなかった。

「噴射除雪機《ふんしゃじょせつき》を買おうって気にならなかったの？」

「まあ、リリーがよく手伝ってくれるからね」伯父が答えた。彼は、むだのない動作でしめった雪をたくみにスコップで放り投げた。「あんな小さな子じゃあ大した手助けになるまいと思うだろうけど、なかなかのものなんだよ」

「へーえ」ぼくは適当に答えた。この前の何回かの嵐《あらし》では、リリーのスコップさばきは大したことなかったから。ぼくは、ドライヴウェイの奥《おく》に積み上げた雪山の上に、さらに雪を積み上げた。

「もっとひざを曲げるんだよ、この南部っ子」

伯父がアドヴァイスしてくれた。ぼくが雪山へではなく、道路へ雪を放り投げてしまうと、伯父《おじ》は笑い声をあげた。そしておだやかに言った。

「リリーが今日はどこにいるのかって気になるかい？　あの子にも出てこないかって言ったんだけど、いやだって言うんでね」伯父は悲しげな顔になったが、またすぐ明るさを取りもどした。「そのうちにうまくいくだろう。あの子も成長期だ。それにこのところ少々ご機嫌《きげん》ななめでね。いつのまにか、思春期になっていたわけだ」

ぼくらは黙《だま》って雪かきを続けた。ほんとに伯父は、リリーの問題は思春期のせいだと思っているのか？　少々ご機嫌ななめでね、だって？　伯父も伯母《おば》も気づかないのか？　両親が仲直りしたせいで、リリーが動転していることがわからないのか？　そのために生活が変わってしまったってことが？

ぼくはつい二階を見上げた。居間の窓の花模様《はなもよう》のカーテン。リリーがあそこから、伯父とぼくを見おろしているかどうかはわからなかったが、そうかもしれないと思った。

翌日《よくじつ》の夜は、もろにリリーと出くわした。

ぼくは夕方じゅうかかって、ネットでフォックス・モルダーを弁護したあと、スターマーケットでポテトチップスを買いたくなって出かけ、もどってきて、なるたけブーツが音を立てないように階段を上がってきた。

ショネシー家の玄関《げんかん》でコートをぬぎかけたとき、リリーの姿が目に入った。彼女《かのじょ》は両親の部屋の前に立って、壁《かべ》におし当てたガラスのコップを耳にあてがっていたのだ。

まさか。この子は盗《ぬす》み聞《ぎ》きしていたんだ。いや、両親をスパイしていたんだ。

彼女はぱっとふり向いて、ぼくを見た。のろのろとコップをおろしたが、つかんでいる指はこわばっていた。一瞬《いっしゅん》、それを投げつけられるかと思ったが、彼女は歯ぎしりしただけだった。また、すりきれたフランネルのナイトガウンを着ている。

「リリー？」ぼくは小声で言いながら、片手を差し出した。「コップをわたしなさい。しまっておくから」

長い間、彼女は身動きしなかった。やがて、コップをつかんだまま、つんとあごを上げて、ゆっくりとキッチンへ歩いていった。

ぼくは不安なままついていった。彼女は、たんねんにコップを洗い、水切り棚《だな》にのせた。シンクのわきには常夜灯《じょうやとう》がついているきりだから、リリーはうす暗い影《かげ》にすぎなかった。ぼくはまたそっと彼女の名を呼び、

「自分の両親の盗み聞きはいけないよ」と言った。「まちがったことだからね」

彼女はふり返らなかった。ぼくより低く声を落として言った。

「あんたが、よくもこのあたしにそんな指図ができるわね」

その言葉が、ナイフのように喉《のど》に突《つ》き刺《さ》さった。

「親たちに告げ口したけりゃどうぞ」と、言い足した。その子どもっぽい言い方のおかげで、最初のせりふから受けた痛みが少しはやわらいだ。

ぼくは考えをまとめようとした。伯父《おじ》と伯母《おば》は、リリーがスパイまがいのことをしていたことを知る権利がある。でも……さすがにこれはリリーにはきつすぎるお仕置《しお》きだし、両親はそのことを信じまい。そこでぼくは言った。

「告げ口はしないよ」

「したってかまやしないわよ」と、リリーがしつこく言った。そして両肩《りょうかた》をそびやかすと、こちらをふり向いてまともに見すえ、両腕《りょううで》でからだを抱《だ》くようにした。ふるえていたのだ。リノリウムの床《ゆか》の上にはだしで立っていたから、冷えきっていたんだ。

「ベッドへ入りなさい」と、ぼくは言った。「明日、学校だろ」

相手はそれを無視《むし》し、

「二人が何してるか知ってる?」ときいたのだ。「知ってる?」

そう言われるまで、ぼくはリリーが両親の会話を盗《ぬす》み聞《ぎ》きしていたと思いこんでいたので、それ以外のことは頭になかった。ところが今……別の事柄《ことがら》が浮《う》かんできたのだ。

「知ってるんでしょ」

彼女《かのじょ》がなじるように言って、一歩つめ寄ってきた。

ぼくは必死で言葉を探した。

「いいかい」と、やっと切り出した。「いちばんいいやり方は、その……親の性的なことについては、その、何も考えないことだよ」

リリーの顔が、さげすむようにひきつれた。

「あんたなんか、ただのトンマよ」小声で言うと、目を細めながらまた一歩つめ寄って、「あんたのとこだって、〝親の性的なこと〟をやってるわけよね」と、まったくぼくの口まねをして言った。「でも、うちの親たちはファックしてるのよ。やってる最中なのよ。わかる？」

リリーの口からこんな言葉が出てこようとは。そして伯父と伯母の姿を考えると――。ショックが顔に出たにちがいない。リリーはさげすんだ笑い声を立てた。しかし、その表情はすぐ消えて、別の表情がもどってきた。裏切られた表情だ。それは、邪悪《じゃあく》といってもいい顔つきだった。どの表情の下にあるのも絶望だった。そして恐怖《きょうふ》。

ぼくは屋根裏部屋に逃《に》げこんでベッドにもぐりこみ、何も考えずに眠《ねむ》りたくてたまらなくなった。この子が理解できない。信用できない。この子といると気力がなえてしまう。でも――たぶん明日、伯父に話してみよう。リリーをセラピストのもとへやるように、おだやかに勧《すす》めてみよう。リリーがだれかに本心を話さなければならないのは明白だ。

「あの人たち、前はあんなことやらなかった」

リリーは、ほとんどひとり言のように言った。

「でも、今はやってる。どうして？　どうしてなのよ？」

返事のしようがない。ぼくは背を向けて立ち去りかけた。あとでなんとかしよう。

ところが、リリーはだっとキッチンを横切ってきて、ぼくの腕《うで》をつかんだ。その小さな爪《つめ》が、シャツの上から恐《おそ》ろしい力で突《つ》き刺《さ》さる。

「みんなあんたのせいよ」と、彼女《かのじょ》が言った。「あんたがうちへ来てなければ、こんなことには絶対ならなかった。これまでどおりうまくいってたはずなのに」

そう吐《は》き捨《す》てて、ぼくのわきをかすめ、廊下《ろうか》へ消えていった。彼女の寝室《しんしつ》のドアが、カチャリと静かに閉ざされた。

一分後、ぼくはキャシーの屋根裏へとぼとぼもどると、すべての照明をつけた。

寝室の鏡つき化粧《けしょう》ダンスの上には、感謝祭の日におふくろがくれたメノラーがおいてあった。そのとなりに、新品の蠟燭《ろうそく》の箱がおかれている。ふいに、今夜がハヌカー（八日間続く神殿清めの祭り。アメリカではユダヤ教徒のクリスマスに当たる）の第三夜であることに気づいた。

そこで化粧ダンスに歩みよると、蠟燭の箱を開き、メノラーの燭台《しょくだい》すべてに蠟燭をともした。その夜の分だけでなく、完璧《かんぺき》に。つまり、八本に加えてシャマシュ（メノラーの他の蠟燭に火をつける親蠟燭）もだ。黄色、青、赤、赤紫、緑、オレンジ、白、白、白の九本。それらのすべてに点火した。それからベッドに――キャシーのベッドに――腰《こし》をおろした。電灯《でんとう》のどぎつい照明を浴びながら、四十分間、メノラーの蠟燭がゆらぎ、おどり、やがては一本また一本と消えていくまで見つめていた。

確かに、よくもこのぼくがだれかに忠告《ちゅうこく》なんかできたもんだよな。

# 21 フランク・デルガードとの食事

「ああ、リリーのことは放っておきなさいよ」と、レイナが言った。そして手をのばしてテレピン油を取ると、小さなブリキ缶《かん》に何本も突《つ》っこんである絵筆にたっぷりふりかけて、ごしごしこすりだした。空気に臭気《しゅうき》が満ちた。

ぼくは彼女《かのじょ》をまじまじと見つめた。

リリーがひそかに両親の行為《こうい》を盗《ぬす》み聞《ぎ》きしている現場をおさえてから二日後だった。まだ伯《お》父《じ》には話していなかった。前の夜は眠《ねむ》れなくて、デイヴィス・スクエアにあるドリーの終夜営業レストランへ出かけ、カウンターでステーキと玉子焼きを食って、ダイアナ・カーティスのカードをデビー・ワイルズのカードと交換《こうかん》してから、午前二時ころ、まるでしのびこむように帰宅した。ショネシー家の廊下《ろうか》は暗く、静まり返っていた。屋根裏に上がると、またベッドに入って、それでも一時間は眠れた。翌日《よくじつ》の授業《じゅぎょう》の間じゅう、廊下でリリーと出会ったときのことをレイナに話す手順を頭の中で練習した。レイナなら、伯父と伯母《おば》にどう切り出せばいいか、いちばんいい方法を提案してくれるだろう。女はこの手のことでは知恵《ちえ》がまわる。

「リリーには助けがいると思わないの?」と、ぼくはレイナに言った。「あのふるまいは異常だと思わないのかい? だれかが何かしてやらなきゃいけないって?」

「それをどうしてあなたがやらなきゃいけないのよ?」と、レイナがもっともな点を突いてきた。「ちゃんと親がいるじゃないの」

「だって、あの親たちこそ――」

ぼくは言いよどんだ。

レイナは洗浄《せんじょう》した絵筆を取るとぼろ布でかわかし、空《から》のコーヒー缶に突っこんで毛羽立てた。

「それに、あなた、両親には告げ口しないってあの子に約束したんじゃないの? わたしも子どものころは、うそをつかれるとほんとに腹が立ったものだわ」

「それはぼくだって」と、つられて答えた。しかし、こうも思った。告げ口しないって約束より、リリーを助けることのほうが重要じゃないのか? それにリリー自身、告げ口されたってかまやしないとさえ言ったじゃないか。そりゃあ、あれが捨てぜりふだとはわかっていたが。

「もう少し考えてみる」と、ぼくは言った。「何も急いでやることはないからね」

レイナがうなずいた。

「それもそうね」

そして横目で窓を見て、光の具合を計った。日没《にちぼつ》前だった。あの横目には覚えがある。彼女《かのじょ》はこれから自分の仕事に取りかかりたいのだ。切り捨てられたとか無視《むし》された気がするのはおかしなものだったが、やはりその思いをぬぐい切れなかった。

ぼくは引き上げた。

ほとんど夕食時間だったが、階段を上がる気がしなかった。食べる物といったら電子レンジでチンするものだけだった。明日は早々とボルティモア行きの飛行機に乗る予定だった。クリスマス休暇《きゅうか》の帰宅だ。ぼくはハーヴァード・スクエアへ車を走らせ、値段の高い駐車場《ちゅうしゃじょう》に車を入れた。外はひどく寒かった。頭上では、街灯《がいとう》が黄色い光を輝《かがや》かせている。店のネオンがそれと競い合うようにまたたいていた。両手をポケットに、頭を下げて、思い切って風の中へ出ていった。相変わらずリリーのことを気にかけながら、同時にどこで飯を食おうかと考えていた。

タワー・レコードの前で、だれかがぼくのすぐ前へ出てきた。

「おい」

ぼくは顔を上げた。フランク・デルガードだ。雪だというのに半ズボン姿、ハーヴァード・

クープ・バッグ（ハーヴァード大学の学生生協で買えるグッズの一つ）を持っている。

「クリスマスの買い物か？」

言うことがなかったので、そうきいた。バッグのほうへあごをしゃくってみせた。

「まあな。おまえは？　ハヌカーの買い物か？　って意味だけどさ」

一瞬《いっしゅん》、伯父《おじ》、伯母《おば》、リリーのことが脳裏《のうり》を走った。彼《かれ》らのためにぼくは、どうということはない贈《おく》り物《もの》を買っておいたんだった。ぼくは首をふった。

「いいや。ちょっと飯を食いに行く途中《とちゅう》さ」

フランクはうなずいた。そこで思いついて、ぼくは財布《さいふ》からゴールド・ビザカードを取り出した。おやじの口座番号が入っている。それをフランクの目の前でふってみせて、

「おい、いっしょに晩飯《ばんめし》食わないか？　どっかうまいとこへ行こうぜ。おやじの金だからな」

フランクは注意深くこちらをながめやった。

「酔《よ》っぱらってんのか？」

「わからないのか？　人生に酔っぱらってんのさ」と、ぼく。

「なるほど」

フランクがビザカードに手をのばしてきたので、わたしてやった。表にぼくの名前、裏にぼくの署名《しょめい》があるのを見とどけてから返してよこすと、「よし」と言って、横に並んで歩きだし

た。ＪＦＫストリート方向だ。

「『アップステイヤーズ・アット・ザ・プディング』（一九八二年オープンの人気レストラン。現在は改名して『アップステイヤーズ・オン・ザ・スクエア』）って店、聞いたことあるか？」

と、フランクが言った。「ホールヨークの方だ」

「うまいのか？」と、ぼく。

「入ったことがないんだ」

「高いのか？」

「まあな」

「結構じゃないか」ぼくは言った。

フランクの半ズボンと頭を見ても、ウェイターはまばたきすらしなかった。この上なく丁《てい》重《ちょう》にすばらしいコーナー・テーブルに案内したあと、明るい声で、

「まずソフトドリンクになさいますか？」ときいた。

このひとことで、フランクのさっきの言葉で酒でも飲んでやろうかと思っていた気持ちが消えた。結構。ぼくはルート・ビア（アルコールを含《ふく》まない清涼《せいりょう》飲料水）を注文、フランクは水。ウェイターはパンの籠《かご》とオリーヴ・オイルの入った小皿を持参した。ぼくは二人の前菜を注文、メイン料理にでかいフィレ・ミニョン、フランクは野菜のグリルだった。フォカッチャ（ハーブとオリーヴ・オイルで味つけしたうすいイタリアパン）

でオリーヴ・オイルをせっせとふきとっているフランクにきいた。

「どうして頭を剃《そ》ってるんだ？」

彼《かれ》はフォカッチャを口に入れ、答えを考えながら嚙《か》んで呑《の》みこんだ。少し水を飲む。やがて、答えた。

「世間が仰天《ぎょうてん》するからさ」

なるほどなるほど。

「じゃあ、どうして剃り続けるんだ？」

「世間を仰天させるためさ」

「それが楽しいのか？」

「おまえなら、どうなんだ？」

「ぼくはちがうな」と答え、本心からそのとおりだと思った。

「そりゃ残念だな」フランクは小声で言った。彼の言うことも、もっともだ。ぼくは相手を凝《ぎょう》視《し》した。世間を仰天させるにはお手軽なやり方だもんな。

フランクはさらにパンを食った。ぼくもそうした。

「世間が仰天したとき起きる反応を見るのが好きなんだ。そのときこそ、あいつらの正体がばれるからな」

パン籠《かご》が空《から》になった。おまけにレモンをかけたアーティチョークの前菜やらチーズのたぐいまでたいらげ、パン、そしてフランクのために水を、さらに注文した。

フランクに、大学はどこに応募《おうぼ》する気か？　ときいたが、逆《ぎゃく》に相手からきき返された。金が問題か？　ときくと、彼《かれ》はそうだと答え、おふくろが教師だと言った。彼はぼくにもおなじことをたずねた。ばつが悪かったが、ぼくはノーと答えた。おたがいのＳＡＴ（大学進学適正試験）の得点を言い合ったが、彼のほうが上だった。

「ほんとに進学したいのか？」と、ぼくがきいた。

「ああ」と彼は答え、「高校は……そうさな。とにかく進学する用意はできてるとだけ言っておこう」

「ぼくは、むしろ就職《しゅうしょく》したいんだけどな」ぼくが言った。

「どんな仕事だ？」

「わかんない。なんだっていいさ」

「それはないだろ」と、フランク。

ぼくは肩《かた》をすくめた。具体的に自分のやりたい仕事があれば、こだわるだろうけれど。

料理が来た。ぼくはステーキ、フランクは野菜を、それぞれ食った。食事なかばで、相手がぼくを見て言った。

「きっともっと前向きになるさ。まちがいなく」

「そう信じたいんだろ」とぼくが言うと、彼はにやりとした。おまえはぼくじゃないからな、と思った。

二人でデザートを四つ食った。勘定《かんじょう》は予想どおり高かった。それで結構。ぼくはサインをして、財布《さいふ》にビザカードをしまうついでに、フランクが持っていたジェイン・カーツのカードをぼくのボブ・サラウェイのカードと交換《こうかん》した。ケンブリッジ＝ソマヴィル線をすぐの二階家でフランクをおろすと、仕方なくショネシー家へもどってきた。

九時ちょっと前で、伯母《おば》が一人でキッチンにいた。ぼくがあいさつすると、伯母はいかにも驚《おどろ》いた様子だったが、ジャガイモを賽《さい》の目《め》切りにする手を止め、エプロンで手をふきながらふり返って、あいそよく「ハロー」と言った。ぼくがじゃましたことをわびると、

「明日のシチューをつくってただけなのよ」と言った。「数えきれないほどつくってきたから」

「いいにおいですね」ぼくが言うと、ほんのかすかな笑みが浮《う》かんだ。

「まあ、ヴィックが好きなもんだから。クリスマスの二日目にはいつもこれを出すのよ。なぜかわからないけど、あたため直したほうが味がよくなるの」

それから無意識に、きゅっとひきつめた白髪《はくはつ》にちょっと手を当てた。

この仕草はおなじみだった。学校で十代の娘《むすめ》たちが気を引くためにやる仕草だ。エミリーが

数えきれないほどこの仕草をするのを見てきた。まさか伯母がこれをやるとは。

リリーの両親評は正しかったわけだ。

「で、明日はボルティモアへ発つのね」伯母《おば》がきいた。「アイリーンとステュアートによろしく。来週の日曜には、ヴィックが空港まで迎《むか》えに行くわ。到着時刻《とうちゃくじこく》、知ってるかしら？　あ、それならいいわ」

またナイフを取り上げると、新しいジャガイモにとりかかった。そしてまたしても、似つかわしくない十代少女風の流し目で、

「ところで、一階の娘《こ》とデートしてるのね？」

「いや、そういうのでは――」

伯母はおしゃべりを続けた。

「ヴィックから聞いたけど、感謝祭のときアイリーンとステュアートがあの娘に会って、彼女《かのじょ》を気に入ったんですってね。あの娘は間借り人として言うことなしよ。静かだし、いつもきちんと家賃を入れてくれるわ」ちょっと間をおいてから、驚《おどろ》いたことにこう言い出したのだ。

「いつかディナーによびたいわ。もっとお近づきになりたいから。ローストをつくるわ。ちらしによれば、来週はずっとセールがあるから。レイナは肉は食べるんでしょ？　それとも菜食主義？」

これは、いつもの伯母とちがう。まるで別人だ。

「レイナは肉は食べるけど」ぼくはゆっくり言った。「しかし、どうかな――」

「結構。じゃあ、あなたがもどってきたら、日どりを決めましょう。楽しみだわ」

楽しみか。まさに。仕方なく「いいよ」と答えたが、レイナは楽しくないだろう。

「ヴィックも喜ぶわ」と、伯母。彼女がうなずき、ぼくは「じゃあ」と言って退散した。

リリーのことを伯母に話すのはむりだった。さっきはとても話せなかった。リリーの盗《ぬす》み聞《ぎ》きのことを話せば、彼らのセックスに触《ふ》れてしまう。

伯父《おじ》に話そう。それも年が明けて、ぼくがもどってきてからにしよう。

# 22 悪夢

ボルティモアでの最後の夜は元日の夜だった。夢を見た。初期のゴシック式教会に、フランク・デルガードといっしょに立っているのだ。そこが、バヴァリアにほぼ完全な形で保存されている中世の街《まち》、ローテンブルクだとわかった。ウォルポウル博士《はかせ》が、スライドで見せてくれていたからだ。博士はその場にいないのに、彼女《かのじょ》の声だけが、こう説明していた。「祭壇《さいだん》はおそらく一四九〇年製、聖フランシスに捧《ささ》げられたのよ」

フランクが鼻を鳴らしたので、そちらを見ると、修道士の身なりだった。剃《そ》り上《あ》げた頭が、初めて似つかわしく見えた。縄《なわ》のベルトからロザリオがぶらさがっている。両手で大切そうに分厚い、ほこりをかぶった図書館の本をかかえていた。表紙の文字は見えたが、ぼくには判読できない。フランクがウィンクした。

「こいつが、『まどえる者の導き手』（デイヴィッドが課題に選んだマイモニデスの主著《しゅちょ》）さ」

と、スターマーケットのカードを出して、「交換《こうかん》すっか?」ときいた。

ぼくはポケットに手を突《つ》っこんで、あわてて手さぐりしたが、カードがなかった。するとフランクがいなくなって、彼《かれ》がいた位置にレイナがぴっちりのジーンズとティーシャツ姿で立っていた。彼女はぼくの手をつかんで引っ張ると、

「搭《とう》のてっぺんまでのぼりましょうよ」と誘《さそ》った。「展望がきくわよ」

「だめよ、拷問《ごうもん》博物館へ来なさい」と、リリーが言った。

突然《とつぜん》、ぼくのそばにあらわれたんだ。そして、ぼくのもう一方の手をつかんだのだが、それがはんぱな力ではなかった。レイナは消えていた。リリーとぼくは、土牢《つちろう》の湿気の強い壁《かべ》の中にいた。

「あそこよ」と、ビロードのロープの向こうに開かれたまま横たえられた〝鉄の処女《しょじょ》〟を指さした。「来て見てみなさいよ」

彼女は手を離《はな》すとかけ出し、ロープにぶらさがって、鉄の処女の内部をのぞきこんではもどる、ブランコの動作をくり返した。

ぼくは彼女のわきへ歩みよった。鉄の処女の内部をのぞきこむと、それはケンブリッジの屋根裏にある小さなバスタブに変わっていて、すみきった水がたたえられていた。キャシーがそこに浮《う》かんで、両手で胸《むね》をおおい、まわりの水面には花がまき散らされている。からだが鉄の

処女《しょじょ》の内部に植えつけられた長いクギで刺《さ》し貫《つらぬ》かれていたが、血は流れていない。ただ完全に死んでいた。

リリーがクツクツ笑い声を立て、「あたしよ」と言った。「あたしが——」

「よせ」

ぼくは言った。あばれるのもかまわず彼女《かのじょ》を両腕《りょううで》で抱《だ》きかかえると、博物館の石づくりの廊下《ろうか》を観光客をおしのけ大股《おおまた》で通りぬけていきながら、レイナとフランクを呼んだ。そしてヴィック伯父《おじ》とジュリア伯母《おば》も。さらにはぼくの両親も呼んだ。ついには、喉《のど》がかれてきたが、エミリーまで呼んだ。

エミリー。エミリー、エミリーエミリーエミリー……。

まわりにいるのは見知らぬ人々ばかりだった。そのうち彼《かれ》らさえ消えていき、リリーと二人きりでとり残された。そのリリーときたら、ぼくに両腕でかかえこまれて金切り声をあげ、ぼくをけりつけ、嚙《か》みついてきた。

ぼくはむりやり目をさました。寝汗《ねあせ》がびっしょりだ。重いキルトのふとんをはねのけていた。自動的に枕《まくら》もとのスタンドに手をのばしたが、ここはボルティモアで、スタンドはベッドの反対側にあった。やっとスタンドを見つけると、上半身を起こしてスイッチを入れた。急に照明をあびて、目が痛んだ。そのため一瞬《いっしゅん》、彼女が見えなかった。そのうち彼女が見えてきた。

影《かげ》ではない。ハミングでもない。それとはちがう。

ぼくのベッドの足もとに、いとこのキャシーが腰《こし》をおろしていたんだ。夢にあらわれたときのように、青白かった。髪《かみ》が水でびっしょりだ。目を細め、心配そうな、というよりややきつい目つきで、ぼくの目を見すえている。彼女は紙のように白い手を差し出しながら、くちびるを動かした。

「リリー」と、かすれた声でささやいた。「リリーを助けてやって」

一瞬だけ、彼女には実体があったが、次の瞬間には消えていた。ぼくは両の目をきつくおさえてからふたたび開いてみた。が、そこには何もなかった。

目の錯覚《さっかく》だったんだ。まちがいなく目の錯覚だ。

ぼくはよろけながらバスルームに入ると、洗面台に水を張って顔と頭をひたした。それからジョギングの服に着がえ、夜明け前の寒気の中へ出ていった。エミリーとグレッグの家とはまるで離《はな》れた場所を走る長距離《ちょうきょり》コースへとかけ出した。今週ボルティモアにもどって以来、ずっと彼らの家には近づかないようにしていた。

この一週間は、ふしぎな、リアルな感じのしない日々で、どこにも行かず、だれにも会わず、会話は一切なしという具合だったんだ。昔の高校の同窓たちも大学から帰省しているはずだったが、もちろん彼らに電話などしなかった。そんなことできるはずがない。

どこを見ても、エミリーが見えた。

だから、実家に閉じこもってテレビを見たり、読書したりして過ごした。週末近く、やっと腰《こし》を落ちつけて、大学への応募先《おうぼさき》をしぼりこんだ。一年前ならせいぜいすべり止めにすぎなかった、規模《きぼ》だけでかいけれど難易度は中程度のぱっとしない公立大学五つだ。メールで申しこんだ。最後の日の朝——悪夢を見た朝——しぼりこんだ応募先をプリントアウトして、朝食の席で両親に手わたした。

「イエールはどうなのよ？　スタンフォードは？　それに——」

「もう申しこんだんだ」と、ぼくは言った。おふくろはため息はつかなかったが、内心のため息は聞きとれた。

「今は何を専攻しようと考えてるんだね？」と、おやじがきいた。

「心理学」そう答えて、自分自身驚《おどろ》いた。応募用紙のどれにも、「専攻未定」と記入していたのに。

しばらく、チェリオ（シリアルの商標名）を嚙《か》む自分の歯の音だけがやけに大きくひびいた。

「自分を卑下《ひげ》しなくてもいいんじゃないか」と、おやじが言った。

ミルクに浮《う》いた最後のチェリオの数枚を、ぼくは見つめた。顔を上げておやじをまともに見返すには、力をふりしぼらなくてはならなかった。おやじ自身は、これまでいつも朝食のテーブルについてきたとおりのかっこう。そばには、たんねんにセクション別に折られた「ワシントン・ポスト」、片手にはコーヒー、ほんとうの感情をかくしてしまう分厚いめがね。カジュアルな日曜のいでたちをしていてすら、おやじはフォーマルに見える。

「どういうこと？」

「あなたの人生を切りひらいていかなきゃいけないからよ」と、おふくろが張りつめた声で言った。「過去は過去。あのことは……あのことは……」そこで言いよどんだ。

「自分のしでかしたことに責任を感じるのはやめろってこと？」

「とにかく……とにかくわからないのは、どうしてそのことで自分の人生すべてを棒《ぼう》にふってしまわないといけないのかってことよ……」またおふくろの言葉が途切《とぎ》れた。

「棒にふったりしちゃいないよ」と、ぼくは冷静に答えた。「高校は終えるつもりだし、大学も行く。これ以上何がいるっていうの？」

「それはそうだけど」と、おふくろ。「ただ心配なのは、あなたが……」

「ぼくが？」

「どう言えばいいか、わたしにはわからない」おふくろは両手で顔をおおった。

「おまえにはわかっているのか？」おやじがきいた。「自分が自分に何をしようとしているのか？　またその理由も？」

ぼくは返事をしなかった。そのかわり、内心でおやじにきいた。何もかも永久に変わってしまったってことがどうしてわからないの？

むろん、それがおやじに伝わるはずがなかった。ぼくらは黙《だま》ってすわっていた。

ついにぼくは椅子《いす》を背後へおしやって食卓《しょくたく》を立ち、出ていった。二時間後、両親はぼくを空港へ車で送ってくれ、その二時間後に、ぼくはふたたびボストンにもどっていた。少なくとも、ボストンには、エミリーの影《かげ》が……少なくてすむ。

出迎《でむか》えてくれたヴィック伯父《おじ》といっしょに車に乗っていると、もどってきてほっとしている自分に気づいた。ここには、ぼくが好きな人たちがいる。レイナ、そしてまさかまさか、だけどあのフランク・デルガードが。

ボルティモアへ発つ前、ぼくはリリーの行動について伯父には話す決意をしていた。しかも今では、キャシーの幽霊《ゆうれい》から命令を受けていたのだ。幽霊という言葉がお気に召さなければ、ぼくの妄想《もうそう》と罪の意識から立ちあらわれてきた幻覚《げんかく》と言い直そう。その幻覚から、伯父に告げることを命令されていたのだ。リリーを助けて。あれほどはっきりした命令もなかった、ほんとうに。

ところが伯父の姿を見て、伯母《おば》と二人で大晦日《おおみそか》の舞踏会《ぶとうかい》に行ったときのことをしゃべるのを聞いていると、勇気がなえてきた。もう二、三日待ってからにしよう。まず、リリーの様子を確かめてからだ。ひょっとして状況《じょうきょう》に適応しつつあるかもしれないじゃないか。伯父に告げる前に、もうしばらくリリーに余裕《よゆう》を与えよう。

# 23　ショネシー家の晩餐

「ワーオ」と、レイナが言った。次の金曜日、彼女《かのじょ》とぼくと伯父《おじ》と伯母《おば》が、ぎこちない感じで伯母のキッチンに集まったときのことだ。「あのロースト、ほんといいにおい」

伯母は、笑顔になった。ほんとうに上機嫌《じょうきげん》だった。気合を入れて、レイナとぼくを招待してくれたのだ。ぼくがボルティモアからもどってすぐ、伯母は正式にレイナに招待状を出し、数日後、こうして集まったわけ。伯母はぼくらがデートしていると思いこんでいると、前もってレイナに警告《けいこく》するべきかどうか迷《まよ》った。が、おかしな方向へ話が行ってしまわないように会話を始めるすべがわからず、結局は話さなかった。

ところがレイナは、ごちそうにありつけるというだけで率直に喜んでいるらしかった。来る日も来る日も缶づめのトマトスープばかり食べてきた人間とは思えない。ヒョウのようにキッチンをうろつき、うっとりとにおいをかいでまわった。

「焼きたてのパン！　おいしそう！」

「『料理の喜び』（『ジョイ・オブ・クッキング』一九三一年刊。I・S・ロンバウアーと娘《むすめ》マリオンの共著《きょうちょ》のロングセラー）の白パンのレシピの基本どおりに焼いてみただけよ」と、伯母が答えた。エプロンをつけている。髪《かみ》はたんねんに整えてあった。

「ワインはどうだね、ジュリア？」と、伯父が言った。

「ええ、いただくわ」と、伯母はグラスを差し出し、ちゃんと髭《ひげ》を剃《そ》った伯父が丁重《ていちょう》にメルロー（ボルドー原産種のブドウを原料とした辛口《からくち》赤ワイン）をグラスのなかばくらいまで注いだ。

伯母が伯父に笑顔を向け、伯父も笑顔を返した。レイナが、この二人ってステキね、と言わんばかりの笑顔をぼくに投げかけた。ぼくもどうにかそれにこたえた。伯父は、ぼくらにも少しワインを注いでくれた。

「たくさんはだめよ」伯母がおだやかに言った。「この人たち、まだ未成年なんだから」

「自宅でちょっと飲むワインは、だれにも薬ってやつさ」と、伯父が言った。そして、「新年おめでとう」とグラスを差し出し、全員がいっせいにグラスをあわせた。

廊下《ろうか》の向こうで、リリーの部屋のドアは閉じられたままだった。リリーも参加するのかどうか聞いていなかったのだが、参加するものと思っていた。

ぼくの心を読んだように、伯母が言った。

「リリーには早めに食べさせたの。まだ幼《おさな》すぎるもの——そのう、改まったディナー・パーテイーに出るにはね。あの子も楽しくないでしょうし」

「なるほど」ぼくは言った。

この週、何度かリリーに会っていたが、いつも非の打ちどころがないほど礼儀《れいぎ》正しかった。伯父《おじ》に彼女《かのじょ》のことを忠告《ちゅうこく》せずにすませてよかったと思った。それでも、この席で、リリーにぼくとレイナをじろじろ見られなかったことにはほっとしていた。

ぼくらは食堂へ移動した。そこには四つの席がしつらえられていた。伯母《おば》に言われたとおり、ぼくは下座にすわり、レイナは左どなりにすわった。上座には、伯母が伯父のとなりにすわった。初めてこの家に着いたとき、今の席にすわったことを思い出した。あのときは、伯父と伯母が離《はな》れてすわっていた。そしてあのときは、リリーはぼくの向かい側にすわっていた。両親の間に。

「デザートのとき、リリーもよんだら？」ぼくはとっさにきいた。

「様子を見てね」と、伯母が言った。「ヴィック、ローストをカットしてくれない？　レアがいい人は？」

「わたし」と、レイナが答えた。

しばらく、ぼくはどうにかリリーのことを忘れていられた。料理はうまく、伯父は気分が乗って舌《した》がなめらかだった。ケンブリッジ市の家賃抑制《よくせい》の経緯《けいい》をレイナに話していた。

「市の政治家連中ときたら、むりやりマサチューセッツ州全体での投票に持っていこうとしたんだからね」フォークで虚空《こくう》を突《つ》き刺《さ》しながら、気炎《きえん》を上げた。「家主の権利なんて全然わかっちゃいない！　どうやって税金《ぜいきん》を収めた上に、貸間のメンテナンスをきちんとやればいいのやら」

「興奮《こうふん》しないで、あなた」と、伯母が言った。「もう終わったんだから」

「まったくなんてこった」伯父はまたレイナに向かって言った。「市議会の議長ですら、家賃抑制のマンションに住んでるんだよ。けしからん話さ」

「それはひどいですね」レイナは言って、マッシュポテトのおかわりに応じた。

伯父は眉《まゆ》をひそめ、身を乗り出した。

「いいかね、これまでわたしは共和党に投票したことはない。総選挙ではね。そこまで極端《きょくたん》にはなれない（アイルランド系カトリックは民主党びいきだが、ケネディを生んだこの州は特にそれが顕著《けんちょ》）」

「もちろんそうでしょう」と言ってから、レイナはぼくにたのんだ。「デイヴィッド、バターをとってくれない？　ありがと」

　なんてすてきな雰囲気《ふんいき》だろう。驚《おどろ》いた。食堂には本物のあたたかさがただよってるじゃないか。テーブルの上では、伯母のともした何本かの蠟燭《ろうそく》が低く溶けていた。ぼくはロースト・ビーフを二回おかわりし、レイナなんか何回おかわりしたか数えきれなかった。レイナはスーパーマーケットでのカード交換《こうかん》の話をして聞かせたが、伯母《おば》は信じなかった。伯父《おじ》は、ややはずかしそうにもう何か月もやっていると告白した。伯父たちから遠慮《えんりょ》ぬきできかれると、レイナは陽気に複雑な家族について話した。両親――継母《ままはは》が一人、継父が二人、総計二十三名の家族だ。むろんほんとうの兄弟姉妹、義理の兄弟姉妹、異母兄弟姉妹、異父兄弟姉妹、そして連れ子としての兄弟姉妹、その後の婚姻《こんいん》による兄弟姉妹の合計だ。

伯父がちらりと伯母に視線《しせん》を走らせるのが見えた。

「あなたにはつらい話じゃないのかね」と、伯父がきいた。「家族はこわれないほうがいいと思うけど。結婚は永遠のものだからね」

「でも、わたしは小さすぎて、両親がいっしょのところ、記憶《きおく》にないんですよ」と、レイナが言った。「それにわたし、悟《さと》ってるの。人は変わるものだって。どうこう言ったところでね。いろんなことが起きるし。くやんでいるひまはないわ、生きていかないと」

しばしシーンとなった。やがて伯母が静かな、そしておごそかな口調で言った。

「わたしたちにもいろんなことが起きたわ。でも、努力すれば、別れずにいられるものよ」

「そして続けていけるんだ」と、伯父が言った。「いっしょにね」

彼《かれ》は公然とテーブルの上で手をのばし、伯母がそれをしっかとにぎった。伯母の両のほおにかすかにピンク色がさした。

「さて」伯母は手を離《はな》し、ちょっとせかせかした動作で席を立ってきいた。「コーヒーか紅茶《こうちゃ》かほしくない？　デイヴィッドは？」

伯母の視線がぼくの顔をさっととはくように走った。

「ありがとう、ジュリア伯母さん。じゃあ、コーヒーを」と、ぼくは答えた。

伯母は、伯父と出ていった。

レイナがすばやくぼくの腕《うで》に触《ふ》れ、「ずいぶん仲がいいのね、あの人たち」とささやいた。

「わたし、気に入ったわ」

ぼくも同感だった——そのときは。伯母にも感心した。居心地の悪い気もどこかでしていたんだけど。リリーのことが気になっていた。ぼくはレイナに笑顔を向けた。

「パンがもうひときれあるけど、食べる？」

「まあ、どうしてもって言うのなら」と、レイナ。

デザートのあと、伯母が片づけの手伝いをしなくていいと言うと、レイナが無造作にぼくにきいた。

「階下まで送ってくれる？」

「オーケイ」と答えて、いっしょに伯父《おじ》たちにおやすみを言った。「すぐもどってくるから」と、伯母《おば》に言ったが、表階段へのドアをあけ、先にレイナを送り出しながらうなじがちょっと赤くなるのを感じた。

階段をおりていく間、レイナは口をきかなかった。ぼくも黙《だま》っていた。ふいにすごく彼女《かのじょ》を意識した。

彼女は鍵束《かぎたば》を手でさぐっていたが、笑ってぼくに手わたした。ところが、鍵を回さないうちに、おしただけでドアが開いた。

「きっとちゃんと閉まるまで鍵を回さなかったのね」と、レイナが言った。寒気でほおが赤らんでいた。それとたぶん、ワインのせいでもあったろう。ぼく自身、からだが浮《う》くような気分だった。ぼくは、彼女のきれいな目をまともにのぞきこんだ。

「じゃあ、おやすみ」と言ったのに、足が動かなかった。レイナが言った。

「ちょっと寄ってかない？」

結局、足が勝手に動いた。

暗がりでは、彼女の部屋は不気味だった。腰《こし》の上のあたりがむずむずした。目を暗がりに慣らすと、壁《かべ》に何枚かの肖像画《しょうぞうが》が影《かげ》のように見えた。ぼくはささやいた。

「きみの絵がぼくらを見つめてるような気がする」

レイナは低く笑った。

「たぶん見つめてるんじゃないの」

彼女の背丈《せたけ》は、ほとんどぼくと変わらなかった。そしてすごく近くに立っていた、ほんとうにすぐそばに。

永遠とも思える時間が流れた。おたがいの呼吸がシンクロナイズしているのが聞き取れた。やがてレイナがそっと手をのばして、一本の指でほお骨に触《ふ》れた。ぼくは身動きしなかった。

「わたし、興味があるのよ、デイヴィッド。あなたは？」とささやいた。

自分の頭がこっくりうなずくのに気がついた。そしてさらに彼女に近づいた。

ぼくは相手にキスした。そっと、さぐるようなキスだった。エミリーとかわしたキスと似ていた。あれはもう何十年も前のことだって気がした。当時は、何もかもが新しくて、何かがおかしくなるなど夢にも思っていなかった。

それからまたレイナにキスした。彼女もキスを返してよこした。そしてぼくは、エミリーを忘れた。ぼく自身を忘れた。何年もたったような気がする間、何もかもすっかり忘れた。このひたすらすばらしい、気持ちのいい、奇跡《きせき》のような――。

ふいにスイッチの音がして、居間の天井《てんじょう》にとりつけられたむきだしの三つの電球が光の爆《ばく》発《はつ》を起こした。

ふり向いて確かめる前に、ぼくにはわかっていた。レイナのからだがさっと硬直《こうちょく》するのが感じられた。顔はぼくが両手で包み持ち、彼女の両腕《りょううで》はぼくの胴《どう》を抱《だ》いていた。ぼくにはわかっていたが、確かめたくなかった。でも、ちゃんとわかっていた。

リリーだ。

ぼくは目をあけて、レイナを離《はな》した。そしてこうこうと照らし出された居間のむこうにいるリリーに目をやった。相手は寝室《しんしつ》の戸口に、まだスイッチに手をあてがったまま立っていた。片手には、見覚えのある鍵束を持っている。伯父《おじ》はその束を二階の食料室のフックにぶらさげておくのだ。

レイナはちゃんと鍵をかけて出たんだ。

「ただあいさつしたかっただけよ」と、リリーが言った。「ディナーによんでもらえなかったので」ちょっと言葉を切って、ぼくらをながめたが、やがて笑顔になった。

両親の寝室の外でガラスコップで盗《ぬす》み聞《ぎ》きしていた彼女《かのじょ》を思い出した。あのとき、リリーが言ったことも。思い出すと、不潔感《ふけつかん》を覚えた。

まるで万事わかってでもいるかのように、リリーは笑い声をあげ、軽やかに走り出ていった。表のドアはあけ放したまま。

レイナがやっと息を吐《は》き出《だ》した。

「リリーのしわざさ」言わずもがなの説明をした。「ぼくらがディナーを食べている間にここへ入りこんだにちがいない」

レイナが黙《だま》っているので、言葉が口をついて飛び出してきた。

「きみはあの子の両親には黙ってろって言ったよね」

レイナは両腕《りょううで》を自分のからだに回したまま、

「どうやらまちがってたみたいね」そしてちょっとゆがんだ笑みを浮《う》かべると、こう言った。

「まあ、子どもって――」

ぼくは彼女から離れた。

「失敬したほうがいいみたいだ」と言った。「たぶん両親に言っても同じことだったかも。われながら何を考えてたのやら」

彼女はぼくを見やった。何枚かの肖像画《しょうぞうが》もぼくを見つめていた。

「おやすみ」言い残して、ぼくはかけ出した。

どうにかショネシー家への階段を上がって、伯父と伯母《おば》がソファでテレビを見ている居間を通りぬけた。リリーは彼《かれ》らの足もとの床《ゆか》にすわりこんでいた。

「おやすみ、デイヴィット」リリーがやさしく声をかけた。

「ぐっすりやすみなさい」と、伯母が言い足した。目のすみで、伯父が手をふるのが見えた。

ぼくは返事ができなかった。どうにか屋根裏のドアを開くと、中へ入った。やっと屋根裏へ、キャシーの屋根裏へたどりついた。そして部屋の照明をすべて点灯《てんとう》した。

# 24

## 伯父《おじ》と伯母《おば》の反応

その夜、ぼくは少し宿題をやった。それからネットで、「Xファイル」の書きこみをしたまま読んで、自分も書きこみをした。

「おまえらカッペにどうしてもわかんないのは、モルダーが自らさえない暮らしを望んでいるってことだ。サマンサの身に起きたことに彼《かれ》が責任を感じてるのは正しいことかもしれないってことがわかんないのか？（サマンサは「Xファイル」の主人公モルダー（FBI捜査官《そうさかん》の妹。エイリアンに誘拐《ゆうかい》された））」

それでも、カッペどもが聞く耳を持たないってことは百も承知《しょうち》だった。やつらにわかったためしがなかったからだ。もうどうでもいいや。

午前四時までには、気がつくと、屋根裏じゅうをうろつきまわって、キャシーがいそうなすみっこを探していた。彼女《かのじょ》がこのどこかにいるはずだとわかっていた。彼女がぼくにリリーを助けさせようとするのなら、リリーの親たちに何を告げるべきか教えてくれるはずだ。ところが、彼女の姿どころか、ハミングさえ聞こえてこなかった。

レイナのことは、考えまいと全力をつくした。おやすみと言ったとき、ぎらつく照明の下で彼女の顔に浮《う》かんでいた表情を脳裏《のうり》からかき消そうとした。彼女に責めはない。それでも、ぼくがとった態度は正しかったんだ。一瞬《いっしゅん》、ぼくは自分が何者かを忘れてしまった。だけど、レイナと単なる友人以上の関係になれるはずがない。

朝になったら、むりにでも伯父と伯母に話をしよう。

ぼくの目が殻《から》をむいたゆでたまごのような感じがし始めたころ、やっと夜が明けた。キッチンで伯父と伯母の声が聞こえ、足が勝手に動いてぼくは階段をおりた。口が自動的に開き、二人に話したいことがあると告げた。三人だけで屋根裏で。

ぼくは二人をソファにすわらせたが、自分は立っていた。やがて、彼《かれ》らの向かいの椅子《いす》に腰《こし》をおろしたが、また立ってしまった。

「デイヴィッド、何事だね？」と、伯父が聞いた。「リリーのことで、と言ってたけど？」

「そうです」ぼくは息を吐《は》き出《だ》すように答えた。それから続けた。「ゆうべ……ディナーのあとで……レイナと一階へおりたとき……そのう、リリーがそこにいたんです。レイナの住まいに、かくれていた。しばらくして、リリーが飛び出してきて、レイナとぼくをびっくりさせたんだ」

「へーえ」と、伯父《おじ》が言った。そして伯母《おば》を見て、ちょっと肩《かた》をすくめた。

「ヴィクター」伯母がきびしい声で言った。「わからないの？　あの子はあそこへ入っちゃいけないのよ！　レイナは家賃をはらっているんだから。リリーに言ってきかせないと」

伯母はぼくに目を向けて、

「レイナにドアには鍵《かぎ》をかけるように言っといてちょうだい」

「ドアは鍵がかかっていたんだ」と、ぼくは言った。「リリーは食料室から鍵束を持ち出して、ぼくらが入る前に入りこんでいたんです」

伯母は眉《まゆ》をひそめた。

「ほんとのこと？」

「ええ」

「鍵束をどこか別な場所にうつさないと」と、伯母はきっぱりと言った。そして両手と両肩《りょうかた》を上げてすくめてみせると、ぼくの目を見た。「リリーはたぶん、のけ者にされたと感じてたんでしょうよ、ディナーによばれなくて。でも、この一件は必ずあの子に言っておくわ。とんでもない無礼な行為《こうい》で、そのことをわからせます。ね、ヴィック？」

「ああ、もちろんだよ」と、伯父が答えた。「よく話してくれた、デイヴィッド」

彼《かれ》は立ち上がると、伯母に手を差しのべて立たせようとした。

「待って」ぼくが言うと、彼らは動きを止めた。「あの子は……あの子はぼくとレイナのことを立ち聞きしていたんだ。ぼくらが入っていくまで、寝室《しんしつ》にかくれていたんです」

「なるほど。わかったわ」伯母は少し顔を赤らめて答えた。

「つまり――」

ぼくが言いよどむと、伯母がおしかぶせるように言った。「わかったわよ、デイヴィッド」明らかにそれ以上聞きたくないという口調だった。顔をそむけたが、横顔のあごがかすかに引きつれていた。ぼくは伯父に目を向けた。

「あの子は子どもなんだよ、デイヴィッド」と、伯父が言った。「好奇心《こうきしん》なのさ……わかるだろ。わたしたちがあの子によく言いきかせておくから」ぼくから目をそらしながら「心配しないで」と言い足した。

「わたしたちがあの子にかわっておわびするわ」伯母が切り口上で言った。そしてスカートのしわをのばすと、ソファから立ち上がった。

「でも……」と、ぼくは言いかけた。彼女《かのじょ》はあんたたちのことも立ち聞きしていたんだよ。頭にその文句が浮《う》かんだのだが、どうしても口に出てこなかった。「でも……」

「なんなの、デイヴィッド?」

今度はこちらをまともに見すえて伯母が言った。突如《とつじょ》、その目にはかつての伯母、自分の家で長年冷戦を続けてきたジュリア、ぼくがこの家に住むことを歓迎《かんげい》していないジュリアがもどってきていた。

ぼくも、もろににらみ返した。

「リリーには児童心理の医師をつけるべきだと思うんです。聞きたくもないことだとは思うけど、ほかにもあの子がしでかしたことがいくつかあって。あなたたち自身で、そのことを知るべきだと思いますよ……彼女《かのじょ》はしあわせな子どもではない。なんらかの助けがいるんです」

伯母《おば》は、つんとあごを上げた。間をおいて、落ち着いた静かな口調で言った。

「よくもまあ」

「ねえ、伯母さん」と、ぼくは言った。「ぼくも困っているので、自分の考えを率直に口にしているんだ。ぼくらは家族なんだし、ぼくは――」

「家族ですって?」伯母が言った。「家族! あなたが!」

ぼくは伯父《おじ》に助けを求めた。しかし、彼《かれ》はポケットに両手を突《つ》っこんでうつむいていた。

「聞いてよ」ぼくは伯母に言った。「リリーはぼくのいとこだ。だから、ほんとうに心配しているんだ――」

伯母は「まさか」というときの典型的な仕草で頭をふり、ぼくはそこで口をつぐんだ。伯母は大きく息を吸いこみ、ぼくに向かってあごをぐいと突き出すと、

「何年も前にあなたのお母さんの差し出口をがまんするのはよしにしたのよ。だから、あなたの差し出口にもがまんはしないわ。一瞬《いっしゅん》たりともね。この家の中では」

ぼくは伯父を一瞥《いちべつ》した。

「何かというとヴィックを見るのはよしなさい！　放っておいたら、あなたやお母さんの差し出口は際限《さいげん》がないことを、彼はわたし同様、わかってるんだから」伯母はぼくの視線《しせん》を受けとめ、びくともしなかった。「もうそんなまねはさせやしないわよ、デイヴィッド。今度ばかりはね。わかる？　わたしの家族に差し出口はさせないってこと。わたしがあなたをここに住まわせておく条件《じょうけん》がそれだってこと。わたしの家にね」

今ではぼくも、伯母のほおのこわばり方を見て、何を言ってもむだだとわかっていた。はっきりと理解していた。

「伯父さん、聞いて。伯母さんは誤解《ごかい》してるんだ。昔ぼくの両親と伯母さんとの間にトラブルがあったことは知ってるけど、これはそれとは関係ないんです。ただリリーが心配で、そして――」

伯父はぼくとは目をあわせずに、

「アイリーンはキャシーのことを心配してくれた」と、低い声で言った。「しかし、心配してくれなかったほうがよかった。そうでなかったら――いいかい？　何もかもちがってたかもしれないんだ」

おふくろのかわりにたじろいだ。それでも、「これは同じじゃないんだってば」とねばった。

伯父《おじ》は肩《かた》をすくめた。

「そうかもしれない。しかし、そうでないかもしれない」彼《かれ》はぼくではなく、妻《つま》のほうに目を向けた。「この点については、ジュリアに同意するしかないな、デイヴィッド。どうしてリリーにかまわないでいられないんだ？　放っておくのがいちばんだと思うよ。いや、ほんとに」

「鍵束《かぎたば》はかくします」伯母《おば》がきびきびした口調で言った。「その点はようくわかったわ、デイヴィッド」

しかし、こちらをにらみつけている様子からすると、それもぼくが悪いと思いこんでいるらしい。

わからない。ぼくはその後、砂と塩をまいた街路《がいろ》（雪を溶かすため）へ走り出た。くもった日で、道路の両脇《りょうわき》にはよごれた雪が積み上げられている。そんな街路を走りぬけ、二時間かそれ以上も走り続けた。寒気で肺《はい》が痛くなるまで、そしてついに足が動かなくなるまで、走り続けたのだ。

たぶん、ぼくの幻想《げんそう》なんだろう。リリーを助ける必要などないんだろう。そう思ったとたん、またあのハミングが聞こえた。切迫《せっぱく》した音色で。やがて、それはプツンと消えた。

# 25

# リリーの報復

帰宅したとたん、レイナの玄関《げんかん》がぱっと開いて、彼女《かのじょ》が頭を突《つ》き出《だ》した。

「入って」

それは招じ入れるのではなく、命令だった。ぼくがどぎまきしていると、彼女はおっかぶせるように言った。

「今すぐ！」

彼女は、にぎりこぶしを両の腰《こし》におしつけて、まん前に突っ立っていた。

「ゆうべのことを伯母《おば》さんにどう言ったのよ、正確に答えて」と、彼女が問いただした。「あの人、ここへやってきて、このわたしをふしだら女呼ばわりしたんだからね！」

ぼくは目を見張った。

「いや……そんなにたくさんは話してない。リリーがここへ入りこんだこと、鍵束《かぎたば》を持ち出して、ここへひそんでいたこと、ぼくらをのぞき見していたことを話しただけだ」

ところが、ぼくがひと息ついたところに、レイナが切りこんできた。

「何かわたしに話してないことがあるでしょ。なんなの」

「彼女《かのじょ》は……伯母《おば》はぼくらのことを想像して……」

「想像して何よ？　わたしたちが床《ゆか》の上を転げまわってたとでも言うの？　ふん、笑わせないでよ」

　ぼくは赤面した。

「悪かったね――」

「ひどいことを言ったのよ。娘《むすめ》に悪影響《あくえいきょう》がある、〝ボヘミアン〟（世間の常識を無視《むし》して気ままに生活する人間）だってね」

　レイナがかろうじておさえている声のむこうから、伯母の声が今にも聞こえてくるような気がした。ぼくは肩《かた》のこわばりをほぐして、

「いいかい、伯母は思いこみが激《はげ》しいんだ。割り引いて受け取ってほしい――」

　彼女はさえぎって言った。

「そんなのどうでもいいわ。聞いてよ。わたしっていつも、他人にどう思われようと気にしないたちなのよ。でも、今度の一件は……」

　彼女はお尻《しり》のポケットからぎっしり活字が印刷《いんさつ》された書類を引き出して、こちらへ突《つ》きつけ

た。

「これ、なんだかわかる？」

ぼくは目を走らせた。

「借家契約書《けいやくしょ》だね……」

「その契約書の意味わかる？　大家が予告ぬきで借家人を追い出せる契約なのよ。わたしの立場からすると、一か月前に通告すればいつでも出ていけるけど、これがどういう意味かわかる？　あなたの伯母さんも、一か月前に通告すれば、いつだってわたしをたたき出せるってことなんですからね！」レイナは今や息をあえがせ、よく見ると、目のすみに涙《なみだ》までにじんでいた。「この大きさで、この家賃で、これだけじゅうぶんな光が入る借家を見つけるのがどんなにむずかしかったか、あなたにわかる？　この冬の最中に、これだけの家を見つけるのがどんなにたいへんかわかってるの？　この街の家賃がどんなに高いかわかってる？　こちらは金欠病ときてるのに！」

「でも、まさか伯父《おじ》や伯母が――」

「伯母さんはきっぱり、出ていけって言ったのよ！」

「まさか、そんな――」

ぼくは黙《だま》った。ありうると思ったのだ。

レイナは黙《だま》らなかった。

「それにあんたもよ！　煮《に》え切《き》らない人ね。何考えてるんだか。こっちも気を引くのにくたびれちゃった。やるだけ野暮《やぼ》。この世にはややこしくない男だっていっぱいいるっていうのに」

彼女《かのじょ》は言葉を切った。思いがけず、くちびるの片方にぴくりと笑みが浮《う》かんだ。「ま、いいわ。まだそんな人だれも知らないし」

彼女は吐息《といき》をつき、さっきの笑みは消えた。ぼくは反応を示さなかった。レイナが静かに言った。

「デイヴィッド・ヤッフェ、何があなたの問題なの？　どうしたのよ？」

これは説明するしかない。相手から目をそらし、重い口を開いた。

「ぼくは……エミリーを愛してた」

それは事実だった。たとえ事実すべての説明にはならなくても。ぼくが始終おびえていたことは、話せなかった。レイナではなく、自分自身におびえていたことを。

――パ、ワ、ー、を、感、じ、た？　と、リリーがきいた。しかし、ぼく自身はその感情に名前をつけることはしなかった。

ちょっと間があって、「オーケイ」とレイナが言った。「もう帰ったほうがいいわ。わたしは……わたしたちは……これからも顔はあわすでしょう。ね？　わたしはここが気に入ってるの。

伯母《おば》さんの機嫌《きげん》をそこねたくないわけ。わかってちょうだい」

「わかった」と、ぼくは言った。ほんとうにわかったんだ。それが最上だとすら思った。そうは言っても……。「じゃあ、また」

そう言うと、さすがに気がぬけた気分になったが、同時に何かが胸《むね》のうちからこみあげてきた。何かでっかいものが。それを表に出さないとおさまらない気がした。ぼくは伯父《おじ》と伯母のところへすごい勢いで乗りこんだ。そして何ともありがたいことに、そこにはリリーまでいてくれた。幸福を絵に描いたような家族が、キッチンのテーブルの上で楽しげにトランプをやっていたのだ。

「レイナの話だと、彼女に追い立てをくわせようとしたそうですね」と、ぼくは伯母に言った。

三人全員がいっせいに向きを変えてこちらを見つめた。伯父は少し困った顔をしている。自分のカードの山に片手をのせていたが、指が不安げにテーブルをたたいていた。

「デイヴィッド、おおげさにとらないで。あれはただの、その、ただの――」

「ここはわたしたちの家よ」と伯母が言った。「わたしたちのルールがあるわ。この屋根の下で暮らすかぎり、それを守ってもらいますからね」

そして顔をそむけると叫《さけ》んだ。

「ワン、トゥー、スリー、ゴー！」

三人がそろってカードを一枚ずつテーブルの上にたたきつけた。リリーの勝ちだった。

ぼくはその場を動かず、こう言った。

「今朝、話し合いがついたはずでは――」

「話し合いといえば」と、伯母《おば》。「わたしたちの間では、あなたがお母さんとそっくりだってことで話がついたの」

「ああ」と、伯父《おじ》が言った。そして椅子《いす》をうしろへおしやると、「ジュリア、リリー、ちょっと失敬。デイヴィッド……」居間のほうへと合図した。「二人だけで話そうじゃないか」

「相談したことを忘れないでよ、ヴィクター」伯母がきつい声で言った。

「もちろんだよ」と伯父。リリーの肩《かた》に手をおくと、「すぐもどる。それからまたゲームをやろう」

「いいわよ」と、リリーが言った。そして、いかにもやさしげに父親を見上げてほほえみかけたのだ。そして、「ママと二人で待ってるわ」と言った。ぼくのほうへはほんのちらりと目を走らせただけだ。それから自分のカードの山にかがみこむと、こう言った。「こんなに楽しかったのは、ここ何年かで初めて」

ぼくはあやつり人形のように、伯父について居間へ入ったが、彼《かれ》の合図で屋根裏へ上がった。彼はまともにこちらを見なかった。

「ジュリアといっしょにリリーに話したよ。あの子があそこにいたのはとんでもないことだ、それは百も承知《しょうち》さ……ただあの子はまだ十一歳《さい》だからね、子どもはばかげたことをしでかす……それにあの子がきみたち、つまりきみとあの娘《むすめ》とがしていたことを話したとき……そのう」

伯父は咳《せき》ばらいした。

「つまり、ああ、ここはわれわれの家だからね、ジュリアが言ったように……そうさ、ここはわれわれの家なんだ」

ぼくは言った。

「だって、ぼくとレイナはキスしてただけなんですよ」

「リリーは、きみらがやっていたことをわれわれに話したんだ」

伯父はふいに真っ赤になってどなった。怒《いか》り？　困惑《こんわく》？　その両方？

これはひどい。しかし、きくだけはきかないと。

「伯父さん、いったいリリーはなんて言ったんですか？」

「もうたくさんだ！」伯父はほえるように叫《さけ》んだ。自分で自分のどなり声にびっくりしたが、頑固《がんこ》にくり返した。「ここはわれわれの家だ。権利がある……自分の娘をなんにせよ……よくない影響《えいきょう》から守る権利がね」

よくない影響《えいきょう》。伯母《おば》の口調そのままじゃないか。

「なら、どうしてこのぼくに出ていけって言わないんです？」

ぼくは苦々しい思いできいたが、相手が黙《だま》っていたので、夫婦がその件もすでに検討《けんとう》ずみとわかった。パニックに襲《おそ》われた。それがどれほどたいへんなことかに自分で驚《おどろ》いた。ぼくは出ていけないんだ。どこへ出ていくっていうんだ？　両親はぼくをお呼びじゃない。彼《かれ》らはぼくを追いはらったんだから。

「伯父《おじ》さん」ぼくはとうとう言った。「これは言っておかないと。リリーはぼくとレイナを盗《ぬす》み聞《ぎ》きしてたのと同じように、伯父さんと伯母《おば》さんのことも盗み聞きしてたんだよ」

ついに言ってしまった。

「ある夕方、ぼくが帰ってくると、あの子が伯父さんたちの寝室《しんしつ》の前にいたんだ。ガラスのコップを使って、伯父さんたちのことを盗み聞きしてた。伯父さんたちは、そのう……あの子に言わせると……」ぼくは言葉を切った。

伯父の口が魚のようにパクパクしていた。ぼくは続けた。

「感謝祭以来、あの子はほんとにみじめな思いでいるんだ」と、ぼくは言った。「伯父さんと伯母さんがよりをもどしてしまったから。あの子が盗み聞きしている現場を見つけたあの夜、彼女《かのじょ》がぼくに言ったことは……」

聞き耳を立てている伯父に向かって、ぼくの口からすべての、それまで伏せてきたことがほとばしり出てきた。あの夜、廊下《ろうか》でリリーが両親について言った言葉を正確に伝えたのだ。また、話をもっと前にもどして、伯父と伯母が室内で笑い声を立てているとき、リリーがたった一人で階段にすわりこんでいたところに出くわしたことも告げた。

「あの子が精神的に傷ついている証拠《しょうこ》なんだよ。キャシーがあんな亡《な》くなり方をしたのを目《もく》撃《げき》して以後ね。それ以後、伯父さんと伯母さんは口をきかなくなり、リリーが仲介役《ちゅうかいやく》になった。リリーは問題をかかえているんだ。わかるでしょう。だれが見たってわかるよ」

伯父が聞き役に徹《てっ》していたものだから、ぼくは思わずハミングする影《かげ》のことを言いそうになったくらいだった。つまり、キャシーの幽霊《ゆうれい》、そして彼女がぼくに「リリーを助けて」と言ったことについてだ。ぼくが話し終えると、伯父は注意深く言った。

「しかし、わたしにはリリーはだいじょうぶに見える。今日もあの子がトランプをやろうと言い出したので、楽しくやってたんだよ」

「演技してるんだ」

ぼくはきっぱりと言った。これを告げた時点で、ぼくは、とほうもなくほっとしていた。

「心の底では、彼女はひどく腹を立てている。混乱《こんらん》してるんだ。いいセラピストと話させないと」

「なるほど」と言うと、伯父《おじ》はぼくから一歩離《はな》れて、「この件は考えてみるよ、デイヴィッド。きみが言ったことについてね」

「こちらのたのみはそれだけです」ぼくは言った。「ありがとう。聞いてくれてありがとう」

「オーケイ」と伯父。「うん、オーケイだ」

彼《かれ》は最後にぼくに一瞥《いちべつ》をくれてから出ていった。

# 26

# いやがらせ

以後の二週間は、事もなく過ぎた。いや、何事もなさすぎた。伯父がせめてこちらの言うことを聞いてくれたことで最初は安堵《あんど》したのだが、それもうすれてきた。頭の中で自分が彼にわめきたてたことを何度もリプレイするうちに、漠然《ばくぜん》とした疑念《ぎねん》が出てきたのだ。それでも、伯父にはほんとうのことを伝えた。そして彼は聞いてくれた。確かに。

ではどうして、こんなに事もなく過ぎていくんだ？

ぼくは学校に集中した。ショネシー一家と顔をあわせたくなかったし、ばったりという形ですらレイナと出くわしたくなかったので、放課後はケンブリッジ市立図書館へ出かけて大読書室で勉強した。時にはただ雑誌《ざっし》その他にぱらぱら目を通すだけだったのだが。フランク・デルガードの姿もよく見かけた。あまり口はきかなかったものの、図書館へ着くたびに、彼の姿を探すくせがついた。彼を車で送りとどけるのが好きになったのだ。二度か三度、図書館の向かいにある小さなギリシャのピザ店でいっしょに食事をした。

ある木曜の夜八時、灯《ひ》の消えた家へ帰ってきた。キャシーが使っていた屋根裏へもどり、コンピューターを起動しようとしたがだめだった。調べていくと、ハードディスク装置が消されていることがわかった。何もかも消されていたんだ。操作システム、プログラム、データファイル——何もかもが消えていた。

ぼくは部屋全体を見わたしてから、リリーの名前を叫《さけ》びながら、足音高く階段をかけおりた。しかし、だれも答えない。二階は完全に無人状態だった。

そうか、とぼくは思った。そういうことか。そして深呼吸をした。レイナのときと同じだ。今度はリリーは屋根裏部屋の鍵《かぎ》を盗《ぬす》み出《だ》したんだ。この日の何時だかにここへ入りこんだ。そして、ぼくのコンピューターをからっぽにしてのけた。これは回復のしようがない。しかし、これ以外の悪さをさせない手は打てる。この建物すべての鍵束《かぎたば》が収められている食料室からスペア・キーをとっておくことだって。また伯父《おじ》に話さないといけない。彼《かれ》にはコンピューターを見せて。

ぼくは廊下《ろうか》を通って、キッチンの食料室へ入った。なぜか伯父は、そこの電灯《でんとう》設備を今風にしていなかったので、天井《てんじょう》にうめこまれたワット数の低い電球からたれ下がったひもを引っ張らなければならない。

食料室は、床《ゆか》から天井まで棚《たな》だらけで、それぞれに古くなった「ボストン・グローブ」（ニューイングランドを代表するボストンの新聞）を敷《し》きつめ、缶《かん》づめが並べられていた。レンズ豆の缶づめだけでも二ダース近い。コーンが一ダース。しかも、それはほんの序《じょ》の口《くち》だった。気まぐれに、一つの缶づめの上に指をはわせてみると、ちり一つない。なんとも恐《おそ》れ入《い》った伯母《おば》の清潔《せいけつ》ぶり。

左側の肩《かた》あたりに、壁《かべ》にねじこまれたフックの列があって、鍵束はそこにひっかけてあった。それぞれにきちょうめんにラベルがはられている。地下室、玄関《げんかん》と裏口、各部屋のドア、レイナの一階のアパート、ショネシー家の二階、伯父の車、キャビネット、スーツケースの小さなキーまである。そしてもちろん、屋根裏のキーも。ぼくはそれを取ると、にぎりしめた。

なんの音もしなかった。それなのに、なぜかリリーがすぐ背後にいることが突然《とつぜん》わかった。そろりとふり向くと、彼女《かのじょ》がいた。ぼくは表情を消して、廊下越《ろうかご》しにリリーの寝室《しんしつ》のドアがあいているのをながめた。さっき通り過ぎたときは閉まっていたのだ。では、彼女は暗がりにひそんでいたのか？　気づかないなんて、なんとも間のぬけた話じゃないか、まったく。

「親たちは映画に行ったの」と、リリーが礼儀正しく言った。「何か用？」

ぼくはどなりはしなかった。

「なぜだ？」と聞いた。

ほんのかすかな笑みが、彼女の口のはしを曲げた。

「なぜって何が？」

「きみはぼくのコンピューターをからっぽにしたろ」

リリーが満面に笑みを浮《う》かべた。

「あなた、どうかしてるわ」

「なぜぼくのコンピューターをこわした？」

「どうかしてるぅ」リリーが歌うように言った。「親たちもあんたはどうかしてるぅって思ってるわ」

彼女《かのじょ》は両腕《りょううで》で自分のからだを抱《だ》くようにしていた。思わず、棚《たな》に並んでいるガラスコップを見た。

「また盗《ぬす》み聞《ぎ》きしてるのか、リリー？」

「あんたはどうせ出ていかなきゃならなくなるわよ」リリーが言った。「親たちはあんたが狂《くる》ってると思ってる。さわぎを起こして。あたしにありもしないことで疑《うたが》いをかけて。おまけに、あたし、あんたがこわい。親たちにはそう言っておいたわ」

ぼくは、全然こわがってなどいない相手の顔を見つめた。ゆっくりと、決定的に、彼女の言葉が心に切れこんできた。どうかしてる、あ、あ、あ、あんたは、ど、ど、ど、どうかしてる。

ぼくはごくりとつばを呑《の》みこんだ。伯父《おじ》にリリーについての自分の考えを告げて以来感じていたかすかな不安が、ふたたびよみがえってきた。伯父がぼくから一歩身を引いたときの光景も。あのとき伯父は、「なるほど」と言った。

「きみはぼくのコンピューターをからっぽにした」ぼくはひるまずに言った。「なぜだ？」

「どうしてあたしがそんなことするのよ？」リリーはぼくに一歩つめ寄り、ささやくように声を低くした。「あたしはただの子どもよ。やり方すらわからないわ」

「いや、きみがやったんだ」

「で、どうするの？」と、リリー。「指紋《しもん》でも見つける気？」

彼女はかすかにからだを左右にゆすっている。ぼくは鍵《かぎ》を持つ手をにぎりしめた。

「そこをどくんだ」ぼくは言った。「そしてぼくの――」〝ぼくの家〟と言えなかったので、こう続けた。「ぼくの品物に手を出すな」

一瞬《いっしゅん》彼女がどかずに、そのままゆっくりとからだをゆすり続けるのではないかと思った。相手はとても低い声で「そうはいかないわよ」と言った。笑顔が広がって、にたにた笑いになった。そしてくるりと背を向けると、廊下《ろうか》をかけ出した。笑い声をあげて、両腕を飛んででもいるかのように広げて両壁《りょうかべ》に指先を走らせながら。

「そうはいかないわよぅ！」と叫《さけ》ぶと寝室《しんしつ》に飛びこみ、バタンとドアを閉めた。中でもクツクツ笑っていた。

ぼくは屋根裏へもどって、コンピューターの修復にとりかかった。バックアップはとってあったので、最初思ったほど手はかからなかった。すべてのプログラム、データを入れ直して、パスワードのセキュリティをオンにした。これからは、もっとたんねんにバックアップをとっておかないと。やれるのはその程度だった。

それからリリーが言ったことを考えた。――親たちはあんたがどうかしてると思ってるわよ。また伯父《おじ》に話してみなくてはいけない。話したところでなんの役にも立たないとわかっていても、努力はしないと。なぜなんの役にも立たないかというと、この件についてはリリーはうそはついていないからだ。伯父たちは、確かにぼくがどうかしてると思ったんだ。

例の影《かげ》が見えることを期待して室内を見まわし、例のハミングが聞こえないかと耳をそばだてている自分に気づいたとき、ひょっとして自分はほんとうにどうかしてるのかもしれないと思った。

# 27　リリーとぼくの関係

以後の二週間、リリーとぼくの関係に新たな要素が加わったことに気がついた。何か彼女《かのじょ》に対して特殊《とくしゅ》な感覚を持つようになったのだ。たとえば、この家にいるときは、どこにいようと、彼女がいること、いや、その居場所までわかったのだ。彼女の顔を見ただけで、ちょっと努力すれば、彼女の考えていることも読めるという気がした。努力はしなかったけどね。こういう感じで、ぼくはひどく参ってしまった。すごくリアルだったから。しかもこの感覚がおたがいのもので、リリーのほうもぼくに劣《おと》らず強くこの感覚を持っている……この件についてはこれっぽっちも疑念はなかった。

ちょうど真夏の雷雨《らいう》の直前みたいなものだ。空が黒くなり、暑くなり、空気がうすくなって、最初の稲妻《いなずま》と雷鳴が爆発《ばくはつ》したらひとまずほっとするぞ、と待っているあの感じだ。ところが、その瞬間《しゅんかん》はやってこなかった。

おそらく、この緊張感《きんちょうかん》から、リリーは悪さを始めてしまったんだろう。それはエスカレートしていく。屋根裏では、いやらしい、びっくりするような小さな出来事が起こり始めた。明らかにリリーは、もう一つ鍵《かぎ》を持っていたんだ。

まず、積み上げておいた大学のカタログが消えた。翌日《よくじつ》は、冷凍《れいとう》食品がみんな蓋《ふた》をあけられ、中身がシンクに投げこまれていた。その次の日は、ぼくの目ざまし時計から電池がぬき取られていた。以後は、こういうことが急速にふえて、時には日に何件も起きた。いくつかは単に面倒《めんどう》なだけで、たとえばグラスや皿が戸棚《とだな》の中でうつしかえられているとか、プリンターのインク・カートリッジがぼくのよごれものの間で見つかったりとか、そういうことだった。塩のびんに砂糖《さとう》が入れてあるとか、ベッドのシーツを半分にたたんであるとかいうことは、こちらが実際に予測できた（シーツを半分にたたむのは、相手に早く出ていけという合図）。しかし、もっと悪質なのは、キッチンのゴミを床《ゆか》にまき散らしてあるとか、ジーンズの片足が切り取られているとかだった。

それでも、これらは比較的《ひかくてき》マイナーないたずらだった。しかし、積み重なると、コンピューター事件よりもぼくは動転した。屋根裏へ帰ってくるたびに、ぼくは狂犬病《きょうけんびょう》にかかった犬に近づくときのように階段を上がっていった。部屋へ入るとすぐさま、ぼくはしかけられた罠《わな》を探しにかかった。出る前とちがっている箇所《かしょ》を、だ。時にはリリーのいたずらのあとが歴然としていたが、時にはすぐにわからない場合もあった——キッチンのシャワータイプの蛇口《じゃぐち》に輪ゴムがつけてあるとか。

だから出かけるたびに、頭のどこかで、リリーが今度は何をやらかしているだろう？　という心配がぬけなかった。そして屋根裏にいるときは、次には何が飛び出してくるかと緊張《きんちょう》していた。第二週までには、ストレスで左脚《ひだりあし》に散発的にけいれんがきた。

何とかしないといけないのはわかっていた。でも、どうすればいいんだ？　伯父《おじ》に告げる？　頭の中でリリーの言葉がひびき続けていた。――親たちもあんたがどうかしてるって思ってるわ……。

また、リリーにどれだけ腹を立てさせられても、彼女がたった十一歳《さい》だということを忘れられなかった。しかも、腹を立てるのは、まちがっているという気がした。怒《いか》りを感じることは、ぼくの場合、危険だったから。

ぼくがグレッグに腹を立てた結果、エミリーが死ぬはめになった。

「リリーを助けて」――キャシーがそう言った。たぶん、キャシーは正しいんだろう。しかし彼女《かのじょ》は、たのむ相手をまちがえてるし、たのむ場所もタイミングもずれていた。ぼくときたら、自分自身すら助けられないんだぜ。

きっとリリーはあきてくるんじゃないか？　がまんしてれば、きっといたずらもやむんじゃないか？

ところが、ある夜もどってきて出くわしたいたずらには、ほんとに頭にきて、切れそうになった。ぼくは足音も荒《あら》く階段をおりて、家族三人が夕食をとっているキッチンへ飛びこんでいった。

伯母《おば》の焼いたロースト・チキンのかおりが強く、ほとんどそればかりがあたりの空気を占《せん》領《りょう》していた。ぼくは数枚のCDをつかんで、その場に突《つ》っ立《た》った。長い長い時間、伯父《おじ》も伯母もぼくがそこにいることすら気づかないふりをしていた。伯父は上《うわ》の空《そら》で指をなめている。伯母は、皿を鳴らして決然とナイフでインゲン豆を切っていた。リリーはひそかにほくそ笑んでいた。こいつは、ぼくがそこにいることに気づいてたんだ。

「伯父さん」と、ぼくは言った。「伯母さん、話があるんだ」

伯母は眉《まゆ》をつり上げた。伯父は、少し不安そうに、

「今すぐかい?」ときいた。

「ああ」

伯父は紙ナプキンで両手をふくと、

「ここ最近ずいぶんとおとなしかったね。二、三日前、ジュリアにきみがほとんどいないも同然だって言ってたんだよ……」

「ちゃんとここにいるよ」と、ぼくが言うと、ちょっとシーンとなった。

「なんの用？」伯母が椅子《いす》をうしろへおしながらきいた。

ぼくはリリーを見る必要がなかった。彼女《かのじょ》が興味しんしんなのはわかっていたからだ。ぼくは伯父を見ていた。最後に彼《かれ》と話したことを考えていた。あのときは、彼がぼくの言うことを理解してくれたと思っていたんだ。

ぼくは伯母にCDケースを差し出し、相手はしぶしぶ受け取った。ベック（オルタナティヴ・ロックの有名歌手。アルバム『メロウ・ゴールド』が大ヒット）のCDの上では指がためらい、ベアネイキッド・レディズ（一九九一年にデビューしたトロントのコミカルなオルタナティヴ・ロックバンド）でぞっとしたようにたじろぎ、モーツァルトのCDでほっとしたように顔つきがゆるんだ。

「わたしにはわからないわ――」

「そのどれでもいいからあけてみて。どれでも。みんな同じだ。上にはもっとあるけどね」

「デイヴィッド――」

伯父が何か言おうとした。リリーをあまりにも意識していたぼくは、早口で言った。

「どのCDも取り出せない。ケースの中で接着剤《せっちゃくざい》で貼《は》りつけられているんだ。強力なやつだから、もう使えない」

ぼくの声は少ししわがれていた。それをなんとかもとにもどし、伯父に目を向けた。

「リリーのしわざだ。言ったでしょう？　この子にはセラピストが必要だって。病気なんだ。

親がこういう悪さをやめさせてくださいよ」

二人がリリーを見るかと思ったが、逆《ぎゃく》にこちらに目を向けた。黙《だま》ってこちらを見ている。彼《かれ》らの目には同情のかけらもなく、ぼくはパニックにおちいった。

「リリーのしわざだ」と、ぼくはまた言った。「ぼくのCDをだめにしちまった。ぼくのコンピューターのハードディスクもだめにしたし、それに……」

これは戦術上まずいとはわかっていたが、もう止まらなかった。最近おこなわれたリリーのテロリズムを逐一《ちくいち》話して聞かせた。一つ話すごとに、伯父《おじ》と伯母《おば》の反応を見たが、まったく無反応だった。

最後に、ぼくはやっとリリーに目を向けたが、相手はこちらをにらみつけていた。

彼女《かのじょ》は大きなため息をつくと、テーブルからはなれた。そのときになって初めて両親は、リリーを見たのだ。いとしげに。

リリーは自分の皿をシンクへ運んだ。それから親たちに向かって、

「失礼していいかしら?」ときいた。

「ええ、あっちへ行ってなさい」と、両親がそろって言った。

リリーは、戸口に立つぼくのわきをすりぬけ、両親からはぼくのからだで見えないのをいいことに、すばやく片ひじでぼくの腰《こし》の下に強烈《きょうれつ》な一撃《いちげき》をくらわせた。この攻撃で、この一家

に信じてもらえるという希望はふっとんだ。いくら事実を話してもだめだ。リリーは、悪がしこさにかけてはぼくの手に負える相手ではなかったのだ。

　彼女の言うとおり、ぼくは確かに"どうかしてる"ように見えた。

　リリーの寝室《しんしつ》のドアが静かに閉じられる音が聞こえた。伯父が立ち上がると、用心深くきいた。

「リリーに腹を立てているのかい、デイヴィッド？　それともわたしたちに対してかな？　一階の娘《むすめ》のせいだろうね？　彼女とは会っていないようだが」

　ぼくは気を取り直そうとした。どうしてもこの状況《じょうきょう》をやわらげる手だてがいる。リリーがいなくなったんだから、伯父夫婦にどうにか理解させられるかもしれない。

「確かにレイナとは会っていません。でも、今度のは彼女のことじゃない。今度のは――」

　伯母が口をはさんだ。が、相手はぼくではなかった。

「ヴィクター」と、夫に呼びかけたのだ。「この件は話し合いずみよ。わたしの気持ちは伝えたはず。わたしの言うとおりだってことが、これですっかり明白になったでしょうが」

　彼女はつんとあごを上げていた。口もともぎゅっと引きしめられている。

「おまえ……」伯父の声が弱くなった。そして、のろのろとうなずいた。

　伯母は決然とこちらを向くと、

「デイヴィッド、残る手だてはただ一つ、あなたが自分だけで暮らしていくことね。わたしたちはなるたけあなたと顔をあわさないようにしますから」声音がすごみを帯びてきた。「それからリリーに今後いっさい手を出さないこと。言ってることわかる？」

この不当な言いがかりには、さすがに絶句した。

「わかったの？」と、伯母《おば》が念をおした。

「ああ、わかったよ」と、ぼくは言った。むろん、苦々しさが声に出た。「わかった」

伯母の口もとがさらにきつく引きしめられた。

「最初からわたしは賛成じゃなかったのよ。お母さんがどう言ってるか知らないけど、それでも、あなたをここへ来させたのは、わたしにだって親戚《しんせき》への気持ちがないわけじゃないからでね。でも、今となってはやっぱり、って気がしてきてるの……」

伯母は言葉を切った。そしてこちらに向けた目つきは、裁判が始まったときエミリーの両親がぼくに向けた目つきと似ていた——憎悪《ぞうお》だ。

憎悪。恐《おそ》れではない。恐れならわからないでもなかった。だって毎日それを感じて暮らしているんだから。

「やっぱり——どうしたっていうの、伯母さん？」ぼくが静かにきいた。

「つまり、あなたが迷惑《めいわく》を引き起こすってことよ」と、伯母が答えた。「お母さんみたいにね」

ぼくがくるりと背を向けかけると、相手はこちらの腕《うで》をつかんだ。

「もう一つあるわ。聞きなさい。本気なんだから。この家で迷惑を引き起こし続けるのなら、ここを出ていってもらわないと。即刻《そっこく》ね。これ以上ばかなまねは許しませんからね」

こう言われるのを予期しているべきだったのに、ぼくは予期していなかった。まるで足もとで床《ゆか》が崩《くず》れたような気がした。この家はきらいだった。ここに住みたいなどと思ったことはなかった。それなのに、ぼくの胃袋《いぶくろ》はパニックで引きつれたのだ。どうすりゃいいんだ？　両親はどう言うだろう？

「まあまあ、ジュリア、そんなに大げさに言わなくても」と、伯父《おじ》が言っていた。彼《かれ》はこちらを向いて言った。「絶対そんなことにはならないよ。これだけ腹を割って話したんだから、おたがい理解できたはずだよ」

その瞬間《しゅんかん》、リリーに対するぼくの独特な感覚が、ふいによみがえってきた。彼女《かのじょ》は寝室《しんしつ》にいる。なのに、ぼくにはほぼすべてが見えたんだ。彼女はベッドにあぐらをかいてすわっている。そして、ぼくらの話が完全に彼女に聞こえている。笑顔ではない。ぼくが次に吐《は》く言葉を息をつめて聞き取ろうとしている。

ぼくは口を開いたとき、伯父たちではなく、リリーに向かって言っていた。

「ぼくが出ていったらもとどおりになると思っているのなら、そうはいかないよ。いくもんか。

絶対にね」

シーンとなった。やがて伯母《おば》が言った。

「セラピストに相談して効果《こうか》があるのは、あなたのほうよ――リリーじゃなくてね」

ぼくはさすがにおかしさをこらえきれなくなった。表に出す気はなかったのだが、つい吹《ふ》き出《だ》してしまった。なぜなのかわからない。伯父《おじ》と伯母はびっくりしてぼくを見つめた。ほんの数秒、ぼくは自制がきかず、笑いが止められるかどうか危ぶんだ。しかし、やがて笑いは止まった。

「ジュリア伯母さん」と、笑いのあまり出た涙《なみだ》をぬぐいながら言った。「セラピストに相談してすむことなら、すぐにもやるよ。しかし、ぼくの問題はね」と、伯父を見て、「リリーとは関係ないことなんだ。それがわからないの？　彼女《かのじょ》にはほんとに助けがいるんだよ」

二人はぼくを見つめ続けた。どうしようもない連中だ。

とうとうぼくは肩《かた》をすくめると、回れ右をして階段をのぼり、キャシーの屋根裏へと引き上げた。

# 28 フランクに打ち明けたこと、打ち明けられなかったこと

ジュリア伯母に言われたことが、まだ心をヒリヒリさせていた。少しでもほんとのことが含《ふく》まれていたろうか？　ぼく自身が迷惑《めいわく》の種《たね》をまいてきたのか？　ぼくはどうかしてるのか？　なぜか、伯母の言ったことがもっともらしく思えてきた。

翌日《よくじつ》の放課後、市立図書館の書架《しょか》から異常心理学についての本を取り出した。そして、現実に対する把握《はあく》が不完全な人間が示す行動や兆候《ちょうこう》のリストを探し当てた。

まずストレス。ぼくは長い間、相当なストレスがある。その本によると、ストレスによって人間は崖《がけ》っぷちへ追いつめられ、音節が多い長たらしい言葉を使う傾向《けいこう》がある。

次がパラノイア。リリーがぼくに何かを求めていることはまちがいないと思っている。たぶん、ぼくを憎《にく》んでいるかも。ぼくをやっつけようと躍起《やっき》になっているし、実際にやっつけることができる。これって、十一歳《さい》の女の子のイメージとしてはかなり狂《くる》っていないか？

次は罪悪感。ぼくはほとんど笑い声を出しかけた。罪悪感についてなら五冊は本が書ける。

次いで視覚的幻覚《しかくてきげんかく》。これは、影《かげ》や幽霊《ゆうれい》を信じるよりもっと、キャシーの幻覚を見たことの説明として納得《なっとく》できる。

幻聴《げんちょう》。例のハミングがそれだ。おまけに、ボルティモアではキャシーは口をきいた。じゃあ、あれがほんとにキャシーだとして、どうして自分が住んでいたケンブリッジでは口をきかなかったんだ？　答えは明白。あれは彼女《かのじょ》の幻覚。ぼくが見た幻覚だったからだ。ぼくが移動すれば、彼女も――いや幻覚も当然移動するわけ。幻聴ももちろんだ。

ぼくが正気でないのなら、明らかに症状《しょうじょう》は悪化している。幻覚が、ハミングからメッセージに変わったんだからな。たぶん、もう少ししたらメッセージが何かおだやかでないものに変わるのかも。例えば、「リリーを殺して」なんて具合に。

ぼくは思い出した。ぼくがグレッグに飛びかかる寸前のことを。彼《かれ》がエミリーにパンチを食らわせるのを見た瞬間《しゅんかん》、自分を襲《おそ》った激怒《げきど》の生々しさを。

重く分厚いハードカバーの『異常心理学』の本がすべり落ち、両手でつかむ拍子《ひょうし》に本がバタンと閉じて、人指し指をはさんでしまった。痛かった。

やがて、ぼくの真横にいただれかが、こもった声で言った。

「ヤッフェ」

フランク・デルガードだった。

「やっぱりおまえか」

それから彼は、ぼくに何かたずねた。

彼が近づく気配は感じなかった。両手の力がぬけ、ふり向いて相手を見た。彼は言いかけていたことをやめて、ぼくから視線《しせん》を本に落とし、題名を読みとった。彼は両の眉《まゆ》を上げると、その本をよこせという仕草をした。こばむ気すら起こらなかった。もとのページを開き、相手に手わたした。

それからフランクが、さっとそのページ、次いで前のページ、さらにはうしろのページに目を走らせるのを見つめた。さらに彼が、目次に目を通し、本の全体をつかむ間も見つめていた。ようやく彼は目を上げてきいた。

「で、おかしいのはだれなんだ？」

「たぶんぼくだろうな」と、ぼくは答えた。その返事が口をついて出たとたん、それを手でつかんで引きもどしたくなった。

時間が止まった。フランクの姿がぼやけた。書架《しょか》の金属床《きんぞくゆか》が、ぐらつく気がした。足もとにあいた深淵《しんえん》が感じ取れた。書架が、ふしぎな形で遠のく感じだった。永遠とも思える間、息も継《つ》げなかった。

フランクは声をひそめなかった。ふつうの口調で、「そりゃちがうだろ」と言った。そのひとことだけが、はっきりと聞き取れた。断定的な口調だった。顔つきもそうだ。書架《しょか》の周囲に空気がもどってきた。床《ゆか》はふたたびかたさを取りもどし、ぼくは息ができた。静かに息を吐《は》こうとし、それを何度もくり返した。

「行こうぜ」

フランクが唐突《とうとつ》に言った。ぼくの意向など無視《むし》して、彼《かれ》は先に立って書架の間をぬけていった。ぼくはあとについて、参考文献室《ぶんけんしつ》までもどった。彼がテーブルからコートと本数冊を取り上げた。ぼくの持ち物もいっしょに。ぼくらは図書館を出た。

ここ数日、雪解けとも言える感じで、外はそれほど寒くなかった。しかし、暗くなりかけていた。図書館の階段をおりたところで立ち止まり、向かいの公園に目をやった。

「ピザの店へでも行くか？」と、フランクが切り出した。「食いながらだと話も楽になる」

彼がどんなつもりでいるかがわかった。しかし、ぼくは首をふった。この身に起きていることを本気でフランクに打ち明けられるのか？　ほんの一分前、書架の間にいたときにはそのつもりでいた。ところが、透《す》きとおった外気に触《ふ》れた今では、その気持ちがぐらついてきた。自分の中のかなりの部分が、もうよせと言っていたんだ。ぼくは言った。

「いや、行きたくない……」

唐突にぼくは方向転換《てんかん》した。

「他人に聞いてもらいたくない」

フランクはうなずいた。

「オーケイ」

彼は「ユークリッド」という文字が彫《ほ》られた大きな花崗岩《かこうがん》の石碑《せきひ》近くにあるベンチに腰《こし》をおろした。論理の男、ユークリッド（紀元前三世紀ころのアレクサンドリアの数学者）。直線には点が二つ、平面には点が三つ……。

ぼくは迷《まよ》いながら突《つ》っ立《た》っていた。フランクが何か言ってくれるのを待った。しかし、彼は何も言わなかった。

ぼくは別の石碑へと歩いた。ホメロス、ヴィルギリウス（紀元前70〜19年、ローマの詩人）。そこにも救いはなかった。オデュッセウス、アエネイアス（トロイアの勇士。ヴィルギリウスの作品の主人公）は、十一歳《さい》の女の子におびえたりすまい。

フランクは待っていた。ぼくは引き返した。そしてきいた。

「どうしてぼくがおかしいと思わないんだ？」

「おかしいやつは、自分が絶対正気だと信じこんでるからさ」

「そうだ。あの本にもそう書いてある」

ぼくは彼《かれ》に目を向けなかった。

「それでも、ぼくはおかしな部類に入るかもしれない。自分の正気をほんとうには疑《うたが》っちゃいないからね」

そのとおりだった。『異常心理学』にどう書いてあろうと、自分がどれだけ異常心理の兆候《ちょうこう》を示していても、あるいは自分のしでかしたこと、自分に何をしでかすことができるか承知《しょうち》していても、深淵《しんえん》がどれほど迫り、またそれがどれほどばっくり大きく口をあけていようとも、自分の正気を疑わないことは確かだったのだ。

「じゃあ、だれかほかのやつがおまえがおかしいと思ってるのか?」

フランクが実にふつうの口調できいた。

ぼくは肩《かた》をすくめた。

「たぶん」

ぼくはユークリッドをけっとばした。そして両手をポケットに突《つ》っこんだ。それから、一気にフランクに事の次第を話してきかせた。伯父《おじ》と伯母《おば》の夫婦生活の問題、二人の長女の死、リリーが両親の仲介役《ちゅうかいやく》をつとめていたこと、感謝祭の晩餐《ばんさん》での夫婦の和解、それ以後のリリーの行動、リリーが万事をぼくのせいにしているらしいこと、レイナと自分のこと、そして両親をリリーがスパイしたこと、伯父と伯母とぼくが対決したこと、リリーがぼくのコンピューターのハードディスク装置をからっぽにしたこと、ぼくが彼女《かのじょ》をとがめたとき、「両親はあんたがどうかしてると思ってるわ」と言ったこと、その他リリーがしでかしたいろないたずら、伯父、伯母との最新のやりとり、その結果、急に自分がどうかしてると見えるのでは？　と気づいたこと……つまり、自分がありもしないことをあると思いこんでいることもありうる……。

というこことを、フランクに話してきかせたんだ。特に自分が世間で何者と見られているかを思えば——自分がしでかしたことを思えば、こんなことは大きな声で言えないことだ。ところが、言ってしまった。

「おまえは無罪放免《ほうめん》されたんだ」居心地の悪い間があってから、フランクが言った。「あれは事故《じこ》だったのさ」

その言い方は断定的だった。質問ではなかった。ぼくも言い返した。

「だからどうだって言うんだ」そっけなく言った。相手をまともに見すえて。

すると、彼はうなずいた。そのうなずき方は、まるでぼくが言おうとしていることが正確にわかっているかのようだった。ぼくは思った。これはひょっとして、まだ言っていないこと——あの恐怖《きょうふ》について——を洗いざらい話せる相手が、とうとうあらわれたのかもしれない。とうとう。

ところが、やがてフランクがぎこちなくこう言った。

「それですら――おまえの感じ方ですら――おれには正気に見えるぜ。おれだって――同じ感じ方をしてたろうって気がする。おまえと同じ立場におかれていたらな。おまえがどうかしてるとは思わない。きっとおまえの言うとおりなんだと思う。問題をかかえてるのは、おまえのいとこのリリーのほうだ。まちがいない」

そう言われて、ぼくは相手にリリーのことで話さなければいけないことを思い出した。ぼくのことじゃなくて。リリーのことを、だ。あらぬほうにさまよっていた気持ちを引きしめるには、ちょっと時間がいった。

「こうも思うんだ……」ぼくが無反応なので、フランクが注意深く切り出した。

「なんだい？」

ぼくは即座《そくざ》にきき返した。

「リリーをめぐる状況《じょうきょう》については、何かおまえがまだおれに話してないことがあるんじゃないかと思う」彼《かれ》はひと呼吸おいた。「それも一つや二つじゃないだろ？」

言うまでもなく、どんぴしゃりだった。ぼくはキャシーの幻《まぼろし》の話をしていなかったのだ。ハミングする影《かげ》のことも。フランクはこちらが言い出すのを待っていた。完全に冷静で、片ひざを片手でのんびりたたきながら。剃《そ》り上《あ》げた頭にうっすらとのびた産毛が、街灯《がいとう》の光を浴び、黄色い光線が頭から噴《ふ》き出《だ》しているように見える。このことを話せば、さすがの彼もぼくが正気だと思わなくなるのでは？

「オーケイ」と、ぼくは言った。「原因はリリーの姉、あの家の長女にあるんだ。もう死んでる。ぼくは、彼女《かのじょ》が暮らしてた屋根裏に住んでるんだ……」そこまで言って、またためらいが出た。

「で、どうした？」フランクがにやりと笑った。「おい、モルダー、おまえ、その娘《むすめ》の幽霊《ゆうれい》か何か見てるんじゃないのか？」

ぼくは息を呑《の》み、ゆっくりと吐《は》き出《だ》した。相手の顔からは、さっきの笑いが消えていた。逆《ぎゃく》にじっとぼくを凝視《ぎょうし》している。そのときになって初めて、ぼくは相手が冗談《じょうだん》を飛ばしたのだとわかった。どちらもしばし口をきかなかった。次に沈黙《ちんもく》をやぶったのは、ぼくではなく、フランクのほうだった。

「悪かったな」彼が言った。「なあ、とにかくおれに話せ。きっと理屈《りくつ》にかなう説明ができるはずだ。いとこのリリーがおまえにいたずらをしかけてるのかもしれない。懐中電灯《かいちゅうでんとう》か何かを使ってな。あらゆる証拠《しょうこ》を吟味《ぎんみ》していけば、おのずから結果は出てくる。オーケイ？」

ぼくがボルティモアに帰省していてキャシーを見たとき、リリーはそこにいなかった。ぼくは怒《いか》りにかられた。

「サンキュー、スカリー博士《はかせ》（モルダーの相棒《あいぼう》の女性捜査官《そうさかん》ダナ・スカリー。モルダーが信じる超常現象《ちょうじょうげんしょう》を疑《うたが》っている）」と、ぼくは切り返した。

フランクはすっと上半身を起こすと、ぼくを指さして言った。

「おい、ヤッフェ。冗談《じょうだん》じゃないぜ。頭があんだろ。それを使えよ。こいつはエイリアンとの遭遇《そうぐう》や心霊《しんれい》現象もののばかげたテレビ番組じゃないんだろ――」

「言うまでもない」ぼくは答えた。「そんなもんじゃない。ぼくの現実の生活に起きてることだからな」

「まあ、待ちなって」

「もう行かなきゃ」と、ぼくは言った。もうこれ以上、ひとことも出てくるとは思えなかった。ぼくは公園を横切りだしたが、背後でフランクが何やら叫《さけ》ぶの聞こえた。気持ちを静めろよ、このマヌケとかなんとか。ぼくは無視《むし》した。彼《かれ》は怒《おこ》っている口調ではなかった。怒っていたのはこっちだ。怒《いか》りで胸《むね》がつまりそうだった。激怒《げきど》と落胆《らくたん》とで。フランクなら聞いてくれると本気で思っていたからだ。数分は、ほんとうにこちらの心に食いこんでいる苦しさを彼にならいてもらえると思っていたんだ。気がつかないうちに、ちょっと前からぼくの頭にしのびこんでいた考えを聞いてもらえると。

幽霊《ゆうれい》など、どうでもよかった。もしフランクが、一瞬《いっしゅん》でもキャシーの幽霊をまともに受け取れないのなら、逆立《さかだ》ちしたってぼくの考えや、仮説《かせつ》や、疑念《ぎねん》や、そして恐《おそ》れを検討《けんとう》することなどできっこない。いや、これは、考えでも仮説でも疑念でもなかった。これは知識だ。確信だ。

フランクにとって大事なのは、合理性、証拠《しょうこ》、確証だが、ぼくはそんな地点は通《とお》り越《こ》していた。A地点からX地点へと非ユークリッド的な飛躍《ひやく》を遂《と》げていたのだ。ぼく以外の人間は到達できない別次元に、完全に移動していた。

例外はリリーだ。

ぼくは、デイヴィッド・バーナード・ヤッフェ。エミリーを殺す気はなかった。しかし、殺してしまった。そして今では深淵《しんえん》をかかえて生きている。その深淵が、人を殺したこと、殺人者であることがどういうことかわからない人間たちとぼくを切《き》り離《はな》してしまっている。

無罪放免《ほうめん》など無関係だ。ぼくは人を殺した。そして、ぼくは心の底で、自分が同類に出会ったことを理解していた。これまでは、目をそむけていた。真相を知りたくなかった。しかし、ついにそれを知るときが来た。その認識は、ぼくの中のどこかに長い長い間、わだかまっていたんだ。罪を犯した者は、同類をかぎ分ける。

リリーも同じことを知っている。

リリーはキャシーを殺したんだ。

どうやって殺したのかわからない。動機も不明だ。ぼくの言うことを万が一にも信じる者は、この世にだれもいまい。そのとき、リリーは七歳《さい》だったんだ。

それでも、ぼくにはわかる。そして典型的な偏執狂《へんしつきょう》、たとえばエイリアンとの遭遇例《そうぐうれい》でいっぱいになった貴重なファイルをかかえたフォックス・モルダー並みに、ぼくもまた完全に自分が正気だと信じていた。

ぼくは車でショネシー家にもどってきた。そして屋根裏へ上がると、電子レンジで冷凍《れいとう》食品を解凍して食べ、少し宿題をして、リリーがまたしてもベッドのシーツを半折りにしているのを見つけ、それを直すと、数時間横になっていた。考えながら。

しかし、解答に行き着くことはなかった。

# 29
# スクラップブック

その週の残りは、どうにか切りぬけた。学校へ行く。玄関《げんかん》のポーチで、二、三度、レイナにしずんだ声音でハローと声をかけた。市立図書館でかなりの時間、当てもなくネット・サーフインをやって過ごした。フランク・デルガードはとことんシカトしてやったので、とうとう彼《かれ》も三度目に声をかけてからあきらめた。

「まあいいだろ。なんにせよな」そう言い残すと、彼は歩き去った。

リリーのゲリラ攻撃《こうげき》は続いていた。いじめれば、ぼくが過剰《かじょう》反応を起こして、両親の家からたたき出される――これがねらいだとわかっていた。そうはいかないぞ。とはいえ、きつかった。たとえぼくが反撃しなくても、彼女《かのじょ》が何らかの手段で、両親にぼくが反撃したと思いこませるはずだということもわかっていた。彼らがぼくを放り出すのは、時間の問題だった。

彼女に話しかけなくてはならなかった。

ところが、そうはしたくなかったのだ。声をかけるのがこわかった。

少しは自分を落ち着かせるために、チェーン・ロックを買って、ある夕方、だれもいないとき、地下室で伯父《おじ》の道具を借りて、二階から屋根裏の階段下に入るドアに内側からとりつけた。少なくともこれで、ぼくが在室中はリリーは入ってこられない。しかし、留守中はどうしようもなかった。残るは、錠前《じょうまえ》をとりかえるしかないわけだが、そこまでやる勇気がなかった。

リリーがどうやってキャシーを殺したのか、その手口を考えてみようとした。まず、どうやってキャシーに洗剤溶液《せんざいようえき》を飲ませたのか？　どうやって――。

バスルームの床《ゆか》一面に、ガラスコップの破片《はへん》が散らばっていた。リリーはそれでひざを切った。リリーはキャシーをバスタブから引きずり出そうとした。キャシー――七つのぼくに笑いかけたキャシー、そのときリリーはまだ生まれたばかりだった。

グレッグにあれほど腹を立てていたエミリー。エミリー……ちがう！　キャシーのことを考えていたんじゃないか。

キャシー。

ある午後、ぼくはケチな復讐《ふくしゅう》をしてのけた。まずタワー・レコードに立ち寄って、家にもどってリリーとぼくしかいないと見てとると、トーキング・ヘッズ（一九七一年、有名なニューヨークのディスコ、CBGBから躍《おど》り出《で》たロックバンド。一九九一年までが全盛期）を大型ラジカセに入れて、自分の好きな曲を出しては最大音量に上げた。

「サイコ・キラー」（トーキング・ヘッズの初期の大ヒット曲）、デイヴィッド・バーン（同バンドの人気ヴォーカリスト）が、低い声で歌う。「ケスクセ？」（英語の「ホワット・イズ・イット？」に相当。この歌詞の場合、「それがどうした？」という挑戦的《ちょうせんてき》な意味合い）ラン　ラン　ラン　ラン　ランラン・アウエイイイイ！　鼓膜《こまく》がやぶれるほどのレベルまで音量を上げた。ただの復讐《ふくしゅう》ではない。こっちは知ってるぞということを相手に知らせたかったんだ。それでなんとか事態が変わるか？　と思ったのだ。

やっとスイッチを切ったあとも、両の耳がガンガンした。ＣＤをケースにもどすと、リリーからかくせる場所を探した。結局、キッチンのすみにおかれた背の高い食器戸棚《とだな》の奥《おく》、皿類の向こう側へおしこんだ。そうしている間に、ＣＤケースが何かにぶつかる手ざわりがあって、さらに手をのばしてみると、大きな本のような、しかし本にしてはみょうにやわらかい変なしろものだった。ソーサーをどけてそいつをとり出してみる。スクラップブックだった。

表面に少しほこりが積もっていた。ぼくは気もそぞろにほこりをはらうと、開いてみた。〝しあわせな十八歳《さい》の誕生日《たんじょうび》！〟と書かれていた。その言葉は、黒い紙の上に、つややかな金色のインクで書かれていた。ジュリア伯母《おば》のきちょうめんな筆跡《ひっせき》だとわかった。その文句の下には、小さな赤《あか》ん坊《ぼう》の写真が貼《は》りつけてあった。おむつをあてがったその赤ん坊の、わずかな赤毛には、どうやってとりつけたのか黄色いリボンがかざりつけてある。その写真の下には、〝キャスリーン・ドーン・ショネシー、これがあなたの人生よ！〟と書かれていた。

ぼくはそのスクラップブックを持ってソファにすわりこんだ。

中身には、何も変わったところはなかった。産院で赤ん坊のキャシーがつけていた目印の腕《うで》輪《わ》、幼児《ようじ》時代の写真。やがてよちよち歩きするキャシー、サンタクロースのひざに乗っかったキャシー、顔を輝《かがや》かせた若いころのジュリア伯母《おば》にぴったりくっついたキャシー、頭に小さなパーティー帽子をかぶって、誕生日《たんじょうび》の贈《おく》り物《もの》に首を突《つ》っこんでいるキャシー。少し大きくなったキャシーが、プラスティックのスコップを持って表の通りで雪かきする伯父《おじ》の〝お手伝い〟をする写真、これは後のリリーの姿と似ている。ぼくはページをめくった。それにつれてキャシーが大きくなっていく。彼女《かのじょ》の成績表と学校での写真をしげしげとながめた。何かの運動の成績表。踊《おど》るキャシーのたくさんの写真。

ぎこちない思春期の写真。むっつりしたキャシー、へたくそな厚化粧《あつげしょう》をした写真、がりがりにやせた姿の写真、ぱんぱんに太った顔の写真。十三歳《さい》、十四歳。制服姿のキャシー、短いスカートにぴっちりしたセーターだ。反抗的な目つき。このあたりで初めて、リリーとの類似点が出てくる。ふいに気がついたのだが、スクラップブックにはリリーの写真が一枚もないのだ。

やがて、突然《とつぜん》、あるパーティーで撮《と》られたちょっとピンボケの写真のまんなかから、ギョッとするほど美しい娘《むすめ》の顔が輝き出てきた。キャシーは、笑いながらカメラに向けて乾杯《かんぱい》するように高々とグラスをかかげ、片ほおを別の娘のほおにおしつけている。〝レベッカの十六歳の誕生祝いで〟とキャプションがついている。ほかにも写真数点、大晦日《おおみそか》に行ったエアロスミス（ボストンのロックバンド。一九七〇年代にデビュー）のコンサートの入場券の半券、コサージュからとったおし花、アパレル店でのショッキングな額面のレシートは額面を赤丸でかこって感嘆符《かんたんふ》をつけてある。友だちとの集合写真。パーティーの写真。正式のプロム（卒業記念ダンスパーティー）の写真二枚。一ページ全体を占《し》める高校卒業写真。

あとは写真がない黒いページばかり。

ぼくは目を上げた。ふたたびキャシーの幽霊《ゆうれい》がぼくのわきにすわっているものと、なかば覚《かく》悟《ご》していた。ところが、彼女はそこにいなかった。ハミングも聞こえない。彼女の存在は感じられなかった。きみょうなことに、このスクラップブックを見てぼくがいちばん意識したのは、ジュリア伯母だった。伯母がこれらの品々を、中にはゴミからまで回収して寄せ集める光景を思《おも》い浮《う》かべた。ぼくは伯母がきらいだった。彼女のためにあわれみを感じたりする気はなかった。ところが、感じたのだ。

さて、このスクラップブックをどうしたものだろう？　階下へ持っておりて、勝手においてくるか？　伯父《おじ》にわたして、見つかったので、と告げるか？　これをぼくが持っていくと、リリーはどう思うだろうか？　つらい思いをするだろうか？　家族全員、つらがるだろう。いまだに階下には、キャシーの写真が一枚もないのだから。彼《かれ》らにつらい思いをさせてやりたい気がしないでもなかった。あれだけこちらをつらい目にあわせたんだからな。

写真が貼《は》られていない残りのページをパラパラめくると、何かが出てきた。最後のページと裏表紙の間から、大学の試験答案用紙が出てきたのだ。人類学104、ファリス教授《きょうじゅ》、中間試験、キャスリーン・ショネシーとラベルが貼ってあった。なんとなく開いてみると、最初のページには論文試問に対して、率直に答えようとする解答が納まっていて、これはさまざまな部族の文化における成人の儀式《ぎしき》に漫然《まんぜん》と答えようとしている。ところが、二ページで、キャシーはやる気をなくした。「……どうでもいいわ」と、黒々と引きのばした字体で書きなぐってある。「こんなことして、いったい何になるってのよ？　どっちにしたって、あんたなんかトンマもいいところよ。あのネクタイのダサイこと、講義のたいくつさったら、学生も全滅《ぜんめつ》しそう。滅入《めい》る。滅入る。滅入る。たった今わたしがやめたらどうなるの？　この試験の真っ最中に立ち上がって教室を出ていったらどうなる？　どう思う？　ほかのだれもがどう思うかしら？」

それだけだった。

キャシーはほんとに中間試験をボイコットしたんだろうか？　では、ぼくは彼女《かのじょ》が退学する前に書いた最後の文章を読んだところなのだろうか？　今では真相はわからない。その教授の試問は何とか最後まで仕上げたのかもしれない。もう一式答案用紙を手に入れて、答案を書き直して完成させ、提出したのかもしれない。死に物狂《ぐる》いで。ぼくだったらそうしただろう。以前はそうしてたもんな。

しかし、キャシーがそうはしなかったことはわかっている。答案用紙を閉じると、スクラップブックにもどし、バサリとコーヒーテーブルの上に投げ出した。そのとき、またキャシーの声が聞こえた。最初はハミング、やがて当然のように「リリーを助けて」のささやき声に変わった。「リリーを助けて」。

まわりを見まわしたが、彼女の姿はなかった。それでも声だけは続いていた。とうとうぼくは、声に出して答えた。

「いやだ」虚空《こくう》に向かってそう叫《さけ》んだ。「できっこないよ、キャシー、わからないのか？　リリーを助けてやれる手だてが何一つない。いや、だれかを助けてやれる力なんかぼくにはないんだ。助けられないよ」

ほんの一、二秒、沈黙《ちんもく》。やがてまたあのハミング。今では狂おしいひびき方だ。

ぼくは両の耳を手でおおった。そして、「だめだ！」と叫んだ。

すると、すべての物音が消えた。

# 30　いたずら探し

　翌日《よくじつ》、帰宅すると、これまでで最高に仰天《ぎょうてん》するリリーのいたずらに遭遇《そうぐう》した。つまり、何もいたずらが見つからなかったのだ。

　最初、まさか？　と思った。例によって屋根裏をすみずみまで点検した。どこにも何一つおかしなところはない。これまでは、何もなかったと思わせて、思いもかけないいたずらをしてのけるのがリリーの真骨頂《しんこっちょう》だったのに。そこで二度、三度と点検した。引き出しの中身、あらゆる電気系統、そのへんにおき捨てにしていた本をふってもみた。リリーが手をつけていない物品がふえるたびに、不安がつのってきた。何か、どこか、おかしいはずなんだ。以前、彼女《かのじょ》がシンクのシャワー蛇口《じゃぐち》に輪ゴムをつけたことを思い出した。蛇口をひねって、まともに胸《むね》に水を浴びるまで気がつかなかった。しかし、その日はどこをどうやって点検していいものやら見当もつかなかった。つまり、リリーの頭の動きを完全には把握《はあく》していなかったことになる。

探しまくったにもかかわらず……何も見つからなかった。フラストレーションにまかせて一時間もそこいらじゅうひっかきまわし、そのあげく、ぼくは屋根裏部屋のどまんなかに突っ立《つった》って、散乱した品々を凝然《ぎょうぜん》と見つめていた。戸棚《とだな》は壁《かべ》から引《ひ》き離《はな》され、衣類が引き出しからぬき出されて床《ゆか》に折り重なり、コンピューターはむだなウィルス点検を頑固《がんこ》にくり返していた。パニックで、喉《のど》の奥《おく》に酸《す》っぱいものがこみあげてきた。

何一つ出てこない。

リリーは階下にいた。その瞬間《しゅんかん》、ショネシー家の居間のソファにゆるりとすわりこみ、昔の映画を見ていた。ぼくが屋根裏じゅうひっかきまわし、何も見つけられなかったのを彼女が承知《しょうち》なのはわかっていた。ぼくを限界点まで追いやったのを知っていることも。

万事、わかっていた。

パニックの酸《さん》がふたたび喉もとにこみあげてきて、息がつまりそうになった。『異常心理学』の狂気《きょうき》のページが、コピー機で写し取ったように、脳裏《のうり》に浮《う》かんできた。ぼくはそれをふたたび読んだ。そして今度は……今度はこう思ったんだ、そうだ、ひょっとして――そうだ。とうとうどうかしてる状態にはまりこんでしまった。

気がつくと、ぼくは床にへたりこんでいた。この床は、ぼくがここで暮らした数か月を通して二度掃除《そうじ》した程度だった。胸があえぎ、肺《はい》からは早すぎるテンポで空気が出入りした。そして眼前《がんぜん》に、グレッグとエミリーの姿が浮《う》かんできた。あの午後、両親が留守の居間で、兄と妹は顔を真っ赤にしてたがいに金切り声でののしりあっていた。

「あれはあたしのよ、グレッグ。よくもあれを――」

「あれはぼくの金でもあるんだ。おばあちゃんがぼくら二人の名義で残してくれた――」

「教育費よ。あたしの医学部の授業料《じゅぎょうりょう》にね。それがみーんななくなってるじゃない――十万ドルが、兄さんの鼻の穴《あな》へ吸いこまれちゃった（吸引式の麻薬《まやく》に使ったという意味）」

「知ったことか。ぼくの金でもあったんだからな」

「もう黙《だま》っちゃいないからね、グレッグ。もううんざり。今度は償《つぐな》ってもらう――」

エミリーはぼくのほうを見なかった。泣きわめき、金切り声をあげて、グレッグをおしまくり、さらにおしまくった。グレッグは、彼女《かのじょ》よりはるかにでかかった上に、これまたもうれつに頭にきていたので、彼《かれ》が妹を傷つけてしまわないかと心配だった。だって、彼女はますます言いつのり――それがエミリーらしいところなのだが――こうなると止めようがなかったし、兄のほうも同様だった……。

ぼくは本気で止めようとした。グレッグにパンチを食らわす気でいたんだ。

もう、ここケンブリッジの屋根裏の光景は消し飛んで、ぼくは両ひざの間へ頭を突《つ》っこんでしまった。そうするしかなかったんだ。つとめてゆっくり呼吸しようとしたが、肺《はい》で空気がゼイゼイハーハーと音を立てるのが聞こえた。耳がふさがれているからだ。ジョギングに出るべきだったと気づいたが、もうおそすぎた。いっさいのストレスを舗道《ほどう》にたたきつけてしまえばよかったのに。この寒い部屋に居残って、大汗《おおあせ》かいてるとはなんたるざまだ。過去を思い出すのは、いいかげんにしろ。こんなはめにおちいるとはな。

——自分にパワーがあるって気がした？　どうだった？

よせ！　この現在の状況《じょうきょう》をどうにかしないと。相手はリリーだ。伯《お》父《じ》と伯《お》母《ば》だ。これを忘れているわけにいかない。肝心《かんじん》な現実を見失うわけにには。

数分後、どうにか床から立ち上がった。片手を椅《い》子《す》の背に当てて、からだを支えた。顔の汗をぬぐうと、その手がぬれてよごれた。両脚《りょうあし》がしっかりしてきた。室内を見まわして、自分が散らかした光景をながめた。

こんなことはもうたくさんだ。リリーは続けたいだろうが、こちらはごめんだ。どうにかしてこのゲームからぬけ出さないと。少しは平安と静寂《せいじゃく》を手に入れないと。

どうしてこの家を出ていかなかったんだろ？　ともかくも出ていくことがなぜできなかったのか？

うんざりしながらも、ぼくは脳裏《のうり》でリリーのことを考えてみた。ぼくの人生では彼女《かのじょ》は無用の存在だ。そのリリーがとりついて離《はな》れない。リリーが念頭にあらわれた。ぼくは出ていくからな、と相手に告げた。出ていく算段をする。そうすれば、おまえはこの屋根裏を自分のものにできる。それがそっちの魂胆《こんたん》なら、手に入れるがいい。

ぼくの頭の中のリリーは答えなかった。そのくせ、こちらの言ったことを聞きつけてはいるのだ。が、返事はなかった。

やがて、彼女の返事があった。

階下のドアをノックする大きな音がして、すぐに伯父《おじ》の声がひびいた。

「デイヴィッド？　リリーが、きみがわたしたちに会いたがってるって言うんだが、何が起きたのかな？」

「今度は何事なのよ？」と、伯母《おば》の声。

ぼくは返事をしなかった。言葉をおし出す空気が肺になかった。新しくとりつけたチェーン・ロックをかけていなかったことに気がついた。つまり、階下のドアは開けるってことだ。断固たる足音が階段を上がってくる。リリーや伯父のにしては歩幅が短い。ぼくがここへ来て以来、伯母が屋根裏へ上がってきたことがあったっけ？　一瞬《いっしゅん》、考えた。なかったはずだ。

戸口から入ったとたん、伯母はぎょっとして立ち止まり、ぼくをまじまじと見た。伯父が、次いでリリーが階段を上がってきた。散らかった室内を見て、伯父はあぜんとした。三人がこちらを見つめている間、聞こえるのはキッチンの時計の音だけだった。

自分が彼《かれ》らにどう見えるか、わかっていた。この部屋が彼らの目にどう映るかも同様だ。

やっと伯母が口をきいた。

「ねえ、これ、みーんなリリーのせいだと言うんじゃないでしょうね？」

口調はそれほどとげとげしくはなかった。これが、リリーがひそかにしかけたいたずらを狂《くる》ったようにあばき出そうとしたぼくの狂態《きょうたい》の結果だと、一瞥《いちべつ》で見て取ったのだ。

ぼくの目は、無意識のうちにリリーの姿を探していた。彼女もまた、この散らかりようをながめていた。さすがの彼女も……おびえた表情になっていた。

わかったか——ぼくはそんな彼女を見て、ひねくれた気持ちで内心でつぶやいた。その気になれば、ひっかき回すことにかけちゃあ、そっちより上だからな。こちらの視線《しせん》をしっかと受け止めると、一瞬《いっしゅん》、リリーは笑みを浮《う》かべ、かすかにうなずいてみせた。

ぼくは伯母に言った。

「ぼくがやった」

伯父には目を向けなかった。なぜかそれがつらかったからだ。彼がこちらに声をかけたときですら、目を向けなかった。

「アイリーンに電話するよ」

「いや」と、ぼくは反射的に言った。「父にしてください。ポケットベルの番号を言うから。それに入れておくと、電話してくる。母には電話しないで」

「しかし――」

伯父《おじ》がおやじと気楽に口がきけないことはわかっていた。それはぼくも同じだけど。それでも、今、必要なのはおやじだった。

伯母《おば》が割って入った。

「そうしなさい、ヴィクター。アイリーンじゃ役に立たないんだから」

ぼくがちょっと身動きすると、伯母はびくっとした。

「心配ないよ」ぼくは相手に言った。もっとも口調に皮肉なひびきがまじるのはおさえきれなかった。「腰《こし》をおろすだけだから」

そして、そのとおりにした。ソファにすわり、伯父におやじのポケットベルの番号を告げると、伯父が電話した。おやじがすぐ電話してきた。伯父がおやじに話している内容は聞いていなかった。本気で何かを頭からしめ出さなきゃいけないときには、それができるものなんだねって、心の奥底《おくそこ》のどこかで、うんざりするようなユーモアを感じる余裕《よゆう》まであった。少なくともだれも、拘束衣《こうそくい》をかかえた白衣の人間に来てくれと電話してるわけじゃないんだから。

そうは言っても……。

ヴィック伯父が電話を切った。

「ステュアートがナショナル空港（首都ワシントン郊外のアーリントンにある国内線空港）で次の便に乗るそうだ」

「じゃあ、これで終わりだ」ぼくは大きな声で言うと、まともにリリーに目を向けた。相手はその反応を待っていたらしい。彼女《かのじょ》に告げた。「これでぼくは出ていく。そうしてほしかったんだろ」

相手が笑みを、たとえばひそかにでも、笑みを浮かべるものと思っていた。なんだかんだ言ったって、ぼくは完全に彼女に負けを認めたんだからね。それも、ぞっとするような犠牲《ぎせい》をはらって。このあと自分がどうなるか想像もつかない。ぼくを歓迎《かんげい》しない両親が住むボルティモアへ追いやられるのか？　気ちがい病院《ルーニー・ビン》（デイヴィッドの心の中の独白なので差別語をそのまま使用）入り？　何があったって驚《おどろ》くもんか。リリーは勝ったどころか、ぼくをぶっこわしてしまったんだ。

当然、リリーからは満足、それも大満足の波長がとどくと思っていた。ところが、ぼくが相手を見つめ、相手がこちらを見つめ返したとき、彼女が感じているのが何かわかった。それは満足ではなかった。ちがう。まるでちがう感情だった。まじりあった感情——驚愕《きょうがく》、恐怖《きょうふ》、パニック……それがぼくには、はっきりと感じ取れたんだ。ぼくはとまどいながら、相手を見つめ続けた。出ていってほしいんじゃないのか？

へーえ、まずいな。いや、彼女《かのじょ》じゃなくて、このぼくがさ。ぼくはとにかく、ここから出ていきたい。できるだけ、リリーから遠く離《はな》れていきたい。リリーとキャシーからね。存在のすべての点で、ショネシー一家から逃《に》げ出《だ》したかった。

ぼくは念頭からリリーをしめ出してしまった。

# 31 リリーの告白

おやじが到着《とうちゃく》しないうちに、ぼくは屋根裏部屋をもとどおりに片づけた。本箱を壁《かべ》におしつけようとすると、ジュリア伯母《おば》がちょっと身動きしたが何一つ言わなかった。制止するかと思ったんだけどね。ぼくが引き起こした大さわぎのまっただなかで、父子の対面をさせたがっているのかと思った。しかし、そんなことはこっちとしてはまっぴらごめんだ。ちょうどそのとき、リリーが立ち上がって手伝い始めた。

一瞬《いっしゅん》、いっそ悪魔に手伝ってもらうほうがましだって思ったよ。リリーは、衣類の一部を引き出しに放りこんでおしこんだ。そのあと、伯母も徐々《じょじょ》に気持ちを静めた気配を感じた。リリーとぼくがもくもくと片づけだして数分後、ヴィック伯父《おじ》も、よりわけたり、たたんだり、持ち上げて元へもどしたりし始めた。

片づけ終わるまでに長くかからなかった。つまるところ、ぼくは何一つぶっこわしちゃいなかったからね。片づけがすむと、屋根裏部屋には間が持てない不安な雰囲気《ふんいき》が流れた。ぼくはぼうぜんと壁《かべ》にもたれていたし、伯父《おじ》と伯母《おば》は並んでソファにすわり、リリーは室内をぶらぶらしていた。ぼくは気にもとめなかったが、どうやら伯父と伯母はぼくを一人にしておきたくなかったらしい。このあと、ぼくが何をしでかすやら、予測がつかなかったわけだ。

「空港へステュアートを出迎《でむか》えに行かなきゃいけないんじゃないかしら？」

とうとう伯母がきいた。伯父は首をふった。

「タクシーで来ると言ってた」

「お金がかかるわ」と、伯母が言ったが、次の瞬間《しゅんかん》、まるでちがう鋭《するど》い口調で叫《さけ》んだ。「リリアン！　何を見てるのよ？」

その口調で、ぼくはいきなり麻痺《まひ》状態からさめた。

リリーは、本箱の一つのそば、ぼくのすぐそばの床《ゆか》にすわりこんでいた。ひざにキャシーのスクラップブックがのっている。そしてすばやくページをめくっては、むさぼるように見ていたのだ。母親に言われて、彼女《かのじょ》はよけいスクラップブックの上にかがみこんだ。しかし返事はしない。顔すら上げなかった。

「リリアン！」つめ寄りながら、伯母がまた叫んだ。

スクラップブックの上で、リリーの両手がこわばった。開かれたページでは、美しい娘《むすめ》に成長したキャシーが高笑いしながらカメラに向かって乾杯《かんぱい》している。リリーは、その写真をひたすら見つめ続けていた。リリーの横へ来た伯母は、しばし黙《だま》ってその写真をながめた。

「お姉さんがどんな顔してたか忘れてしまったと思ってたのに」

リリーがやっと口をきいた。ほとんどささやき声だ。それはぼくらに話しかけるというよりも、ひとり言のようで、不気味な感じだった。

「リリー……」

伯母が声をつまらせた。そして無言で訴《うった》えるように伯父に目をやったので、彼《かれ》も歩み寄った。伯父にはなんのことかわからないらしかった。スクラップブックがなんなのかもわかっていなかった。

「そこに持ってるのはなんだね？」と言って、手を差し出した。「リリー、お父さんに見せて――」

リリーはバタリとそれを閉じると、胸《むね》にしっかとかかえこんだ。

「これ、あたしのだから！」そう言うと、伯父、次いで伯母をにらみつけた。「見せたげない！」

急に頭がおかしくなったとでもいう様子で、顔は青ざめ、髪《かみ》の毛《け》はぐしゃぐしゃ、スクラップブックをひしとかかえこんで、両親にかわるがわる鋭い視線《しせん》を走らせた。

「だめ！　出ていって！」

「だって、リリー。どうしたんだね」伯父《おじ》が言った。

伯母《おば》はまだ口をきけないでいた。ぼくが説明した。

「キャシーのスクラップブックだよ」

全員がこちらに目を向けた。

「ここでぼくが見つけた。まだ伯父さんたちにわたす機会がなかったんだ」

「これ、見たの？」リリーがけわしい、しかしどこかきみょうな口調できいた。

「ああ」ぼくが答えると、リリーは動転した。顔の皮膚《ひふ》の下で恐怖《きょうふ》とパニックが脈打つのが見えた気がした。そんな気がしたのも、頭の中で彼女《かのじょ》と自分の間に打ち立てた障壁《しょうへき》に、恐怖とパニックがおし寄せるのを感じ取れたせいだったのかもしれない。

「ぼくだって興味があった」ぼくはそっけなく言った。「キャシーのことはぼくも覚えてるからね。もちろん、それを見たよ」

そして頭の中でリリーに向かって言った。それにわかってるんだ。わかってるんだよ、きみとキャシーのこと――。

伯母が喉《のど》に何かがつまったような声を出した。

「うちでは彼女の話はなしよ！」すごい口調でぼくに叫《さけ》んだ。「うちではあの子のことは話題にしない、しない……金輪際《こんりんざい》」

ちょっと両目に手をあてがうと、唐突《とうとつ》にくるりと回れ右をし、狂《くる》ったような靴音《くつおと》を立てて、木造階段をかけおりていったんだ。

伯父はすばやくリリーに視線《しせん》を投げ、次いでぼくを見てから、心を決めたように伯母のあとを追った。

「ジュリア、だいじょうぶかい？　ねえ、おまえ……」

あわただしい足音が、やがて聞こえなくなった。


ぼくと二人だけになると、リリーはいっそうしっかとスクラップブックをかかえこみ、それといっしょにかすかにからだをゆすっていた。一分、二分、刻々《こくこく》と時間が流れ、その間ぼくは彼女を見つめていた。そして自分でもふしぎなことに、あれだけ麻痺《まひ》していたくせに、ぼくの中で何かがうごめき始めていた。

おやじがこちらへ向かっている。ぼくは今、ひどくやっかいな状態だ。たぶん精神科行きだろう。でも、こうなりゃどうなろうとかまうもんか。

「リリー」と、ぼくは言った。「わかってる。きみのことはね」

リリーは動かなかった。しかし、すさまじい形相で目を細めている。そして見くだした口調で答えた。

「あたしの何をわかってるって言うのよ？　なんにもわかっちゃいないくせに！」

それでも彼女《かのじょ》の恐怖《きょうふ》を、ぼくは感じ取れた。これはさすがの彼女もかくしようがなかった。

こうなった以上は。

ぼくはおだやかに言った。

「きみがキャシーを殺したことはわかってるのさ」

ぼくの言葉は、塵《ちり》のように屋根裏の空中にただよった。こうして口に出すと、感じがちがってきた。言葉にすると、現実になる。リリーの表情と反応に注意をこらすと、彼女がぼくの言葉をほんとうのことだとわかっていることに確信が持てた。——マジで確信できたんだ。

ぼくの頭がおかしくなったわけじゃない。少なくともリリーほどではない。ぼくは言った。

「どうやって殺した？　どうして殺した？　話してみなよ」

リリーの胸《むね》が大きくあえいだ。一瞬《いっしゅん》そのまま胸が破裂《はれつ》してしまうのでは？　と思った。しかし、やがて彼女は気を取り直した。いつものリリー——何も信じないリリーにもどった。ぼくへの敵意ももどってきた。もうれつな意志《いし》の力で感情をおさえこんでいる。あごをぐいっと上げる仕草は、伯母《おば》とそっくりだ。

「あんたのこと話すなら、こっちも話したげるわよ」

ぼくはまじまじと相手を見つめた。そして、

「ぼくのことはもう知ってるじゃないか」と答えた。「世間がみんな知ってるよ」

「だってあんたがどんな気持ちなのか、あたしは知らないもん」と、リリーが言った。いや、ささやいた。「彼女を殺したあと、どんな気がしたか話してちょうだい。今はどんな気持ちなのかも。毎日どんな気持ちなのかも……」

どんなにパワーを感じたかを、ってやつか……。

「だめだ」彼女をさえぎらんばかりにして、ぼくは答えた。「だめだ」

シーンとなった。リリーはスクラップブックの上にかがみこんでいたので、顔に髪《かみ》がたれ下がって表情はわからなかった。やがて彼女が小声できいた。

「どうしてだめなの？」ぼくが返事をしないでいると、ほとんど聞こえないほど低い声でこう言った。「あたしたちって似てるわよね？　あんたとあたしって？」

これがリリー以外のだれかだったら、相手がはげましを求めていると思っただろう。それとも、なぐさめか。リリー以外のだれかだったら、ぼくの性質から言っても、相手にそういうものを与えてやったことだろう。しかし、相手はほかでもないリリーだ。ぼくに残されていたわずかな人生の希望まで容赦《ようしゃ》なくぶちこわしてくれたリリーなんだ。この上、自分の奇怪《きかい》な、独特《どく》の主張をおしつけようというのか。たとえ与えてやりたくとも、リリーに対してはこれっぽ

っちもごめんだった。

「返事しない気？」と、彼女《かのじょ》はねばった。真っ青な顔でこちらを見上げている。「知りたくないの、デイヴィッド？」

彼女はまたためらいを見せた。

「あんたが話してくれたら話したげる。ほんとよ。だって……言い出したのはあんたでしょ」

まるで飢《う》えたハツカネズミのように、こちらを見つめている。

「そっちが先だ」ぼくはとうとう答えた。

彼女はごくりとつばを呑《の》みこんだ。

「さあ」と、ぼくはせかした。「こっちに借りがあるだろ」それでも返事しないので、ぼくはさらにせかした。「お姉さんに死んでほしかったんだろ」

リリーの目が何かをせがんでいた。しかし、それが何かはわからない。やがて相手は目を伏《ふ》せた。そして一気に言葉がほとばしり出たのだ。

「何もかも彼女が中心。大きらいだった。毎晩《まいばん》、いなくなるようにお祈《いの》りした。死んでってね。そしたら……そしたら、そのとおりになった。何かの実験みたいだった」そこで言葉が切れた。

ここで切れちゃ困るんだ。ぼくはすごく知りたかった。そこでこう言ったんだ。

「彼女は風呂《ふろ》に入ってたんだよな」

「あたしがここにいることは知ってた」と、リリー。「グラスに水を、って言った」

その瞬間《しゅんかん》ほど硬直《こうちょく》して突《つ》っ立《た》っていたことは初めてだった。

「その水に少しアンモニアを入れた」と、リリーが続けた。「においですぐわかると思った。まさか飲んでしまうなんて思いもしなかった。でも飲んじゃった。あたしが思ったとおりにしてくれた」こぶしをにぎりしめている。

パワー感じたか？　と、ぼくは思った。魅入《みい》られたように、おびえて彼女を見つめた。ぞっとしながらも、そうきいた彼女の気持ちがわかったんだ。パ、ワ、ー、を感じた？

「キャシーはカゼをひいてた」と、リリーが言った。「ひどいカゼだった。だから……だから」

リリーは顔を上げたが、恐怖《きょうふ》の記憶《きおく》に青ざめ、瞳孔《どうこう》が信じられないほど大きくなっていた。

「そのまま飲み始めた。まさかって思った。ほんとに飲んでしまうなんて……それからグラスを落とした。割れた。床《ゆか》一面に破片《はへん》が飛び散った」

やがてリリーは、驚《おどろ》いたようにこちらを見上げた。そして「すごくたくさんの破片」と言った。「すごくたくさん」

## 32 ショネシー家を離《はな》れて

口の中いっぱいに酸《さん》が広がった。バスルームへかけこみかけて、ああ、ここはだめだと思い、シンクへかけ寄った。かろうじて間に合った。額《ひたい》、脇《わき》の下から汗《あせ》がふき出した。胃《い》の中身が全部吐《は》き出《だ》されてしまってからも、次々と吐き気がこみあげてきた。

バスタブ。グラス。リリーのひざ。ぼくのこぶし。グレッグにねらいを定めたぼく自身のこぶし。グレッグをねらったのにエミリーをなぐってしまった。

エミリーはあそこで何をしてたんだ？　なんでぼくとグレッグの間に割りこんできたりしたんだ？

リリーの視線《しせん》を感じた。

「あっちへ行け」と、ぼくは言った。エミリーでなかったら、グレッグだったんだろうか？　グレッグも死んでいたんだろうか？　そうなることをぼくは願っていたのか？

「でも、話してくれるって約束したくせに――」

「とっととあっちへ行けったら」と、ぼくはリリーに言った。そちらを見なくても、彼女《かのじょ》が出ていくのはわかった。

それから間もなく、おやじが到着《とうちゃく》した。そのころまでに、ぼくは立ち直っていた。どうにか口をゆすいで顔を洗ったところで、玄関《げんかん》のベルが鳴ったのだ。階下でおやじの声が聞こえた。それから――間をおかずに階段を上がってくる音がした。こちらはまだ用意ができていなかった。一瞬《いっしゅん》胸《むね》が爆発《ばくはつ》するかと思った。

おやじが戸口に立ち止まり、二人で見つめあった。

法廷《ほうてい》に出るときの値の張るスーツを着ていた。この日、伯父《おじ》からポケットベルがかかるまで、おやじは何をしていたんだろう？　とふっと思った。疲《つか》れた表情だった。

おやじは、少し部屋へ踏《ふ》みこみ、こちらへ近づくと、「デイヴィッド」と呼びかけた。腕《うで》がこちらへ差しのべられるかのようにぴくっと動いた。しかし、結局はそのままだった。

ぼくはおさえがきかなくなっていた。おやじに飛びついていったんだ。

もう子どもじゃない。おやじもぼくより背が高いわけじゃない。しかし、おやじは両腕でしっかとぼくを抱《だ》きしめると、もう一度ぼくの名を口にした。すると、昔のように自分が小さくなり、おやじが巨人《きょじん》になった。まるで何かの奇跡《きせき》のように、おやじは依然《いぜん》として万事を正すことができたんだ。

しばらくしておやじが言った。

「今は何も言わなくていい。すべて片をつけるのはあとのことだ」

そして電話をとると、ホテルを予約した。ぼくのために、ジーンズ、スウェットパンツ、ティーシャツなんかを、いくつかバッグにつめてくれた。そして言った。「さあ、行くぞ」

ぼくの安堵感《あんどかん》はとほうもないものだった。こうしてあわただしく出ていくのは、伯父《おじ》と伯母《おば》が、あの子をこの家から出してちょうだいと言ったせいだとしても、知ったこっちゃなかった。とにかく、ここを出ていくことしか考えられなかったんだ。ぼくはふり返りもせずに、屋根裏部屋を出ていった。

階下では、しばしぎこちない場面をがまんしなければならなかった。伯父がばかみたいなことを言っていたが、おやじは「明日連絡《れんらく》するよ」とか「話は明日だ」とか「明日電話するよ」とか、いろんな返事をした。伯母の姿はどこにもなく、それは当然という感じだった。ぼくがケンブリッジへ初めて来たときも、彼女《かのじょ》の姿はなかったんだから。

リリーは、伯父から離《はな》れて立っていた。血の気がなく、からだまでちぢんだ感じだ。ぼくには何も言わなかったし、ぼくも黙《だま》っていた。一瞬《いっしゅん》、例のおたがいをつなぐ意識がよみがえってきてうしろ髪《がみ》を引かれたが、その思いはすぐ途切《とぎ》れた。リリーのほうが断《た》ち切ってくれたからだ。ほっとした。

家を出ていきながら、心の中でさよならと告げた。さよなら、ヴィック伯父さん、さよなら、ジュリア伯母さん、さよなら、リリー。この先どうなることやら見当もつかなかったが、わかっていたことはふたたびこの家に入ることも、ショネシー家の人々と再会することもごめんだってことだった。特にリリーとは。

どうかそんなはめにならないようにと、ぼくは祈《いの》った。

――あたしたちって似てるわよね？　彼女はそう言った。そのとおりだった。言うまでもなく。それでも、ぼくがどんな人間になってしまったか、リリーと親しく認識しあって暮らす気にはなれなかった。彼女を見ると、そこに自分自身の姿が反映されているなんて見るに耐《た》えなかった。深淵《しんえん》をへだてて、彼女とこの自分が向かいあって立っているなんて、知りたくもなかった……。

十分後、おやじとぼくは、メモリアル・ドライヴのハイアット・リージェンシー・ホテルにチェックインした。部屋は静かで、これといった特徴《とくちょう》はない。川（チャールズ川。河口近くでボストンとケンブリッジの境界を流れる）に面している。長いこと、熱いシャワーを浴びた。それから寝室《しんしつ》にもどって、ベッドにすわったおやじと向きあった。

「タバコはやめたはずじゃなかったの？」と、ぼくはやっと口をきいた。

おやじはタバコをもみ消した。

「悪かったな。つい……空港で一箱買っちまったもんでな」それからこちらを見てきいた。「何が起こったか話してくれるかい、デイヴィッド？　なぜヴィックが電話を寄こしたんだね？　いったい何があったんだ？」

「話したいのはやまやまだけど――」ぼくは言葉を切った。

「だけど、なんだ？」

ぼくは声を低めて答えた。「信じてもらえないんじゃないかと思って」

「どうしてわたしがおまえを信じないんだね？」

「だって、信じてくれなかったじゃないか」と、ぼくは言った。「そうだよ。ぼくって人間を信じてはくれなかった――以前はね」

おやじはひどく静かだった。

「最初のうちだけだ……どう考えていいかわからなかった。それに、おまえも言おうとしなかった。話そうとしなかったぞ」

「そうだね」と、ぼくは答えた。

おやじは、必死な顔で言った。

「愛してるよ」

本気だとわかった。また、それでじゅうぶんと思うべきだと承知《しょうち》していた。特に以前と同じく今も――おやじにすべてを話していなかったんだから。

ぼくは窓辺へ歩み寄った。カーテンを引きあけて、メモリアル・ドライヴと川を見おろした。ぼくには自分の求めているのが何かわかっていた。おやじがうそをついてくれることだったんだ。なんにせよ、おまえをいつも信じてるよ、と言ってほしかった。一年前もそう言ってほしかった。あのときもおやじはそう言ってくれなかったし、今もそうは言ってくれなかった。自分が約束できるものしか約束しない。その点では相変わらずだ。

でも、このぼくは変わっていた。こうとはっきりは言えなくとも、変わっていた。

おやじが言った。

「何が起きたのか話してくれ、デイヴィッド。たのむから」

ぼくは答えた。

「わかった。話すよ」

## 33　「リリーを助けてやって」

ぼくはおやじに、ほぼすべてを話した。リリーとの対決、リリーのしかけてきたいたずらは全部話した。ヴィック伯父《おじ》とジュリア伯母《おば》との会話も。伯母がぼくの頭がおかしいと言い、自分で勝手にさわぎを起こしていると言ったことも話した。そして最後に、リリーの告白も語って聞かせた。

おやじに言わなかったことは、キャシーの件だけだった。つまり、ハミングする影《かげ》としてのキャシーのことだ。キャシーの幽霊《ゆうれい》。フランクにその話をしてしくじったことが足かせになっていた。二度としくじりたくなかった。

「どう?」話し終えて、シーンとなった室内に向かってぼくはきいた。「どう思う?」声が少しとがっていた。「全部ぼくのでっちあげだと思う?　伯母さんがそう思ったように?」

「いいや」と、おやじが答えた。口調はしっかりと確かで、思いやりがあった。「おまえがでっちあげたなんて思うもんか。ただ、もう少しききたいことがいくつかある。特にリリーがキャシーの死に責任があるってことなんだが……。どうもリリーが自分のせいだと思いこんでいるだけじゃないかな。子どもは思いこみを自分で信じてしまうことが多いからね。願い事をすれば必ずかなえられるってわけだ。確かに彼女《かのじょ》は姉を殺したと思いこんでいる。しかし、実際はどうかな？　わたしにはそうは思えないんだが。彼女が思いこみで話をつくりあげてるって気がするんだ。しかし、それをぬきにすれば、おまえの言うとおりだと思う。信じるよ、デイヴィッド、おまえの話してくれたことをね」

そう言ったとき、おやじはまっすぐぼくの目を見ていた。

ぼくはありがとうと言いたいところだった。言えるものなら、たくさん言いたいことがあった。言えなかったんだ、そのときは。おやじに言ってほしいと思っていたこと――例えばぼくが伯父と伯母にリリーのことを告げた一件について言ってほしいと思っていたこと――をおやじはそのまま言ってくれたのに、こちらは言えなかったんだ。口に出せなかった。

口が開けなかったのは、安堵《あんど》はしていたけどそのせいじゃなく、これ以上ないほどおやじに感謝していたけどそのせいでもなく、何か言い出せば泣きだしてしまうんじゃないかと恐《おそ》れていたけど、そのためですらなかった。口を開こうとした矢先、またしてもキャシーのささやきが聞こえたためだった。頭の中でね。――リリーを助けてやって。ヘルプリリー、ヘルプリリ

――……からだがこわばった。

そのささやきを静めようと、ぼくは言った。

「彼女《かのじょ》には救いがいる。リリーのことだけど」

「そのとおりだ」と、おやじが答えた。「そう、たぶんおまえの言うとおりだろう。とは言っても……」

「とは言っても？」と、ぼくがきき返した。

「結局はヴィックとジュリア次第だからな」そう言って、おやじは髪《かみ》を指ですくようにした。

「ほんとのところはだな、デイヴィッド。あの二人がわたしの言うことなど聞く耳持つはずがないよ。彼《かれ》らに何か手を打たせるのは、わたしにはむりだろうな」

ぼくは虚空《こくう》をつかむようなもどかしさを感じた。――ヘルプリリー……また聞こえた。今度は必死の口調だ。――ヘルプリリー！

「やってはみるよ、約束する」と、おやじ。「しかし、わたしにはおまえのことが先だ。その点はわかってるな？」

「うん」と、ぼくは答えて、ベッドに腰《こし》をおろした。おやじがその場にいなかったら、枕《まくら》を頭にのっけて両耳をぎゅっとおさえつけたかった。――ヘルプリリー……。

おやじは、大きくあくびした。「さあ、朝の二時を回った。数時間でも眠《ねむ》っておこうじゃないか」

おやじがそう言うと、キャシーのささやきがはたとやんだ。奇跡《きせき》としか思えなかったのだが、おやじがそう言うと、キャシーのささやきがはたとやんだ。心底ほっとした。

おやじが照明を消した。そしてひどく驚《おどろ》いたことに、おやじが横にいてくれると、ぼくはすぐさま眠《ねむ》りこみ、ぐっすり眠れたんだ。

ぼくはあの屋根裏部屋のバスタブにひざまずいて、その中へ吐《は》いていた。キャシーがぼくの横にひざまずいていた。片手の爪《つめ》の先をぼくの腕《うで》に食いこませ、耳もとでこうささやき続けたんだ。「リリーヘルプリリーヘルプリリーヘルプ」。二人のまわりでは、空気が強く熱せられて脈打ち、煙《けむり》のにおいが鼻孔《びこう》をつまらせた。キャシーがぼくをゆさぶった。「ヘルプリリーヘルプリリーヘルプ」。

ぼくは暗がりで目をさました。横ではおやじがいびきをかいている。そのまま横たわっていると、夢での切迫感《せっぱくかん》がつのり、強まって、いっそう激《はげ》しさを増《ま》してきた。それはぼくの耳の中でも脈打ち、ついには全身を貫いた。――リリーヘルプリリーヘルプリリー。

もう止めようがなかった。デジタル時計が三時二十七分を示すころには、もはやがまんできなくなった。なんとかしてこの切迫感から逃《のが》れないと。

そこでしのび足でバルコニーの窓へ歩み寄り、カーテンを開いて外をながめやった。チャールズ川は凍結《とうけつ》していて、月光に美しく光っていた。川向こうには、ぼくが応募《おうぼ》したボストン大学の建物が見える。眼下《がんか》にはメモリアル・ドライヴの街灯《がいとう》が、舗道《ほどう》に黄ばんだ光を投げかけている。動かないおぼろな水みたいだった。その光、凍《こお》りついた川面を見つめながら、すでにぼくにはキャシーの声を断《た》ち切《き》る手だてがわかっていた。同時に、それはやってはいけない手だてだということもわかっていたのだ。くぼみだらけの路面には、雪とすべり止めの砂が残っている。冬の真夜中にジョギングするなんて、まったくばかげている上に、危険だった。

それを承知《しょうち》していながら、ぼくはスウェットシャツをひっかぶった。そしておやじが目をさましたときにそなえて、こう走り書きした。「眠《ねむ》れないのでジョギングしてきます。すぐもどるから」。

それから靴下《くつした》を着け、ジョギング・シューズをはくと、総ガラスばりのハイアットのエレヴェーターの一つで一階におりた。外へ出るのが待ちきれなかった。一人で夜の街路を走り、切迫した自分の脈拍《みゃくはく》に追いつき、キャシーの声と、またしてもよみがえってきた筋の通らない恐怖《きょうふ》をかき消してしまいたかった。

外は静まり返っていた。ケンブリッジは夜の街《まち》としてはたいしてにぎやかではない。初めはチャールズ川沿いに走ったのだが、寒気がすごいので、すぐに西ケンブリッジを目ざし、駐《ちゅう》車中《しゃ》の車列と道路脇《わき》にかきのけた雪の山だらけの街路《がいろ》をいくつもかけぬけていった。時折、犬が吠《ほ》え立《た》てた。一頭など、ぼくについてとびはねながら一キロばかりも走り、やっと引き返していった。おなじみのコース の一つ、フレッシュ・ポンド・ロータリー（ケンブリッジの巨大《きょだい》な貯水池《ちょすいち》の沿岸通路）まで来ると、びっしょり汗《あせ》をかき、息づかいも落ち着いてきた。キャシーの声は完全にやんでいた。

このままいつまでも走り続けていられそうな気分だった。いっそフェンスを越《こ》えて、フレッシュ・ポンド沿岸をたっぷり三キロかけぬけてみるかとも思ったが、いくら気分がよくなっていたとしても、夜中にそこまではやる気がしなかった。なぜか考えもしないで走り、気がつくとマサチューセッツ・アヴェニューにいて、家へのコースをとっていたんだ。いや、家じゃない。ショネシー家だ。回れ右して引き返すべきだったんだ。チャールズ川へ引き返し、ハイアットとおやじのもとへもどるべきだった。

ほんとに回れ右すべきだった。

ところが、そうはしなかった。できなかったんだ。引き返せなかった。そのかわり、まるで何者かにあやつられるように、ぼくはマサチューセッツ・アヴェニューを北へ向かった。足裏に、こちらに来て以来おなじみになったリズムが感じ取れた。速度がどんどん上がっていく。こんな速度で走ったことはなかった。

――リリーヘルプリリーヘルプリリー……。

前方の空が赤くなり、サイレンの音が聞こえた。早駆《はやが》けはキャシーの意思ではなく、ぼく自身の意思になった。まるで肺《はい》の奥深《おくふか》くに純度《じゅんど》の高い小さな酸素《さんそ》のかたまりを秘《ひ》めてでもいる感じだった。それが喉《のど》もとへこみあげてきて、今にも悲鳴に変わりそうだった。なんとかそれをおしこめ、それを使っていっそうねばり強く速度をあげ、激走《げきそう》を続けた。あと四百メートル。あと二百メートル。あと数十メートル。消防車がまた一台、わきを走りぬけていった。家々からバスローブ、スリッパ、コートと思い思いのいでたちで人々がかけ出してきた。いつ果てるともしれない長時間、悲鳴は喉もとにおさえこまれ、こめかみを打ちたたき、眼球《がんきゅう》を膨脹《ぼうちょう》させた。

群衆《ぐんしゅう》があふれていた。ぼくは狂《くる》ったように彼《かれ》らの間をすりぬけ、家へと近づこうとした。空を燃え上がらせている炎《ほのお》が見える位置へ出ようとした。

家のてっぺん、あの屋根裏部屋のあたりが炎を吹《ふ》き上《あ》げていた。そこが火もとにちがいない。下の階は、煙《けむり》に包まれていた。ぼくはさらに前へ割りこんでいき、必死になってあたりを見回した。どうにか最前列まで出ると、消防車と重装備の消防士たちがヘルメット姿でホースをかかえ、はしごを立てかけていた。立てかけられていたはしごの一つが、はずされかけていた。二名の消防士がホースを標的に向けようとしていた。

一人の消防士がぼくをおしのけ、何か罵《ののし》り声《ごえ》をあげた。ぼくは相手を無視《むし》して、群衆の中を探した。

「ぼくはここに住んでいるんだ」と、その消防士にどなり返した。そして叫《さけ》んだ。「ヴィック伯父《おじ》さん！　ジュリア伯母《おば》さん！　レイナ！」そしてこう叫んだ。「リリー！」

ぼくは金切り声を出した。「リリー！」

前方に、男もののコートを羽織《はお》った伯母の姿が見えた。赤い虚空《こくう》に向かってとがったほお骨を突《つ》き出《だ》し、白髪《はくはつ》がもみくしゃになっている。そして両腕《りょううで》でからだをかき抱《いだ》くようにしてふるえながら炎上《えんじょう》する自宅を見つめていた。伯母が身動きすると、となりに伯父の姿が見えた。ちょっと離《はな》れたところにレイナの姿も見える。彼女は二枚のキャンバスを持ち出していて、片腕でしっかとかかえていた。

「リリーはどこだ？」と、ぼくは消防士に向かって叫んだ。「小さな女の子は？」

「どこかその辺にいるはずだ」と、相手は答えた。「さあ、下がって！　ここは危険なんだから！」

キャシーの声は消えていた。頭の中の切迫感《せっぱくかん》も消えている。ぼくは、おびえながら炎を見上げた。消防士がまちがっているとわかっていたからだ。リリーはまだ屋内にいる。燃え上がるあの家の中に。

リリーがどこにいるのかも正確にわかっていた。そこで何をしているかも。そしてその理由も。そしてついに、なぜぼくがここへ来たのか理解できた。また、ぼくが何をすべきかも。

「ヘルプ・リリー」はこのことなんだ。

ぼくはキャシーに向かって、吠《ほ》えたける炎《ほのお》よりも大きな声で叫《さけ》んだ。「わかった。助けるぞ」

# 34 炎の壁《かべ》を越《こ》えて

　ぼくは、家に向かって突っ走《つっぱし》った。だれかが叫《さけ》び、からだのどこかをつかまれたが、ふりほどいた。玄関《げんかん》までかけつけると、背後でさらに叫び声があがった。しかし、だれにも止められっこない。追いかけてくる者はいやしない。消防士だって。危険すぎたんだ。ぼくは二階の踊《おど》り場《ば》へかけ上がると、伯母《おば》と伯父《おじ》の居住区へ飛びこんだ。

　煉瓦壁《れんがかべ》にぶち当たったようにガツン！　と熱気がぶつかってきた。ぼくはあえぎ、煙《けむり》で窒息《ちっそく》しかけた。スウェットシャツのすそをひっつかむと、鼻と口まで引き上げた。汗《あせ》のにおいがした。廊下《ろうか》をかけぬけ、居間を走りぬけると、三階へのドアにぶつかりかけた。手の向こう、ドアの向こうは、熱気がもっときつかった。炎のはじける音まで聞こえた。

　心臓《しんぞう》が胸《むね》から飛び出しそうだった。肺《はい》が痛い。ドアノブを引っ張ると、鍵《かぎ》がかかっていない。ところが、中ではリリーがチェーンをかけていた。つい最近ぼくが、用心部深くとりつけておいたやつだ。ドアに肩《かた》をぶつけてたたきあけようかと思った。ところが、蝶番《ちょうつがい》はこちら側だから、ぶつかっても利《き》き目《め》はない。

蝶番は二つきりなので、上のやつに手をのばして、思わずぱっと引っこめた。ペンキを塗《ぬ》った金属は、加熱していたのだ。

スウェットシャツを完全に脱いでしまうと、それで指を守りながら、上の蝶番をケーシングから引きぬいた。ありがたいことに、ヴィック伯父がたんねんに家の手入れをしていたおかげで、蝶番にも油が引いてあり、かんたんにぬけた。

下の蝶番は造作《ぞうさ》なかった。上の蝶番をつかんでドアが枠《わく》からはずれるまで引っ張ると、ドア自体に指を差しこめた。それからずしりと体重を下の蝶番にかけた。

蝶番はドアの枠からはずれて飛び、ドアが音を立てて開いた。ぼくはさっと身をかがめた。熱気がどっと上から落ちかかってきたんだ。すさまじい炎《ほのお》が、ぼくをひっぱたいた。

目の前に、古い急な木造階段がのびていた。階段の空間を煙《けむり》が渦巻《うずま》きながら吹《ふ》きおりてきて、ぼくを包みこんだ。ぼくは咳《せ》きこんだ。またスウェットシャツを顔におしあてると、自分の汗と恐怖《きょうふ》を吸いこんだ。ここは足やからだが覚えている。わざわざ目で確かめることはなかった。かけ上がると、もろに煙と靄《もや》の中へ突っこんだ。炎のはぜる音が耳を圧した。

屋根裏にたどりつくと、両目からシャツをはずした。

屋根裏の表と裏に面した壁《かべ》と窓は、完全に炎に呑《の》みこまれ、屋根は半分消えてしまい、夜空が見えた。ところが、屋根裏の両脇《りょうわき》の壁はそのまま残っていたんだ。炎が床《ゆか》をはって、その壁へ迫《せま》りつつあった。

まだシャツで口をおおいながら、ぼくはバスルームへ進んだ。そこには、ぼくには、はなからわかっていたとおりのかっこうで、リリーがいたんだ。水を張ったバスタブにあおむけに横たわっていたんだ。

鼻だけが水面に出ていた。彼女《かのじょ》はいかにも彼女らしい頑固《がんこ》さでじっとしていたが、胸《むね》は激《はげ》しくあえいでいた。生きてたんだ。そして待っていた。キャシーを？　ぼくを？

顔が水面の上へ浮《う》かび出《で》て、両目がぱっと開かれた。からだを水の上へ出すと、金切り声をあげ始めた。

「出ていけ！　出ていけ！　ほっといて！」

ぼくはひざまずくと、両腕《りょううで》で水中から彼女をかかえ上げた。まるで拷問《ごうもん》美術館の夢でも見ているようだった。ほとんど息ができない。煙で目が痛い。はだかの背中は、皮膚《ひふ》が溶けていくみたいだ。一瞬《いっしゅん》、リリーのぬれた首に顔をおしあて、息をついた。そして口を相手の耳に寄せた。

「ここからきみを連れ出すからな！」ぼくはそうどなった。

「いや！　いや！　いや！」

相手は狂《くる》ったように腕《うで》をふり回し、バスタブへもどろうとあがいた。

リリーはなかなかの力だったが、その点ではこちらが上だし、なにしろ死に物狂いだった。あっという間に、あの古びた階段を炎《ほのお》が包みこむのは明らかだった。背後のラックから片手で大きなバスタオルをひっつかむと、バスタブにつけた。それをどうにか両肩《りょうかた》とリリーに巻《ま》きつけた。彼女《かのじょ》のからだがぬれていたのは好都合だった。しかし、彼女はまたわめきたて、身をよじった。

「うるさい」と、どなりつけた。「黙《だま》っておとなしくしろ！」

彼女は激《はげ》しくけりつけたが、ぼくは立ち上がり、屋根裏の居間までもどってきた。

バスルームで手間取っていた間に、炎は広がっていた。居間の表側全体で炎が壁《かべ》をなし、その壁が迫《せま》ってきて、広がり、あけ放した戸口から階段へと突《つ》きぬけた。その壁の向こうは見えない。階段――そこしかない脱出口は、まちがいなくあと数秒で燃え上がるだろう。

腕の中で、リリーがふり向くのがわかった。そして眼前《がんぜん》の炎の壁を見ると、一瞬《いっしゅん》静かになった。次いで泣き声をあげた。両腕がぼくの胴《どう》にしがみついた。

「死ななきゃいけない」と、彼女は息せき切って言った。「キャシーを殺したんだから。本気で殺した。人殺しなんだから」

「わかってるよ」と答えると、一瞬、目があった。今や大きく見開かれた両目には、驚《おどろ》きよりも別の何かが浮《う》かんでいた。それが何かを考えるゆとりがなかった。「しかし、きみの受ける罰は死ぬことじゃない。罪といっしょに生きることだ。ぼくみたいにな、リリー」

ぼくみたいに。

彼女はあえいだ。「しっかりつかまって」と、ぼくは言い、ぬれタオルで相手の顔をおおった。スウェットシャツはどこかでなくしていた。一瞬タオルで自分の顔を包むと、深呼吸をした。それからリリーをしっかとかきいだくと、階段をおし包む炎の壁へともろに走りこんだ。

火炎《かえん》のまっただなかでは、時間が変わる。長くなったり、短くなったり。痛みもいたるところにある。かと思えば、どこにもない。しかし、恐怖《きょうふ》の入る場所はなかった。火炎地獄《じごく》を考えてもらえば、それがほんとうのことだとわかるだろう。

しかし、実際にはわかりはすまい。

リリーとぼくは、炎のただなかをかけぬけていった。一秒とかからなかったかもしれないが、永遠でもあった。それから階段に出た。ありがたいことに、階段は焼け落ちてはいなかった。足もとで床板《ゆかいた》の一枚が崩《くず》れるのを感じたが、二人分の体重はすでに次の階段にうつり、さらにかけくだっていった。下へ。下へ。さらに下へ。

ショネシー家の居間と廊下《ろうか》をかけぬけた記憶《きおく》が残っていない。もう一つの階段をかけおりた記憶《きおく》もない。この階段をかけおりて地面に立った瞬間《しゅんかん》、三階の全部、そして二階の一部が背後で崩壊《ほうかい》した。ポーチをよろよろとぬけて、小さな前庭の斜面《しゃめん》で転んだことも覚えていない。消防士の姿も見かけなかった。ところが、あとで聞かされたところでは、彼《かれ》らは消火用の毛布を広げて待ちかまえ、頭から全身にそれをおしかぶせたのだという。――たぶん、そのおかげで命拾いできたんだろう。なにしろ、髪《かみ》の毛《け》も背中も炎《ほのお》を上げていたんだから。肺《はい》にやっと呼吸できる空気を吸いこんだのも覚えていない。地面に転がって、消火用毛布を巻《ま》きつけたままやたらに転がりまくっていたこともだ。転がりながら、リリーをかかえこみ、しっかと抱《だ》きこんで、なおも彼女《かのじょ》を守ろうとしていたことも記憶になかった。

一つだけ覚えている。ぼくが彼女の罰の話をし、ぼく自身の罰と結びつけたとき、リリーがしがみついたことだ。あの炎の壁《かべ》を走りぬける悪夢の間も、しがみついていた。ケンブリッジの消防隊が、ぼくらを焼き殺そうとした炎の残りを消しつくすまで、寒い外気の中で、ぼくにしがみついていたのだ。あの脱出行の間じゅうずっと、リリーはぼくにしがみつき、ぼくはリリーを抱きかかえていた。ぼくらは共に生きのびたのだ。

ぼくらは生きた。

# 35
# 病室からの密使

「どうしようもないじゃないか」

病院のベッドで両親に向かって、なるたけ気軽な調子で言った。あれから三日たっていた。個室でうつぶせに寝《ね》ていたのだ。ありがたい静脈注射針《ちゅうしゃばり》から鎮静剤《ちんせいざい》がからだに流れこんでいる。

「ぼくが絶対に高校を卒業できないのは宿命なのさ。大学検定だけ受けるってのはどうかな？」

フランク・デルガードが笑い声をあげた。彼《かれ》はゆっくりとベッドの足もとを行ったり来たりしていた。この大男が入ると、個室はいっそうせまく見えた。彼が来てくれてうれしかった。

「だめよ、そんなこと」

おふくろがさっとフランクのほうにとがめるような視線《しせん》を投げてから言った。フランクはきのう、記者たちを寄せつけないようにおやじが雇《やと》ったガードマンをすりぬけてもぐりこんできたのだ。

リリーに会いたかった。心底会いたかった。しかし、それはまだ許可がおりなかったんだ。おりるまで待つしかなかった。ぼくが彼女《かのじょ》のことをこれだけ思っていることを知ってほしかった。でも、わかってくれている気がした。

彼女も入院していたのだ。からだにけがはなかったのだが、放火したことはかくしようがなかった。両親とレイナが無事に逃《に》げたことを見とどけてから、ふたたび家にもどったのだ。今や彼女は、自殺目的の放火犯人あつかいだった。ぼくがいつも彼女を入れることを望んでいたところ、つまり熟練《じゅくれん》の精神分析医《ぶんせきい》たちの手にゆだねられていた。

いっときはそれでほっとしたものの、今ではそれでよかったのかと不安になっていた。なんとかして彼女に会って、声をかけてやらないと。

しかし、待つしかなかった。

おやじが言った。

「ウォルポウル博士《はかせ》には、チューターをそろえてもらうようにたのんでおいた。彼《かれ》らが次の月への学習をサポートしてくれるだろう。医師たちによれば、そのあとたぶんセント・ジョウンズへもどれるだろうということだ」

へーえ、ほんと？　一瞬《いっしゅん》、リリーのことを忘れて、内心でそう思った。じゃあ、ぼくはどこに住めばいいんだ？　伯父《おじ》と伯母《おば》が泊《と》まっているハイアット？　まさか。彼らはいっぺんこっきり訪ねてきて、こわばった、心のこもらない口調で礼を言って帰っていった。

伯父と伯母にしてみれば、家が焼けたのもぼくのせい、自分たちにまちがった観念を持たせたのもぼく、そして――ある意味では、彼らの次女をこんなはめに追いこんだのもぼく、というわけだ。二人が永久にぼくを許さないことはわかっていた。

頭の中で、小さくはあるが、こっちだって許すもんかという声がした。

おやじの声がそんな声を刺《さ》し貫《つらぬ》いた。

「おまえが今後暮らす場所についてはまだ結論が出ていないんだよ、デイヴィッド。しかし、考えはある。あと数日で結果が出るだろう」

ぼくは身をこわばらせた。そして自分をおさえた。けんかはしたくなかった。とはいえ、またしても親から自分の住む場所についてあれこれ言われるのは、はっきり言ってむかついた。

「おれんちに余分な部屋があるんだけど」と、フランクがさりげなく言った。「おふくろは文句言わないけどな」

ぼくは目をぱちくり。ほう！　おやじを見上げたが、おふくろは困惑《こんわく》をかくしきれない表情でフランクを見ていた。

「ありがとう」と、彼女《かのじょ》はすばやく言った。「でも主人が言ってるように、考えてることがあるのよ」

おふくろは、フランクという若者がわかっていなかった。特にぼくのヘアスタイルについて彼《かれ》がしてのけた解決策《かいけつさく》がお気に召さなかったんだ。彼が鋏《はさみ》と電気カミソリをふるって、焼けちぢれたぼくの頭髪《とうはつ》を剃《そ》り上《あ》げたことを、だ。あとからやってきた両親は、スキンヘッドが二人いるのを発見したというわけだった。

「これ、ちゃんと生えてくるんでしょうね？」と、おふくろがあわてて言わずもがなの質問をした。あれだけの猛火《もうか》をかいくぐっても、焼けたのは髪《かみ》の毛《け》だけ、頭部自体は無事だった。皮《ひ》膚《ふ》移植《いしょく》が必要だったのは背中だけだった。

「でもそんなにひどくはないよ、全体から見てね」と、皮膚移植専門の医師が包帯をかえながら言った。「何ともツイてたね、きみは」

別の点でもぼくはツイていた。ほとんどすべての記者連中がついにぼくの取材を断念、ほかの、もっと重要なネタへと矛先《ほこさき》を変えてくれたことだ。しかし、火災《かさい》の翌日《よくじつ》には、全部の地元新聞の一面記事をかざった。おやじが話してくれたところでは、近所のだれかが撮《と》ったビデオからぬき出した写真を大々的に使ったらしい。そのビデオ自体、地元と全国のテレビで放映された。ぼくはどれも見なかった。見る気になれなかったんだ。看護師《かんごし》や医師からいやというほど聞かされていたしね。だれもがぼくをヒーロー視《し》していたらしい。去年の憎悪《ぞうお》に満ちたあつかいよりはましだったが、真実とはほど遠く、誤報《ごほう》だらけだった。

　ぼくはほんの一瞬《いっしゅん》、目を閉じた。おふくろはそれに目ざとく気づいて、あたふたとみんなを病室から追い出した。そっとしといてやらないと、と彼女が言った。休ませてやらないとね。あとでもどってくることにしましょう。

　ぼくは疲《つか》れていた。それでも、一人になるのはあまりうれしくなかった。そうなると、リリーのこと、彼女への心配ばっかりしてしまう。これはありがたくなかった。ぼくらの関係はおしまいとはいかなかった。リリーとぼくはね。

　今回の事態を、キャシーはどう思うだろうか？　キャシーがかねがねリリーを助けてほしいと思っていたのは、こんな形でだったんだろうか？　精神分析医《ぶんせきい》たちは、リリーをどう診立《みた》てるだろうか？　リリーは彼らをどんな目で見るだろうか？　疑念《ぎねん》はつきず、懸念《けねん》もつきなかった。

　翌朝《よくあさ》、ぼくはふたたびリリーに会わせてくれと親たちにたのんだが、彼らは目を見あわせ、しばらく待ちなさいと答えた。ぼくは単刀直入にきいた。

「リリーはぼくに会いたいって言ったの？」

「ああ」と、おやじがしばらくして答えた。

「なら、どうして会っちゃいけないの？　伯母《おば》さん？　それとも伯父《おじ》さんが何か？」

おやじはため息をついた。

「ジュリアはそっとしとかないとな、デイヴィッド」

「伯母さんなんかどうだっていいんだ！」ぼくはぶっきらぼうに言った。「伯父さんもさ。肝《かん》心《じん》なのはリリーなんだ。わからないの？」

「わたしたちが決めることはできないのよ」と、おふくろ。「ヴィックとジュリアの問題だから。どうかわかってちょうだい、デイヴィッド。わたしたちにはどうしようもないのよ」

「ぼくはリリーの命を救ったのに――」

「わたしたちにはどうしようもない」両親が同時に言った。合唱みたいだった。そして、おたがいに目をあわせて、ばつの悪い顔になった。

ぼくはそれ以上は口をきかなかった。しかし、不満だった。その午後おそく、フランクに話しかけた。だれかに話さずにはいられなかった。いや、憤懣《ふんまん》をぶっつけざるをえなかったんだ。

「じゃあ、あの子と話したいだけなんだな？」聞き終えてから、彼《かれ》が言った。

「うん。それが彼女《かのじょ》にもいいと思うんだ。わかってるんだ」ちょっと間をおいて、ぼくはこう言い足した。「ぼくにとってもいいんだよ。とにかく……重要なことなんだ」

フランクは、椅子《いす》から身を乗り出し、両手の指をあわせてきいた。

「ぼくが彼女の入院しているところへしのびこむってのはどうだ？　おまえのことづてを持ってさ」

ぼくは目を見張った。頭の中がブンブン音を立てた。精神病棟《びょうとう》の警備《けいび》は堅固《けんご》だろうな。でも、なんてったってフランクは、おやじが雇《やと》ったガードマンの目をすりぬけてここへ入りこんだんだから。

「どんな手を使うんだ？」と、ぼくはきいた。

「これから考えるさ。任せとけ」と言って、彼は肩《かた》をすくめた。「最悪、このおれに連中何がやれる？　おれをたたき出すだけだろ？　おれってすでに世間からたたき出されてる人間だぜ」

彼は完全に冷静だった。この男、とことん気に入った。

「どうなんだ？」と、フランク。「やるのか、やらないのか？」

「やる」と、ぼくは答えた。

相手はその気だった。

「よし。今晩《こんばん》やってのける。入りこめたら、彼女にどう言えばいい？」

「言ってほしいのは……つまり……」ぼくは言葉を切って、考えた。

おやじにリリーのことを話したとき、おやじは理屈《りくつ》と筋道を大事にする人間ならではの反応を示した。たぶん、分析医《ぶんせきい》たちも同じ結論になるはずだ。リリーは、キャシーを殺したのは自分だと医師たちに告げるだろう。しかし、七歳《さい》の女の子が実際に殺人がやれるなんてだれが本気にするか？　罪の意識と恐怖《きょうふ》から殺したと思いこんだと考えるほうが、ずっとかんたんだし、道理が通る。そう、分析医たちは、リリーに、妄想《もうそう》だと告げるだろう。

肝心《かんじん》なのは……肝心なのは、そのことじゃないんだ。リリーにとっては、現実と妄想は同じことなんだ。肝心なことは、彼女《かのじょ》の思いこみを信じてやることなんだ。

ぼくは、信じてやった。おそらくほかにはだれ一人、信じてはやるまい。

「リリーに言ってくれ」と、ぼくは相手に告げた。「きみの言うことを信じると」

「それだけか？」と、フランクがきいた。

「ああ」ぼくはためらった。「フランク？」

「なんだ？」

「ありがとう」と、ぼくは言った。

彼《かれ》は頭を下げた。剃《そ》り上《あ》げた頭のてっぺんが蛍光灯《けいこうとう》の下で光った。

「スリルだぜ」そこで言葉を切ってから、こう言い足した。「もう一つある」バックパックに手をのばすと、茶封筒《ちゃぶうとう》を引っ張り出して、ベッドへ投げて寄こした。「プレゼントだ」そう言い残すと、彼は病室を出ていった。

学校かウォルポウル博士《はかせ》からの通知？　封筒を開くと、木炭と赤インクで描いた小さな絵が出てきた。ぼくは息を呑《の》んだ。だれの絵かすぐにわかった。レイナの絵だ。ぼくの顔だった。眼前《がんぜん》で絵がぼやけてきた。突然《とつぜん》、もう一枚の絵を思い出した。ぼくを描いた彼女のもう一枚の絵、ぼくが引きさいた絵だ。絵の中で、ボウルの水底で息をつこうとあえいでいるように見えた自分の口を思い出した。

今度の絵をじっくりながめるのは耐《た》えられなかった。今はだめだ。それを封筒《ふうとう》におしこむと、ベッドわきの引き出しへ投げこんだ。レイナがフランクを見つけたのか？　それとも彼が彼女を？　まだぼくにはレイナに会いたい気が残っているのか？　そのとおりだった。

しかし、今はだめだ。

夜っぴてフランクを待ち続けたが、彼は姿を見せず、電話も寄こさなかった。リリーからのことづてもなかった。

# 36　ケンブリッジへようこそ

翌朝《よくあさ》、両親が病室へ飛びこんできた。おふくろの顔が輝《かがや》いている。「又借《またが》り契約《けいやく》ができたわよ」彼女《かのじょ》はあたたかい笑顔を向けた。「すばらしい場所でね、デイヴィッド。寝室《しんしつ》が三つあって、チャールズ川が見おろせるの。サバティカル（長期間の勤続者に与えられる長期休暇《きゅうか》）で留守をする教授《きょうじゅ》夫妻の住まいでね、あなたも学校へ歩いて行けるわ。もう待ちきれない！」

ぼくは相手を見つめた。

「どういうこと？」

「残りの半年、わたしたちもこっちへ来て暮らすんだ」と、おやじがおだやかに言った。「お母さんは図書館から半年の休暇を取った。わたしも大半の事件は交代してもらった。もっとも少しはここから目配りをするんだが。あとは二、三の事件でＤＣに飛行機でもどることになる」

「ハーヴァードの社会人コースをいくつか取るつもりなの」と、おふくろが宣言《せんげん》するように言った。「一つ目をつけてるのは――」

「待ってよ」と、ぼくは言った。まさか、という気だったんだ。「つまり、こっちへ引《ひ》っ越《こ》してくるつもり……？」

「あなたと暮らすためにね」と、おふくろが言った。「学期末まで。すてきじゃない？　また家族がそろうんだから」それから彼女の声が力をなくした。「どう、デイヴィッド？」

ぼくの気持ち……いや、自分の気持ちがわからなかった。ほんの一瞬《いっしゅん》、時間があの八月にもどり、ぼくは一人で荷物をかかえて汗《あせ》みずくでショネシー家の屋根裏への階段を上がっていく。目に浮《う》かぶのは、床《ゆか》のほぼまんなかにすわりこんでいるリリー。「ほんとはあたしがここに住むはずなのに」、あのとき彼女はそう言った。そのかわり、たぶんぼくのせいで、そこで死のうとしたんだ。

両親はぼくを見つめていた。おやじは、法廷《ほうてい》でいつも見せる表情だ――まだ警戒《けいかい》しているような表情。ぼくは見返した。この親たちは、過去の数か月をかんたんにぬぐい去れるとでも思っているのか？　別の都市で以前と同じ家族にもどれると思っているのか？　アブラカダブラと唱えれば、かつて彼《かれ》らが愛したデイヴィにまたもどれるとでも？

まだエミリーは消えていない。エミリーはいつもそこにいた。

ぼくの沈黙《ちんもく》は長すぎた。おふくろはふいに背を向けると、病室を出ていった。おやじは窓へ歩み寄ったので、背中ばかりが見えた。やがておやじが言った。

「先におまえに相談すべきだったかもな」

「そうだね」ぼくはどうにか答えた。

「じゃあ」と言いかけて、おやじはいったん言葉を切った。「どうやら、これが名案だとは思っていないわけだね」

ぼくは咳《せき》ばらいをした。

「どう言えばいいか……」それ以上言葉が出てこない。

「又借《またが》り契約《けいやく》は破棄《はき》できる」相変わらず背中を向けたまま、おやじが言った。「おまえがそうしたいなら、フランクといっしょに住めばいい」

「ちょっと待って！」と、ぼくは叫《さけ》んだ。「どうかちょっと待って！」

おやじは待ってくれた。ちょっとより長くかかった。ぼくは激《はげ》しくまばたきした。なんとか考えをまとめようとした。

ぼくの沈黙があやつり人形の糸か何かだったかのように、おやじがふり向いた。両手をだらりと下げている。そのくせ両肩《りょうかた》はぴっといかっていた。

ある意味で、この状態はぼくがリリーを抱《だ》いてかけぬける前に目にした炎《ほのお》の壁《かべ》に似ていた。

ぼくがケンブリッジへ来たのは、両親がそれが正しいやり方だと保証してくれたからだった。今の気持ちを口に出すしかない。ありのままを。たとえそれが親たちを傷つけるとしても。たとえそれがぼく自身を傷つけるとしても。

「またぼくらが家族にもどるとしても」と、ぼくはゆっくりと答えた。「わかってもらわないといけないのは……昔の家族とはちがう、もとにはもどれないってことだよ。お父さんやお母さんが知っていた、あのデイヴィッドじゃないってことさ」

その後、ぼくはさっきよりも長い沈黙を続けた。おやじも口をはさまなかった。やっとのことで、ぼくは言葉を見つけた。

「ぼくはガールフレンドを殺した。愛していた娘《むすめ》を殺した」と、おやじに告げた。「この事実をかかえて生きている。これから先もずっとだ。この生き方を選んだ。そうしないと――そうしないと死ぬ以外ないからね」

このことは、リリーが教えてくれた真実だった。彼女《かのじょ》の真実だ。かわりにぼくは、リリーにぼくの真実を教えようとした。おまえの罰は、その罰といっしょに生きることだ、と。

たぶん、二人で背負えば、重荷は軽くなるのだろう。たぶん、先になれば、償《つぐな》いの方法が見つかるかもしれない。ふしぎなことに、今になって、そんな希望が出てきた。なぜかリリーが――リリーを助けたことが、この希望を与えてくれたらしい。リリーはぼくを必要としている。

ぼくもリリーが必要だ。癒《いや》されるために。仮《かり》にぼくらでも癒されることがあるとしての話だが。しかし、おやじにわかってもらわないといけないのは、まったくもとどおりになることはありえないってことだ。もはやぼくには、ふつうの〝正常な〟未来の保証などないってことだ。いや、そんなもの、自分でもほしいとは思わないってことだ。金輪際《こんりんざい》ね。

やっとぼくは、まともにおやじを見返した。彼《かれ》の目には、この悪夢に身がまえている表情が浮《う》かんでいた。あの有名な写真の目だ。彼は重い口を開いた。

「おまえがそういう気持ちでいることはわかる。だが、おまえのためにもその気持ちを捨ててほしいと思う」

「わかるよ」と、ぼくは答えた。「お父さんもお母さんも、どんな気持ちかはわかるよ。でも、理解してほしい。これ以外の生き方は――ぼくにとっては――正しくない生き方なんだ」

おやじはぼくの目を見すえたまま、黙《だま》っていた。ぼくは続けた。

「お父さんとお母さんがそうあってほしいと計画していただれかとは、今のぼくは別人なんだ。その別人が、どういう者なのか、自分でもわかっていない」

今度はぼくが目をそらした。生つばを呑《の》みこむと、こう言った。

「エミリーの死を変えることはできない。でも、何かがあるはずだ、お父さんとお母さんが誇《ほこ》りに思える何かが――それを願っている。いつの日かね。それは、あなたたちが求めていた何かとはちがうけどね。——事件の話だけど……」

言わなければいけない言葉をやっとそのときに言った。おやじへの贈《おく》り物《もの》だった。裁判のとき、宣誓《せんせい》のもとに告げたが、おやじに直接告げたことはなかった。もちろん、おやじに聞いてもらうべきだとはわかっていたけれど。「お父さん、事件の話だけど、ぼくは絶対エミリーを打ってはいない。彼女に手を上げたことは絶対になかった——」ちょっと間をおいてから言い足した。「愛した人に手を上げたんじゃなかったんだ。ほんとだ。誓《ちか》うよ」

おやじがぼくの両肩《りょうかた》に手をおいた。ぼくは、火傷《やけど》の跡《あと》が痛くて、びくりとした。おやじは、まるで炎《ほのお》にでも触《ふ》れたように、ぱっと両手を引っこめた。

「どうしてあのとき、わたしにじかに言ってくれなかったんだ？」と、きいた。「どうしてそれを被告席《ひこくせき》でしか言わなかったんだ——言わざるをえないときにしか」

ぼくは答えた。

「きかなくてもわかってほしかったからだよ」

ぼくらはたがいを見つめあった。

「悪かった」と、おやじが言った。疲《つか》れた声音だった。「わたしは……おまえとは造りがちがう人間なんでな」

ぼくはうなずいた。彼は犯罪専門の弁護士なのだ。ぼくの頭のどこかでは、依然《いぜん》失望感があった。いつもそうなのはわかっていた。しかし、そろそろそういう気持ちとはおさらばしないと。

「いや。悪かったのはぼくのほうさ。ぼくが子どもだったよ」

「おまえはわたしの子どもだ」と、おやじが言った。

しばし沈黙《ちんもく》があった。

「なぜグレッグはうそをついたんだね？」やっとおやじがきいた。ぼくを疑《うたが》ってきいたのでなく、おやじはすべての糸を結んでしまいたいんだとわかっていたが、ぼくは身をこわばらせた。

「はっきりとはわからない」と、ぼくは答えた。「想像はつくけど、ほんとのことはわからない」それからおやじを見て言った。

「以前は彼《かれ》のことも好きだったよ」それを言うのはつらかった。「親友だった。あの最後の年、彼はずいぶんコカインをやっていた。ぼくはエミリーに夢中だったから、彼には大して注意をはらっていなかった。はらっていればひょっとして……」ぼくは言葉を切った。「わからない」それからもう一度、もっとはっきりと言った。「結局、ぼくにはグレッグはわからなかった。まるでわかっていなかった」

沈黙が来た。おやじが口を切ってくれるのを待った。一瞥《いちべつ》して、おやじのほうも、ぼくが言い出すのを待っていることがわかった。が、一、二分後、おやじは静かに言った。

「おまえを誇《ほこ》りに思うよ、デイヴィッド。いつの日か、ではなくて。たった今、おまえを誇りに思っている」

生つばを呑《の》みこむ音が聞こえた。「あの夜、ハイアットで目がさめて、おまえがいない……メモを読んだ……やがて電話が鳴った。警察《けいさつ》だ……病院へかけつけると……ジュリアとヴィックがいて……」おやじの声は完全に乱《みだ》れていた。ぼくは、おやじに、あの火事の夜どんな気持ちだったかきいてみることすら思いつかなかった――初めてそれに気がついた。

「あのビデオを持っている」と、おやじは続けた。「十回以上も見た。見るたびにおまえが死ぬのでは、とはらはらする。わたしは現場にいなかった。助けてやれない。わたしとお母さんが、おまえを危険にさらした。おまえがリリーについて話したことをわかっていなかった。とにかく……とにかく……」

おやじは、おふくろがすわっていた椅子《いす》に腰《こし》をおろすと、両手で顔をおおった。両肩《りょうかた》が上下している。やがて顔を上げてぼくを正面から見ると、はっきりと言った。

「ヴィックとジュリアは、あの夜、リリーをおまえから切《き》り離《はな》さないと気がすまなかった。おまえが失神したあと、救急車で運ばれるときにね。なんとかリリーと会えるようにしてやりたかったんだが。どうにも手の打ちようが……」

ぼくはおやじを見つめた。

「おまえの言うとおりだ」と、おやじが言った。「おまえはもう昔の……おまえじゃない。また、わたしがそうなってほしいと思っていた息子でもない。だが、それはどうでもいいことだ。かつてこうあってほしいと願っていたおまえがどんなだったかも思い出せない。あの少年――あの男は――現実ではない。今のおまえが現実なんだ。今ほどおまえを誇りに思ったことはない」おやじは続けた。「デイヴィッド、ほんとうにそうなんだよ」

おやじはめがねをはずしてふくと、またかけ直した。そして室内を歩き回り始めた。

「しばらくはここで暮らせるのを楽しみにしていた。ロースクール以来だからね。それにお母さんは、ハーヴァードの社会人コースを楽しみにしていた。『古代マヤの絵文字の解読』ってコースをね」

ぼくはやっと自分が感じている気持ちがわかった。あたたかさだ。枕《まくら》で背中を支えられ、毛布で包まれたような気分だ。

「お母さんをがっかりさせたくないよ」と、ぼくは言った。「あ……お父さんも、そのコースを取るの？」

「いや、別なことに目が向いてね」と、おやじが言った。

「何？」

「サキソフォンを始めるんだ」

ぼくらはたがいを見あって、少なくともその瞬間《しゅんかん》はおたがいが理解できた。たぶんいつの日か、わが身に起きたことも、そのおかげで今の自分がある、と思えることだろう。

エミリーの死への償《つぐな》いは永久にできないだろうけれど。

ぼくはやっと口をきいた。

「ケンブリッジへようこそ、お父さん」

おやじは、じっと考えこむような顔になった。

「わたしたちは八月にここへ来るべきだった」と、彼《かれ》は言った。「おまえといっしょにね」

「どうかな。でも、うれしいよ――」

「そうだな」と、おやじが言った。そして、たっぷり一分たってから、おふくろを探しに出ていった。

# 37　密使が連れてきた者

ぼくはふいに目がさめた。顔へじかに懐中電灯《かいちゅうでんとう》をさしつけられている。すぐ消えると、うなるように「フランクだ」という声がした。

「どうやって――」

彼《かれ》の手がぼくの口をふさいだ。

「シーッ！　ここは万事自分に関わりがあると思いこんでるプロの偏執狂《へんしつきょう》だらけなんだぞ」

ベッドわきの時計では、午前二時五分だった。背中に気をつけながら、ぼくはからだを楽にしてベッドのはしにすわった。フランクは懐中電灯を手で包むようにして、室内のあかりを最小限度にとどめている。しかし、彼がわずかにあけておいたドアからもあかりが入ってきていた。暗がりの中に車椅子《くるまいす》が見え、その中に……。

「リリー」と、ぼくは小声で言った。まさか。ぼくは両腕《りょううで》を広げた。車輪をきしませて、リリーは座席から飛び出すと、激《はげ》しくぼくのからだにぶつかってきた。両手がこちらの包帯の上をもろにひっかいた。ひどい痛さだったのに、気にもならなかった。

「おいおい、どうした」と、ぼくは言った。

彼女《かのじょ》は震《ふる》えていたが、泣いてはいなかった。いつものリリーではなかった。ぼくは片腕《かたうで》で彼女を抱《だ》いて、別の手で彼女の髪《かみ》の毛《け》をなでた。あの火災《かさい》現場ですら、今ほど激しくしがみついてはいなかった。

ぼくは言った。

「だいじょうぶ。ぼくはここにいるよ」

彼女がこもった声で言った。

「よそへ行かないで」

「行くもんか」と答えて、ぼくは川向こうのボストン大学を思《おも》い浮《う》かべた。

二人は黙《だま》りこんだ。ほとんど暗がりと言っていい中で、ぼくといとことは黙っていた。

しばらくして、リリーの頭越《あたまご》しにフランクを見た。彼は廊下《ろうか》を見張っていた。

「ほかの患者《かんじゃ》たちの部屋はドアがあけ放してある」と、彼はごくふつうの口調で言った。「いずれはだれかがこの部屋をのぞきにきたがる。おまけに、十五分ばかりでリリーをベッドにもどさないといかん。二階の夜勤交代《やきんこうたい》に便乗《びんじょう》してるんだ」

戸口から射しこむより強い照明の中で、フランクがバッジのついた緑のスモックを着ているのを見てとった。そして――。

「頭にかぶっているのはなんだ？」ぼくはきいた。「リスか？」

「おれって、金髪《きんぱつ》だとすごくイカすと思うんだ。人事課の女が今朝すぐおれを雇《やと》ったからな」フランクが白く光る歯をむいた。「おれはこの病院の雑役《ざつえき》なんだ。人事課も必死なのさ。夜勤やるやつなんていないもんな」

おったまげたやつだなあ、フランクって。

「ありがとう」と、われながら場ちがいな気がしたが言った。「ありがとう」彼《かれ》はうなずいただけで、「十五分後にもどってくる」と言うと、病院の廊下《ろうか》へするりと出ていった。

両の腕《うで》にリリーの体重を感じる。十五分か。

「会いたいってたのんだんだけど」と、リリーが小声で言った。

「ぼくもさ」と言って、ちょっと間をおいてからきいた。「連中にはどう話したの？」

彼女《かのじょ》はため息をついた。吐息《といき》を肌《はだ》に感じた。

「ひどいことになったのか、え？」

「あの人たちは、あたしの言うことを信じないのよ。キャシーのことをね。わかるでしょ」

そのとおりだろう。ぼくは彼女を抱《だ》きしめたが、タイミングがずれて相手はからだをかたくした。ぼくが腕をゆるめると彼女も落ち着いたが、相手の中に警戒心《けいかいしん》を感じ取った。これはもとのままのほうのリリーだ。

屋根裏部屋にいたときのように、彼女がきいた。

「デイヴィッド、どうか教えて。あなたは——どんな気持ちなの？　毎日？」

ぼくは息を吸いこんだ。そして初めて彼女に言った。一語一語、大きな声で。

「深い淵《ふち》のように感じている。以前は、その淵の一つのはしっこに、きみが立っていた。ほかの人みんなといっしょに。——しかし、きみはそのことに気づいてすらいなかった。それからあとになって、きみが別のはしっこへうつった」ぼくは難儀《なんぎ》しながら続けた。「きみがどうやって別のはしっこにうつったか、あんな恐《おそ》ろしいことを本気でやったのかどうか、そんなことはどうでもいいことだ。ほんとうのこととして毎日あるのは、きみが淵の別のはしっこにたった一人で立っているってことだ。わかっているのは——」

「また、それをやる可能性があるってことね」と、リリーが小声で結論を言った。「それがあるかもってこと」

この世のだれもが、他人に対して生殺与奪《せいさつよだつ》の力を持つことがありうる。恐ろしいけれども、真実だ。その真実は受け止めなければいけない。そしてひとたび受け止めれば——あともどりはきかない。

ぼくらは黙《だま》っていた。やがてリリーがはっきりした口調できいた。

「どうすれば、いつかまたそれをやらずにすませるって確信が持てる？　またやることがありうるってわかっている今？」

確信なんか持てっこないよ、とぼくは思った。確かなものなどありはしない。でも……。

ぼくは言った。

「またやりたいのかい？」

「とんでもない！」リリーが答えた。「とんでもないわ！」

その声からは、本心が聞き取れた。「キャシーのことを思ってる。お姉さんのことを――毎日。でも、それなのに、ときどき、またやってしまうかもって……ほんの一瞬《いっしゅん》だけど……そしてもし……もしものことがあったら……」

もしものことがあったら。

ぼくは言った。

「一つ約束しようじゃないか、リリー」

彼女《かのじょ》は身をかたくして待ち受けた。

「おたがいに助けあおう」と、ぼくは言った。「つらいとき、こわいとき、誘惑《ゆうわく》にかられたとき、おたがいに相談しあおう。手を貸すよ。きみも手を貸してくれ。ぼくらが持っているパワーを使わずに。何かいいことをする方法を見つけよう。償《つぐな》いを……償いをするために」

リリーは黙《だま》って考えていた。その間、ぼくは自分が息を止めていたことに気づいた。

「約束できるかい、リリー？」

するとリリーは、誓《ちか》いを立てるように言ったんだ。

「ええ」

「じゃあ、これで決まりだ」と、ぼくは言った。

残された時間の間、ぼくらは暗がりで抱《だ》きあっていた。


フランクがリリーを連れていったあと、ぼくはあかりをつけた。そしてベッドわきのテーブルに手をのばして、フランクが持ってきた封筒《ふうとう》を取り出した。レイナの絵を引き出すと、たんねんに広げてながめた。

ただの顔だ。ほんとにふつうの顔。くちびるには笑みがないが、おだやかだ。あごはただの線で、しっかりと、すばやく引かれている。まちがいなくぼくの顔だった。

目にはなんとも名づけようのない表情が描かれている。見たくもなければ、認めたくもない何かだ。しかし、この目の持ち主はひるんではいない。自分の邪神《ディーモン》たちを名指しで呼び寄せたくせに、寄せつけないでいることがわかる。これからも――どうにかして、寄せつけないはずだ。

ぼくは深い吐息《といき》をついた。それからさらにしげしげと、絵に描かれた顔の目をのぞきこんだ。瞳孔《どうこう》にレイナが小さな姿を描きこんでいた。左には一人の女性、右には少女が描きこまれている。彼女《かのじょ》らは邪神《じゃしん》ではない。二人は小さな翼《つばさ》を持っていた。

# エピローグ

両親と新しいマンションで過ごした最初の夜、夢の中でぼくは、ポーター・スクエア・スーパーマーケットの「八品以下お勘定口《かんじょうぐち》」に並んでいた。行列のすぐ前に、赤毛の女性が立っていた。ふり向くと、キャシーだった。

ぼくを見ても、彼女《かのじょ》は驚《おどろ》いたようには見えなかった。彼女は買《か》い物袋《ものぶくろ》の中をさぐって、マーケットのカードを取り出した。まじめな表情で彼女がカードをぼくに差し出したので、こちらも自分のカードを取り出した。

ぼくらは黙《だま》ってカードを交換《こうかん》した。新しいカードをよく見ると、「デイヴィッド・ヤッフェ」と氏名が打刻《だこく》されていた。顔を上げて、相手の目を見た。すると彼女はぼくがわたしたばかりのカード差し出して、打刻された氏名を見せた。

それには、「リリー・ショネシー」と書かれていた。

彼女《かのじょ》は笑みを浮《う》かべ、ぼくも笑顔になった。いずれにしても、ケンブリッジではカード交換《こうかん》時《じ》、いつも人々は笑顔になる。しかし、キャシーの笑顔はふだんのそれではなかった。ひたすら輝《かがや》いて見えたのだ。ぼくの魂《たましい》にまであたたかさがしみとおった。やがて頭をちょっと下げると、彼女は背を向けた。そこで目がさめた。気持ちが急《せ》いた。

夜が明けたばかりだった。おぼつかないまま、ベッドを出ると、戸棚《とだな》へ歩み寄った。財布《さいふ》を開いて、スターマーケットのカードを引き出した。

打刻されていた氏名は、デイヴィッド・ヤッフェだった。

# 訳者あとがき

◆舞台の背景——ボストン、ケンブリッジ、木造三階建て◆

この物語で、ボストンのスーパーマーケットのカードを客たちが交換《こうかん》しあう光景は、巷《ちまた》では個人個人がバラバラで、雑然《ざつぜん》と群れて動いているだけだということを表している。雑踏《ざっとう》とは、都市での不確かな生存の光景だ。

もっとも、ボストンは、アメリカの京都みたいな「古都」だし、チャールズ川を隔《へだ》てた西どなりのケンブリッジにはハーヴァードやＭＩＴを始めとして大学がたくさんある。しかし、ボストンは京都のように過去の遺産《いさん》保存にあまり熱心ではなく、実に大胆《だいたん》な再開発が行われている点で非常にアメリカ的で、ケンブリッジのほうがまだしも落ち着いている。

一方、物語の舞台となる木造三階建ての家屋は、ケープコッド・ハウスと呼ばれるマサチューセッツ独特《どくとく》の構造を持っている。もっとも、様式は実に多種多様で、もともとは平屋だったのが、町家特有のせまさから屋上屋《おくじょうおく》を重ねていった。木造三階建てとしては、「ヴィクトリアン」と総称され、全米に広がっているのだが、最も有名なのがサンフランシスコの丘陵斜面《きゅうりょうしゃめん》に建ち並ぶものだ。私も何度かヴィクトリアンの中に入ったが、巨大《きょだい》なもので、真ん中に直《ちょっ》径《けい》一メートルもあろうかと思われる大黒柱が三階から地下まで通っていた。半地下も含《ふく》めて四階構造が多かった。

最後は労働者住宅となって老朽化《ろうきゅうか》、空《あ》き家《や》になっていたのを一九六〇年代にヒッピーが不法占拠《せんきょ》、彼《かれ》らのセンスで色鮮《いろあざ》やかに塗《ぬ》り立《た》て、リフォームして値段が高騰《こうとう》、一九七〇年代以降《いこう》は金持ちしか住めなくなった。だからふつうは、一人が一部屋を借り、共用部分を使う形をとる。複数の学生がこういう居住形態をとる場合もある。従《したが》ってショネシー一家のような中流下《か》層《そう》が、一戸建てを維持《いじ》するのは大変で、レイナに一階、デイヴィッドに屋根裏を、それぞれ貸しているのだ。ヴィック伯父《おじ》は、この家に誇《ほこ》りを抱《いだ》いている。しかし、その古色《パティーナ》さゆえに、この家の屋根裏には「影《かげ》」が出るなど、ナサニエル・ホーソーンの『七破風《はふ》の家』（一八五一年）のようなおどろおどろしさもある。

◆物語の背景――贖罪《しょくざい》の道すじと両親の無明《むみょう》◆

物語の主題はかなり異色で、犯した罪と共にどう生きていくか？　というものだ。

人間は自己欺瞞《ぎまん》の生き物である。とりたてて罪を犯さなければ、自分をあざむき、ついでに他人もあざむいてわずかなうしろめたさだけで、あとは憎《にく》たらしいほど気楽に生きていける。いや、罪を犯してもそれから顔をそむけて生きていける者が大半だ。

主人公デイヴィッドはちがう。彼の場合、なんとも不運なことに、恋人を守ろうとして相手を死なせてしまった結果、傷害過失致死《しょうがいかしっちし》の罪を着せられかけたが、腕《うで》ききの弁護士である父親のおかげで無罪になった。しかし、彼《かれ》は自ら自分自身に有罪を宣告《せんこく》する。いや、父親によって無罪にされたからこそ、主人公の罪悪感は深まる。

例えば、両親はこの期におよんでも一人息子に父親のような輝《かが》かしい将来《しょうらい》を期待する夢を捨てきれないのだが、デイヴィッドはほどほどの人生を目ざすだけで、今後の人生の大半の時間とエネルギーを贖罪《しょくざい》に費やす覚悟《かくご》をしているのだ。贖罪とは、裏を返せば自己欺瞞《ぎまん》をきびしく締《し》め出《だ》す生き方だといえる。しかも、彼はいとこのリリーに手を貸して罪の重荷の背負い方の手ほどきまでするのである。

そのリリーは、ショネシー家の次女で、姉のキャシーを薬品で殺した動機が姉への嫉妬《しっと》だったために、また現在は十一歳《さい》と幼《おさな》いために、贖罪への道すじを見出せないでいる。そのあがきが、キャシーを殺した自宅の三階の屋根裏部屋への執着《しゅうちゃく》となる。〝犯人は犯行現場へ必ず戻《もど》ってくる〟というのは警察側《けいさつがわ》の体験的確信だが、犯行で炸裂《さくれつ》した罪意識が犯行現場へ転移されるからだ。その結果、リリーの罪意識はその屋根裏部屋へ越《こ》してきたいとこのデイヴィッドへの憎悪《ぞうお》へとさらに転移される。犯行現場に、無関係な他者が侵入《しんにゅう》したからだ。リリーは、事ごとにデイヴィッドにつらく当たり、陰険《いんけん》ないたずらをしかける。さすがのデイヴィッドも、パラノイアに追いこまれる。

この葛藤《かっとう》がドラマの中心なので、重苦しさで物語が流れなくなる恐《おそ》れがある。デイヴィッドも自己欺瞞をきびしく締め出した聖人君子としてリリーに対する余裕《よゆう》はない。ふつうの若者としてのストレスと怒《いか》りにふりまわされる。ところが、これだけ重苦しい主題なのにちゃんと物語が流れていくところがすごいのである。本書が一九九九年のエドガー・アラン・ポー賞を受賞した真骨頂《しんこっちょう》はここにこそ存在しているのだ。

自分の心の闇《やみ》が見えないことを仏教では「無明《むみょう》」と言うが、リリーがこの闇を突《つ》きぬけるには、膨大《ぼうだい》な犠牲《ぎせい》をともなう。贖罪への出口が見えてくるのは、万事、そのあとなのだ。ここは、本書最大のカタルシスとなるだろう。

しかし、リリーの無明の本当の原因は、両親にある。いや、母親のジュリアこそ原因だろうと、本書を読まれた方なら言うかもしれない。しかし、両親は別人格ながら、合体した存在でもある。父親のヴィック（デイヴィッドの伯父《おじ》）の優柔不断《ゆうじゅうふだん》さもまた無明の原因なのだ。ジュリアの深刻《しんこく》な自己中心性と想像力・思いやりの欠如《けつじょ》、それにふりまわされるヴィックの優柔不断さ、両々相まってキャシーやリリーに対して無明を創《つく》り出《だ》してきたのである。キャシーは早々と人生を誤《あやま》り、リリーは前記の苦しみをなめる。

◆宗教と無明の関係について◆

リリーが両親同士に口をきかせず、自分が二人の対話の取りもち役になる異様な場面は、R・D・レインの名著《めいちょ》『家族の政治学』（みすず書房。一九九八年）に紹介《しょうかい》されている有名な実例に基づいている。

この無明《むみょう》が、ジュリアの両親、キャシーやリリーの祖父母に起因したかどうかは、本書ではわからない。しかし、「家族問診療法《もんしんりょうほう》」という精神分析学《ぶんせきがく》の成果では、無明は代々受けつがれる。『ブライス家の人々――家族療法の記録』(A・Y・ナピア&カール・A・ウィテカー共《きょう》著《ちょ》。家政教育社。一九九〇年)には、曾祖父母《そうそふぼ》までの無明の連鎖《れんさ》が解明されている。無明の連鎖を断ち切るためにも、拙著《せっちょ》『孤立化《こりつか》する家族――アメリカン・ファミリーの過去・未来』(時事通信社。一九九八年)ともども一読されたい。

他方、デイヴィッドの両親は、無明の量が少ない。しっかり者の母親アイリーンは、カトリックを捨ててユダヤ教徒の弁護士と結婚《けっこん》した。ユダヤ教徒は、同信者と結婚しない場合、信仰《しんこう》を捨てたことになるきびしい宗教だ。だからいつまでも少数派で、世界じゅうで東京都の人口に二、三百万人プラスした程度しかいない。アイリーン・ショネシーは、ユダヤ教徒アイリーン・ショネシー・ヤッフェになったのである。これはキリスト教が主流のアメリカ社会では大変な試練で、それがアイリーンの無明を薄《うす》めた。

もっとも、彼女《かのじょ》の気丈《きじょう》さが、幼《おさな》い時期、兄ヴィックの優柔不断《ゆうじゅうふだん》さの原因の一つになった可能性は高い。ヒラリー・ロダム・クリントンの弟たちは、子ども時代、この稀《まれ》に見る気丈さにあふれた姉の下でひるみながら暮らし、たぶんヴィックの立場がよくわかる大人になったと思われる。

一方、父親ステュアートは、少数派のユダヤ教徒として差別されてきたキリスト教社会では常に油断ができなかったことが、無明の量を減《へ》らした。弁護士がユダヤ系が多数派を占《し》める職《しょく》業《ぎょう》の一つであるのは、差別社会の仕組みを法律で操作して反撃《はんげき》できるからだ。事実、わが子に無罪を勝ちとってやれたではないか。

いずれにしても、無明が少ないこの二人の一人息子だからこそ、デイヴィッドは不幸な過失《かしつ》致死《ちし》の負い目を背負い、贖罪《しょくざい》に人生の多くを当てる決意を実行に移せたのだろう。それこそが、無明の連鎖を断ち切る唯一《ゆいいつ》の道すじだからである。

ショネシーは典型的なアイルランド系の姓《せい》だ。アメリカのカトリックは、アイルランド系を主軸《しゅじく》に東欧系《とうおうけい》・南欧系・中南米系を加えて今日一億《おく》に迫《せま》りつつある。カトリックもアメリカでは最大多数派のプロテスタントに差別されてきたとはいえ、これだけ多数派になりおおせた今日、カトリックも少数派を差別し、自己欺瞞《ぎまん》が増《ふ》え、無明も増える理屈《りくつ》である。

◆カード交換《こうかん》の表象に見られる進化と本書主題の進化◆

物語の合い間合い間でカタルシスを与えくれる存在は、主人公と同じ高校の生徒フランク・デルガードと画学生レイナ・ドゥメングである。これはどちらも脇役《わきやく》としては極めて秀抜《しゅうばつ》なキャラクターたちだが、紙数の関係で分析《ぶんせき》はしないでおこう。

冒頭《ぼうとう》で触《ふ》れた、バラバラな都会人を象徴《しょうちょう》したスーパーのカードの交換《こうかん》だが、日本のカードのようなポイント制ではなく、提示することによって特価で品物を購入《こうにゅう》できたり、割引を受けられたりする特典がある。このカードの唯一《ゆいいつ》の欠点は、買い物の軌跡《きせき》をたどられてしまうことで、それをかわすためにカード交換《こうかん》が始まった（二〇六ページ）。したがって、カード交換は冒頭に書いたように、雑踏《ざっとう》の表象以外にも、個人の背番号化を目ざす「高度管理社会」への抵抗《ていこう》の表象という側面もあるわけだ。社会保障番号をわたしてこのカードを入手する経路自体に、すでに「管理」の手が動いていることになる。

しかし、このカード交換は、表象としても、最後に主人公の夢の中で思いもかけない「進化」を遂《と》げる。夢にキャシーが登場、彼《かれ》にわたしたカードには彼の本名が打刻《だこく》され、交換に彼が彼女《かのじょ》にわたしたカードにはリリーの氏名が打刻されていたのだ。

カード交換では、誰《だれ》もが笑顔になるのだが、私は、自分の無明や自己欺瞞《ぎまん》を他人におしつけられるからうれしそうな顔になるという側面もあるかな、と思って読んできた。しかし、この最後の夢のシーンではカードは無明が晴れたことの象徴《しょうちょう》に使われているのだとわかる。

リリーに贖罪《しょくざい》の道すじをつけてくれたデイヴィッドに向かって、夢の中のキャシーは深い感謝の気持ちで彼の氏名が打刻されたカードをわたした。他方、リリー・ショネシーの氏名入りのカードをデイヴィッドから受け取ることによって、キャシーは自分を殺した妹を許し、その苦しみを正しく背負う道すじをデイヴィッドに切り開いてもらった妹をいわば回収するのである。むろん、夢を見るのはデイヴィッドだから、キャシーの「影《かげ》」に負わされたリリー救出の任務を果たしたという彼の「願望充足《じゅうそく》」でもある。

こういう低位の表象（高度管理社会へのしっぺ返し）が高位の表象（リリー救出）に「進化」することもまた、本書の全体主題の「大きな進化」と呼応する細部なのかもしれない。

◆作者ナンシー・ワーリンについて◆

作者が手がけた諸作《しょさく》の主題は、本書ばかりでなく、いずれの作品もあつかいの難しいものばかりだ。第一作 *ARE YOU ALONE ON PURPOSE?*（一九九四年）が自閉症《じへいしょう》の弟のことでいびられるユダヤ系少女の話で、いじめていた少年が事故で車椅子《くるまいす》暮らしになると、少女と少年相互《そうご》の間に友情以上の感情が生まれる話、第二作が本書、第三作 *LOCKED INSIDE*（二〇〇〇年）が、ネットでチャットばかりしていた、有名人を母親に持つ閉じこもり型少女が、全《ぜん》寮《りょう》校の新任教師に誘拐《ゆうかい》され、地下室に閉じこめられ、他者に閉じこめられて初めて自力で閉じこもりから脱出を図る話、第四作 *BLACK MIRROR*（二〇〇一年）が売れないSF小説を書くことに夢中のユダヤ系の父親と、彼に愛想を尽《つ》かして母国・日本で尼寺《あまでら》に入ってしまった母親の間に生まれた混血《こんけつ》少女が、いっしょに入れられた全寮校で兄がヘロインの過剰《かじょう》摂取《せっしゅ》で死亡《しぼう》した謎《なぞ》を探ろうとする話（ヒロインは鬱《うつ》に悩《なや》んでいるのだが、この謎の解明を通して病からぬけ出そうとする）、そして第五作 *DOUBLE HELIX*（二〇〇四年）は、遺伝子《いでんし》組みかえ会社に勤務《きんむ》した若者が、所長と自分の父親の間に自分の母親をめぐって何かあったと気づき、謎が開示されていく話等々、あつかい難いテーマばかりである。

これは、ワーリン自身、思春期や十代が人生で最もあつかい難い時期だったとの認識を持っているためだと言っている。「あんなに居心地の悪い時期はなかった。だから、私の主人公たちは、私同様、十代という時期の自分の心身としっくりいかない」。そして、こうも言っている。「だからこそ、この時期に興味があるのよ」。

したがって、初期のヤング・アダルト小説が大人の側から主人公たちを見る視点《してん》になりがちだったのに対して、ルース・レンデルを筆頭として「十代のために書くのではなく、十代について書く」視点に切りかわってきた流れの最先端《さいせんたん》に、ワーリンが位置していると言える。

ワーリンは、マサチューセッツ州のピーボディで三人姉妹の末っ子に生まれ、三歳《さい》から本を読み出し、やがてレイ・ブラッドベリ（一九二〇年〜）の作品からシャーロット・ブロンテの『ジェイン・エア』（一八四七年）その他に手を広げ、十歳までには作家志望《しぼう》になっていたという。

いずれにしても、あつかい難い主題の処理には、十代という「人生の最も危険な早瀬」のわたり方を会得する以上の手際を要求される。その手際は、本書でいかんなく証明された。また以下の彼女《かのじょ》自身の言葉にも、その片鱗《へんりん》がうかがえるだろう。

「最初に浮《う》かんだ小説のアイディアは、いざ書き上げてみると、たいていは中心的主題ではなくなっている。最初のアイディアは、水をくみあげるポンプにすぎなかったわけ。だから、実際に書いていくうちに、肝心《かんじん》なもの（中心主題）がくみあげられてくることを学んだのよね。

インスピレーションは一%、九九%は汗《あせ》をかくこと、これが創作《そうさく》の要諦《ようてい》だと心底思っている。アイディアは腐《くさ》るほどある。とにかく〝お尻《しり》を椅子《いす》に〟が小説を仕上げるコツ。それと、書いていく過程を信じること」

ミステリーBOXのシリーズでは、『死の影の谷間』に続いて、再び、評論社編集部の岡本稚歩美さんのお世話になった。ありがとうございました。

二〇一〇年四月

越智道雄

ナンシー・ワーリン Nancy Werlin
1961年、マサチューセッツ州生まれ。現在はサウス・ボストン在住。イエール大学卒業後、コンピューター・ソフトウェアのテクニカル・ライターとして働きながら、最初の小説Are You Alone On Purpose?（未邦訳）を書く。2作目の『危険ないとこ』The Killer's Cousin（本書）で1999年のエドガー・アラン・ポー賞（ＹＡ小説部門）を受賞して注目を浴びる。日本で紹介されている他の作品に、短編『ウォー・ゲーム』（「小説すばる」2007年6月号・集英社）がある。

越智道雄 Michio Ochi
翻訳家。明治大学名誉教授。1936年愛媛県今治市生まれ。広島大学文学部英文科でジョイスを研究、同大学大学院文学研究科博士課程でディケンズ、サッカリー、フォークナーを研究。1983年『かわいそうな私の国』（サイマル出版）で日本翻訳家協会出版文化賞、1987年『遠い日の歌がきこえる』（冨山房）で産経児童出版文化賞受賞。その他の訳書に『〝機関銃要塞〞の少年たち』『死の影の谷間』（共に評論社）、『フリスビーおばさんとニムの家ねずみ』（童話館）、アメリカ文化論に『ワスプ（WASP）』（中央公論社）、『ブッシュ家とケネディ家』（朝日選書）、『オバマ・ショック』（集英社新書）などがある。

海外ミステリーBOX

**危険ないとこ**

2010年7月10日　初版発行
2012年3月20日　2刷発行

●――著　者　ナンシー・ワーリン
●――訳　者　越智道雄
●――装　幀　水野哲也(Watermark)
●――装　画　加藤木麻莉
●――発行者　竹下晴信
●――発行所　株式会社評論社
〒162-0815 東京都新宿区筑土八幡町2-21
電話　営業 03-3260-9409／編集 03-3260-9403
URL　http://www.hyoronsha.co.jp
●――印刷所　凸版印刷株式会社
●――製本所　凸版印刷株式会社

ISBN978-4-566-02425-0　NDC933　344p.　188mm×128mm

海外ミステリーBOX　エドガー・アラン・ポー賞傑作選

## ウルフ谷の兄弟

デーナ・ブルッキンズ 作
宮下嶺夫 訳

母親を亡くし、伯父さんに預けられることになったバートとアーニーの兄弟。殺人事件の発見者になってしまった二人は……兄弟の健気さが胸を打つ秀作。

256ページ

## とざされた時間のかなた

ロイス・ダンカン 作
佐藤見果夢 訳

十七歳のノアは、父の再婚相手の家族に会うため、初めて南部にやってきた。しかし、美しい義理の母ときょうだいには恐ろしい秘密があった。

304ページ

## 死の影の谷間

ロバート・C・オブライエン 作
越智道雄 訳

放射能汚染をまぬかれた谷間で、ただ一人生き残った少女アン。ある日、防護服に身をつつんだ見知らぬ男がやってきて……核戦争後の恐怖を描く傑作。

328ページ

## マデックの罠

ロブ・ホワイト 作
宮下嶺夫 訳

ビッグホーンの狩猟で砂漠にやってきたマデックとガイドの大学生ベン。マデックがまちがって老人を撃ってしまったことから悪夢のような出来事が。

280ページ